长篇惊悚小说
Changpian
Jishong Xiaoshuo

都市诡话

②

流转千年的索命诅咒，如何打破？
笼罩都市的恐怖暗影，怎样挣脱？

董 协◎著

二十一世纪出版社集团
21st Century Publishing Group

图书在版编目（CIP）数据

都市诡话 .2 / 董协著 . -- 南昌 : 二十一世纪出版社

集团 ,2015. 8

ISBN 978-7-5568-0700-0

Ⅰ . ①都… Ⅱ . ①董… Ⅲ . ①长篇小说—中国—当代

Ⅳ . ① I247.5

中国版本图书馆 CIP 数据核字 (2015) 第 115361 号

都市诡话.2　　　　　　　　　　　　　　董 协 著

责任编辑 张 宇
出版发行 二十一世纪出版社集团
　　　　　（ 江西省南昌市子安路75号　330009 ）
　　　　　www.21cccc.com　cc21@163.net
出 版 人 张秋林
经　 销 新华书店
印　 刷 北京建泰印刷有限公司
版　 次 2015年12月第1版　 2015年12月第1次印刷
开　 本 710mm×1000mm　1/16
印　 张 20
字　 数 250千
书　 号 ISBN 978-7-5568-0700-0
定　 价 35.00元

赣版权登字—04—2015—232
如发现印装质量问题，请寄本社图书发行公司调换 0791-86524997

[目 录]

第 01 章
〔凶　井〕

　　他不想再踏入这里。但他还是来了，只因为那个人的一句话："我希望你到那里去。"

　　如同疾风一般，一个身影在钟子离面前出现，所有射过来的子弹一瞬间都消失不见了。

　　所有人都用讶异的目光看着这个身影。

　　"铁慕镜！"

　　这个紫色眼睛的英俊男子对钟子离说道："你走吧，继续待在这里，你的死亡日期也很快会来了。楼上的那几位我都送走了。"男子伸出一根手指，在钟子离的面前划出一个正方形，一个红色的空间裂口就凭空出现了，把莫名其妙的钟子离吸了进去！

　　"呵呵……幸会幸会啊，想不到我们还有机会再见面。"一个阴冷的声音传来，警卫们纷纷向两边让出一条路来，路深槐拿着一把形状奇怪的手枪走到铁慕镜面前。

　　"路深槐！"铁慕镜恶狠狠地用近乎诅咒的口吻念出对方的名字，而他那双幽深的紫色眼睛也显得愈发不像人类。

　　"你休想再离开了。这把枪是我特制的，不会受到灵异能力的影响，现在……"路深槐把枪口对准了铁慕镜，"给我留在这里，继续做实验吧……"

铁慕镜张开双臂，用仇恨的目光瞪着路深槐，他的声音甚至有些哽咽："为什么……你和愿姬，那个时候不是都答应过我吗？你是我在这个世界上出生之后最相信的人。但是为什么……为什么你要杀掉她？为什么你要背叛我？"

"有些事情，没有你想的那么简单。总之，现在我是诺索兰公司的开发部部长。你是成品，而我呢？我是残次品！既然有了你，我这个残次品的存在就没有意义了。只有证明自己有价值，我才能生存下去！"

铁慕镜的记忆飘回了过去……

"好漂亮的孩子……你看他的眼神，简直是天生王者。"

"终于有一个成品出现了，太好了。"

当他还是一个襁褓中的婴儿的时候，他就能够看、能够思考。在这栋大楼的第九层和第十层，时间流动得比外界快得多，所以待在这两层楼里，婴儿会比普通人早上十多年就成年。

诺索兰公司的尖端科技运用已经达到了超越相对论领域，但是对于鬼魂现象还是没有头绪。所以，公司在世界各地寻找优秀灵异能力者，让他们为公司效劳。对于那些宁死也不愿意为公司效劳的人，就采集他们的毛发来制造克隆人。但是克隆技术尚未完全成熟，克隆个体的存活率非常低，即使有存活下来的，也基本没有天生具备鬼眼。虽然灵异体质可以遗传，但并非是通过基因遗传，这是超越了当前科学认识范围的，所以，无论怎么分析鬼眼，也找不出其奥秘所在。

而铁慕镜就是唯一一个天生具有鬼眼的克隆灵异体质者。还有另外两个克隆孩子，男孩叫路深槐，女孩叫公孙愿姬，他们被认为可能具有隐性的灵异能力，也和他一起住在一个特别房间里。

三人成为了无话不谈的好朋友。因为，大家有着共同的命运，知道自己和一般孩子不一样，没有父母，没有兄弟姐妹。那个时候，公司不间断地给他们看影像资料，让他们以最快速度接收各种知识。对知识的吸收速度，是观察另外两个孩子有没有灵异体质的关键。

三人中最聪明的就是愿姬了。她长到看起来十多岁的时候，就已经出落成一个美人了。她不但惊人的美丽，还很喜欢笑，铁慕镜和路深槐都迷上了这个女孩。

尽管可以吃到美味的食物，穿上华美的衣服，但是他们却完全没有自由。他们只是被灌输着要向公司效忠的信念、最先进的科学知识和所有灵异相关资料，每天除了学习就是实验，绝对不能外出。

铁慕镜和路深槐逐渐厌恶了这样的生活，尽管他们知道监视器一直在监视这个房间，但他们也逐渐醒悟到，他们没有义务为了公司卖命。但是，如果生出异心就会被公司铲除。

愿姬想出了许多可以避开监视器说话的方法，还以他们三人才知道的手势暗号来传递信息，计划着要逃出公司。他们想去看看那些只有在影片和书本上才能看到的世界。他们也想在自由的天空下呼吸，像普通人那样生活。

但是，一切都改变了……在那一天……

当他们都成长到二十岁的人类身体时，愿姬已经被确认不具有灵异体质，不过没有被公司"处理"掉，恐怕是公司的那些人渣垂涎她的美色吧。而路深槐还没有完全确定是否是灵异体质者。

离开房间的那一天，公司对他们下达了一项指令："明天将是你们第一次实训。艾明市的一座大厦有闹鬼的传闻，我会安排你们三个编入警方队伍，那里有我们公司的人在。到时候，会对大厦进行疏散，你们就进入那些楼层。在那里待上三小时后能够活下来的人，无论是否是灵异能力者，都将成为公司重点培养的对象。"

三人接到这个任务时就知道，这是他们逃走的最佳机会。当然，公司为了防范这一点，早就在他们身上装了窃听器。

铁慕镜跨出两步，用胸膛顶住了手枪，死死地盯着路深槐，想从他眼里看出一丝恐惧，一丝不忍，哪怕一丝苦衷也好。但是，路深槐的眼里只有冷漠。

"为什么你要杀死愿姬？为什么在关键时刻背叛了我们？你不是也很喜欢愿姬的吗？你不是说要和我争她的吗？我接受挑战！如果最后愿姬选择了你，我不会怪你的，但是为什么……为什么你要那么做？为什么！"

"可笑！"路深槐横扫一腿，把铁慕镜一脚踢翻在地，枪口顶住他的额头说："我恨的就是这一点！愿姬不愿意伤害我们的友情，她不告诉我她喜欢的是我们中的哪一个……不，也许她两个都很喜欢，但是她只能选择一个，而她不再需要为选择烦恼了。"

铁慕镜看着这个昔日生死与共的好友竟然拿枪指着他，当着这群人渣的面！

"我不会杀你的，活捉你更有价值。我要你好好地活着，然后把你的裂灵瞳眼奉献给老板。这就是我的愿望！为了这个，牺牲掉愿姬和你，对我来说都无所谓！"

铁慕镜冷笑一声："我明白了……那么，再见了！"他的脚下忽然出现一个空洞，他一瞬间就跌落了下去！路深槐也扣动了扳机！

空洞消失了，地上只留下一个弹痕。

"部长……他……"

"别废话！"路深槐把枪收回来，"真不走运，让他跑了。"

距离诺索兰公司很远的一个垃圾堆的上空，出现了一个红色空间裂缝，里面掉出一个人来，摔在垃圾堆上。

"你看起来很狼狈啊。"

"要你管！"铁慕镜从垃圾堆中走了出来，看着眼前嘲笑他的这个男人。这是一个中年男子，他的眼睛也是紫色的，而且极其有神，他忍着笑看着浑身脏兮兮的铁慕镜，问道："有没有什么收获？"

"收获的确不小，路深槐果然没有背叛我们。以前我们的约定是，如果说出'我的愿望'这四个字，就代表着我们三个人许下的诺言没有变，他还是以前的他。而且，他故意把我踢倒在地，这样他故意射偏而不会被人发现。"

"果然想得很周到呢。"

铁慕镜不解地问道："怎么一副你没有料到的样子啊？看来你全知全能的名号也是浪得虚名啊，任森博先生！"

"是吗？"中年男子微笑道，"我倒是认为，少知道一些未来的事情，会比较幸福。"

"随便你怎么说了，我可是按照你的指示，把那些人全送回你女儿现在住的旅馆了啊。"

"不对啊……"

"嗯，怎么不对？"

"有两个人没有回到旅馆去！"

钟子离醒过来的时候，非常困惑："这是哪儿？我怎么会在这里的？"他发现脚上绑了一条锁链，而锁链的末端在墙壁上，这是一个四面都没有窗户的房间，头顶有一盏忽明忽暗的灯。他看见还有一个人躺在地上，连忙喊道："快，快醒醒，这是哪儿？"

"嗯……"那个人捂着头挣扎着站起身来，他是南韧天！"这里好眼熟啊。"他也蒙了，他们之前还在那座大楼里，突然就大变样了！

这时，钟子离和南韧天同时想了起来："这是《蝶变》里的牢房！"

《蝶变》讲的是一群青年去山上捉蝴蝶，却被蝴蝶迷惑了，醒来后发现自己待在没有门窗的牢房里，每个房间里有两人，每个人的脚都被铁链锁上了。《蝶变》是南韧天会死去的恐怖片，这意味着他距离死期不远了吗？

"怎么会这样……你是在后天才会死的啊，为什么现在就……"

两个人的脚都被铁链锁住了，铁链的末端在两面相对的墙壁上，而两个人拉直了铁链也够不着对方。

"妈妈，为什么那些人要搬走我们家的东西？父亲不是贪污犯，对不对？"现实是残酷的，钟子离的母亲从一个生活优越的家庭主妇，变为了要为三餐奔波的辛劳女人，她开始酗酒，而且一喝醉了就打钟子离。

有一天，钟子离回家时看到，母亲正和一个男人在床上鬼混！她已经完全没有了廉耻之心！这对钟子离来说是难以忍受的奇耻大辱！从那以后，他彻底封闭了自己的心，对生活完全失去了希望。他仇恨这个世界，不接受任何人的好意，也不愿意去面对自己的心，连园秀那样好的女孩他也没有办法接受，因为她和年轻时的母亲长得很像。他太害怕再被人背叛抛弃，他无法相信任何人。但是，园秀面临死亡时，他才明白，他心底最深处，还对这个世界有期待，他还想去爱别人。可惜，他已经没有机会了。

钟子离不明白，为什么在死亡日期以前，自己却被卷进了这部电影？南韧天是过去最排挤自己的人，他的父亲和爷爷都是军人，他的荣誉感很强，所以特别看不惯贪污犯的儿子。他大学毕业后成为了一名检察官。

"没想到，会和你一起被关在这里……"南韧天长叹一口气，"真是造化弄人啊。你现在肯定在心里笑话我，是不是？"

"省省力气吧，我们很可能会死在这里。"钟子离敲着身后的墙壁，南韧天却是一副颓然绝望的样子："你难道不记得电影情节了吗？这个牢房与外界没有联系的，我们根本就没有办法出去，关在这里的人最后都死了！"

"我知道。但是我们现在是在电影里吗？我们在现实中，这么容易就放弃了吗？我绝对不要死在这里！"

南韧天抖了抖铁链，说道："那我们怎么离开？把铁链咬断？再打碎墙壁？这些墙壁表面上看是砖墙，其实内部是比钢筋水泥还要坚硬的未知金属，你死心吧！"

"你不怕死？"

"死亡日期还没到，我不会死的！我一定出得去，正义必定能战胜邪恶的！就算鬼魂要杀害我，我一身凛然正气，又有何惧？我从来没有做过亏心事，绝对没有道理受到报应的！"

"真幼稚……"钟子离几乎要笑出声来，南韧天居然还相信善恶有报？难道园秀就是该死的吗？

"你……你敢取笑我？"要不是南韧天此刻够不着钟子离，必定要冲上来和他拼了。

"取笑你……我才没那个兴趣。"钟子离开始思索对策，他拿出阿静给他的两瓶液体，一瓶能将皮肤变硬，另一瓶能够让塑料变成铁。他先在手臂上淋上前一种液体，然后猛地敲击墙壁，砖块纷纷落下，露出了后面的黑色金属。再次敲下去时，手碰得生疼。钟子离心想，如果有把铁变成塑料的液体就好了。

"到了这个地步，我一定要问问你。你，到底对园秀是不是真心的？她都死了，你不用隐瞒了吧？"

"你想知道这个做什么？"

"我想知道，她是不是爱错了人。我一直很欣赏她，她是我很重要的朋友。她死了，我很难过，所以……"

"如果我说是，你会相信吗？"

"我也不知道。但是，如果你是真心的，那么你为了她，也一定要好好活下去！"

两个人饥肠辘辘，感觉已经过去一整天了。他们之所以无法知道正确时间，是因为这个牢房里的时间是很混乱的。根据原剧情，一旦房间产生异变，也许就可以逃走，但是，过了很久，什么变化也没有。如果就这样拖到死亡日期怎么办？

气氛实在太僵了，钟子离忍不住开口问道："你相不相信有死后世界存在？"

"很有可能啊，既然有鬼魂，那么有死后世界存在也不奇怪。"

"如果真是这样，不知道死后见不见得到园秀。如果真的可以见到她，我倒是希望死去。这个世界已经没有让我留恋的人了。"钟子离掏出烟和打火机，问道："要不要抽一根？"

"不用了。你这样不是在浪费氧气吗？"

"随便你，反正我要抽。"钟子离头靠在墙壁上，看着缭绕的烟雾。他死了之后，还能与园秀认出彼此吗？"如果我死了，一定要找到你，陪着你，你一定要等我！"他把烟掐灭在地上，拿出之前的两瓶液体，把其中一瓶倒到另外一瓶里。

南韧天好奇地看着他问道："你为什么要胡乱调配？"

"你难道不想知道混合之后会有什么效果吗？"混合后的液体颜色很古怪，钟子离将液体倒了一半到自己的手腕上，接着甩动了几下。

很快，他的手背开始产生变化了，肌肉一块一块地凸起，变成了铁青色，化为了锯齿的形状！"原来如此，混合后可以把肌肉变成锯子。"钟子离似乎并不惊讶，而南韧天眼珠子都要瞪出来了。

钟子离开始用这把锯子去锯脚上的铁链。

"你有什么打算？"

"总会有办法的吧，至少先弄开这些阻碍我们的东西。"

南韧天看着钟子离的样子，忽然感觉自己过去或许是错看他了，但是，一想到园秀，又鄙视起他来。"那我也来试试……"

"不！"钟子离摇头道，"我不知道这样做对身体有什么副作用，所以我来帮你弄断铁链就行了。园秀死了，我不会再苟活了，死有什么可怕的？"

"你……你疯了是不是！"

"你的死亡日期近了，弄断铁链后，我会想办法再把墙打穿。我绝对不向这些莫名其妙的东西低头！"钟子离的眼神很坚定。但是，过去也有很多这样坚定眼神的人，而他们的下场都是一样的。

铁链实在太坚固了，钟子离锯了十分钟才稍稍裂开了一点。南韧天仰躺在地上。

"怎么了？吃不消了？"钟子离说道，"难道已经撑不下去了？"

"切，你少挖苦我！"南韧天回敬道，"只是我脖子有点儿痛，先休息休息！"

钟子离听得出来，南韧天已经没有了恶意。

铁慕镜还在尝试连接他们所在的空间，但是还没有成功。

"吃点东西吧。"任森博递给他一个快餐盒，二人正坐在一辆车上，对面就是诺索兰公司大楼。

"是我的失误，我制造的亚空间通道被切断了。但是，我不明白为什么会这样。再过一个小时，就是南韧天的死亡期限了。"

任森博自顾自地吃起饭来。铁慕镜看他吃得那么香，疑惑道："你都不担心吗？这可关系到你女儿的生死啊。"

"我知道。自从我太太去世后，我就很清楚了。"任森博的表情没有什么变化。铁慕镜和他在一起待了那么久，还是觉得这个人捉摸不透。

"我一直不明白，你为什么要离开你女儿？如果是因为她的物理体质而害怕她死的话，你也不需要彻底和她切断联系吧？她也许会因为绝望而自杀呢？"

任森博一边吃一边说："是的，她很孤独、很恐惧。不过，我必须这么做。她的体质很特殊，将来她面对的，不仅仅是鬼魂，而是更绝望、更无处可逃的状况。我的能力太强，如果一直帮助她，就会让她对我产生依赖。"

"说得也是。我过去也太依赖愿姬的智慧了，她就是我的女神，但是，我终究救不了她……我不知道为什么深槐要杀害她，即使他有苦衷，我真的不懂……"

"这个我也回答不了你。"任森博叹了一口气。他虽然是全知全能的预知者，但也不是什么都知道。他能够大范围地预知人类的生死祸福，可是人心是很难看透的。

铁慕镜回忆起那一天的情景。当他们进入那个楼层时，已经下决心利用这个机会一起逃走。铁慕镜首先释放了裂灵瞳眼，虽然那时候他还不能制造亚空间，但是可以将鬼魂体击退。三个人紧紧挨在一起，就在八点刚过时，灯瞬间熄灭，前面一个类似十字路口的走廊分岔处突然冲出一个一晃而过的白影！

尽管早有心理准备，铁慕镜还是吓了一跳。"深槐，愿姬，你们紧跟着我哦……"铁慕镜已经做好了为出生至今唯二的朋友誓死一搏的准备。但是，他一回头，却发现两个人不见了！

"深槐！愿姬！你们在哪里？"他在楼层里不断奔跑寻找，终于在一个房间里见到了……正掐着愿姬脖子的深槐！

铁慕镜回想到这里，狠狠地一拳砸在方向盘上，吼道："到底为什么？难道深槐以前对愿姬的感情都是装的吗？他难道不想逃走，和我们一起过自由的生活吗？我想知道答案，所以才继续留在公司里接受实验，我要找到深槐背叛我们的理由！虽然，今天我明白他并不是真的背叛了我们，但是，我无论如何也不能原谅他杀死了愿姬！哪怕他是为了拯救全人类而那么做也不行！"

对于在完全封闭环境下以超速度生长的铁慕镜来说，愿姬和深槐就是他的整个世界。他们是他最深爱的人。但是，他最爱的人却杀死了他最爱的另一个人！

一辆宝马车从他们的车旁掠过。车里坐着两个人，开车的人是路深槐，另一个则是宗蒿霖，她已经从催眠状态苏醒过来，也知道约翰昨天被送去了美国。

"现在我送你去机场。公司的超时空技术获得了巨大突破，这是送约翰去国外的最大理由。再过一个月，他就可以变为成年人，到那时候，不死瞳眼说不定真的可以杀死鬼魂呢！"

"你留在国内吗？"宗蒿霖虽然是问路深槐，眼睛却看向窗外。

"当然了，我非捉住铁慕镜不可，还有愚弄了我们的伊润暗和任静！你放心吧，你弟弟会有公司的人照顾的。"

宗蒿霖当然不放心把弟弟一个人留在国内，但是，她也知道，违抗公司命令的后果是什么。只有这个拥有超高科技的公司，才有可能让双腿已经毫无知觉的弟弟再度走路。

"我听说，铁慕镜是你昔日的好友。你这样做，难道不觉得太过分了？而且，听说你曾经杀死过你另外一个朋友，你就那么甘心地把灵魂出卖给公司？身为克隆人，连心也是残缺的吗？"宗蒿霖质问道，"我知道一个人面对死亡的绝望心情。你被公司认为是残次品，一旦被确认是无用的，就会被处理掉。你就是为了这个原因而杀死你的朋友，减少和自己竞争的人吗？"

"不是！你给我住口！"正好遇到红灯，路深槐把车停下。他抚摸着口袋里的怀表，感叹地说："有很多事情，是没有办法的……"

那一天，路深槐和愿姬和从走廊上莫名其妙地一下就到了一个房间里，门上着锁，没有办法出去。这时，他们看到……一个扭曲的身形正趴在窗玻璃上，一双空洞的眼睛死死地盯着他们！

"不……不要……"他吓蒙了，跌倒在地。愿姬扯开嗓子喊道："慕镜！快来啊，慕镜！"

幸好，趴在窗户上的鬼忽然不见了。路深槐松了一口气，回过头想安慰一下愿姬，却看到那个鬼就站在他身后！鬼正摇晃着脑袋，伸出了手要来抓他！他不知道哪儿来的勇气，扑过去死死地掐住了鬼的脖子！

直到铁慕镜一拳打在他的脸上，他才清醒了过来。他掐死的人居然是愿姬！他竟然杀死了心爱的愿姬！他刚才明明掐的是鬼啊！

在那一刻，路深槐的心死了。但是，他还得活下去，为了让铁慕镜获得真正的自由。他要把不死瞳眼成功开发出来，移植到铁慕镜身上，这样铁慕镜就再也不用惧怕公司的人了。而任森博把铁慕镜带走的行动打乱了他的计划，所以，他才要把铁慕镜抓回来。只要完成了这个计划，自己会怎么样，他都无所谓了。

"宗小姐，请记住，我们这些和灵异打交道的人，不能相信自己眼前看到的，因为，眼睛会欺骗你。"

钟子离的手锯已经把铁链锯开了三分之二，他兴奋地对躺着的南韧天说："等着我哦，大检察官，等会儿就来帮你！脖子好点儿没有？可以站起来了吗？"

"还不太好，不知道怎么的，脖子越来越痛了……"

钟子离忽然停下手，很真诚地说："如果……有机会活下来的话，我们……可以做朋友吗？"

南韧天沉默了。

"算了……大有前途的人和我这个罪犯的儿子交朋友不合适，就当我没说吧。"钟子离自嘲地说，继续锯铁链。就在这时，一个震动他灵魂的声音响起："可以啊！多一个朋友很好啊。"

钟子离惊讶万分地看着南韧天，他正微笑地看向自己，脸上舒展着友好灿烂的笑容。钟子离感觉眼睛有些湿润了。原来，伸出友谊之手可以如此简单，他忽然觉得，这个世界其实还是值得留恋的。

钟子离锯动铁链的速度越来越快了。南韧天内心也很感慨。其实之前他说的正气克制鬼魂的话，不过是自我安慰，他心里也是很恐惧的，只是不想在钟子离面前示弱而已。没想到，和这个家伙也可以成为朋友啊。他们抬头看着对方，异口同声地说："我们一定要活下去！"

终于锯到最后一小截了，然而，锯齿居然开始收缩进去了！难道药水要失效了？

"不要啊！"钟子离咬紧牙关。只差一点点了啊！锯齿几乎全部没入肉里的刹那，他用整个手腕在铁链上摩擦起来！

"活下去……一定要活下去！为了我的第一个朋友！"

终于，铁链被锯断了！钟子离的手腕上已经摩擦得流出血来，额头上也出了不少汗，汗水滴到眼睛里，有点辣辣地疼。

铁慕镜看着表，摇了摇头："过了午夜零点了。"

正如路深槐所说的，不能够相信眼睛看到的东西，因为眼睛会欺骗我们。

当钟子离擦完眼睛上的汗，眼前的一幕让他全身冰凉！

"不……这不是真的……这不是真的！"

锁住他的脚的铁链居然完好无损。他的双手满是鲜血。而地上有一具身首分离的尸体！

那是南韧天！他的脖子上是不规则的切口！

"脖子越来越痛了……"这时，钟子离才明白了南韧天说的话是什么意思。

刚才自己一直在锯的……根本不是什么铁链，而是……南韧天的脖子！

"找到了！亚空间的阻隔消失了！"铁慕镜立刻画出了一个空间裂缝，伸手进去抓住了另一个人的手，然后持续将裂灵瞳眼的能力输入亚空间通道。绑住钟子离的铁链瞬间粉碎了，钟子离被拉出了空间裂缝！

"是我……是我杀了韧天……杀了我的第一个朋友……"钟子离眼神呆滞地说，尽管回到了现实世界，他丝毫没有感到高兴，看着自己沾满鲜血的双手，痛哭流涕。

"让开，慕镜。"任森博来到钟子离面前，伸手在他面前晃了晃，说道："忘记一切吧。对你来说，这就是现实！"

钟子离的眼神变得更空洞了，随后整个人瘫倒在地。

他们都没有注意到，附近有一只黑色蝴蝶向远处飞去，那就是恐怖片《蝶变》中的真正主角——尸魔蝶。

"这样啊……那么，现在还活着的，只有三个人了吗?"润暗在病床上问道。

"不是哦。"阿静纠正道，"是四个人，还有一个人暂时找不到。只有等产生预知的时候再说了。你能尽快出院吗?"

"我也想啊……"润暗苦笑着抬了抬胳膊，感觉浑身都疼："这就是噬魂瞳眼的反噬作用吧。"

"可以这么说吧。明天是钟子离的死期，他会死在《无底之井》里。"这部电影说的是被推入井里的冤魂，令那口井时空错乱。

"钟子离呢?"

"不知道是什么原因，他好像忘记了什么很重要的事情。现在，他去监狱看父亲了，似乎想和父亲做最后的告别。"

"那高风辉和赵戟呢?"

"还在等我的下一步指示。我要去高风辉家一趟，详细询问屠兵宗的事情。"

高风辉正在家里和妻儿告别。他知道，自己很可能无法继续照顾他们了。当然，为了不让妻子担心，他什么也没有说。

"怎么了，老公?"妻子不解地看着一桌子丰盛的菜肴，"你今天居然亲自下厨做饭啊? 这几天我看你心事重重的，好像从那天参加万圣节的聚会回来就不太开心了。发生了什么事情?"

高风辉心里很难过。他真的活不下去了吗? 没有那个叫约翰的人，他就死定了吗? 他真的想活下去，和深爱的妻子一起把儿子抚养成人啊!

钟子离和父亲隔着一道玻璃通话。这也许是最后一次见面了。

"爸……你瘦了很多啊……"

钟子离的父亲两眼凹陷，头发几乎全白了，手拿着话筒都不太稳:

"人老了嘛……子离，你工作还顺利吗？是我不好啊，要不是我，你现在也不会是这个样子。"

"我现在的工作没什么不好啊。爸，你要好好表现，争取早点出来。爸爸……我没有恨过你。"钟子离差点儿就要说出"我以后就不能再来看你"了。

父亲见儿子有些奇怪，不禁疑惑起来，忙问道："子离，出什么事情了？你告诉爸爸，虽然我在这里没办法帮助你，但我可以给你出出主意啊！"

"不……我没事，爸……"

"是不是你妈又打你了？你撩起衣服让我看看！"

"真的没有……"

"她怎么可以这么做！"

钟子离好不容易才让父亲相信这和母亲无关，又道别起来："总之，爸，你保重……妈妈也很不容易，你不要怪她。"

看着儿子离开，钟子离的父亲越想越奇怪：这到底是怎么了？难道，儿子知道那件事情了吗？钟子离并不是他的亲生儿子。二十多年前，他结婚不久后就知道了妻子没有生育能力，所以他们收养了钟子离，子离的亲生父母是谁，他们也不知道。他很爱儿子，但最后还是连累了儿子。就因为不是亲生儿子，妻子才忍心那样虐待他。

钟子离来到了高风辉家。高风辉见到他很高兴，请他一起吃饭。"今天我们家有很多好菜哦，你快来尝尝！"

"好啊！"这是最后一餐了，就好好享用吧！钟子离风卷残云地吃起来。

晚餐后，钟子离说道："让我看看你儿子吧，风辉。他的名字叫什么？"

"他叫高繁。阿萍，你去把繁繁抱来给子离看看。"

钟子离抹了抹嘴，趁这个机会对风辉说："我今晚想住你这里。"

"你……你说什么?"风辉惊恐万分地说,"这样……会吓到我太太和儿子的!"

"问题的重点不是这个吧?你我都一样要死,既然如此,我就以一个拼死和鬼魂奋战的形象,来给予你信心吧……而且,我在这个过程中,也许可以找到什么诀窍,然后教给你,周日的时候……当你的死亡日期来临的时候……"

"是吗……我明白了。任小姐等会儿也会来吗?"

"好像是伊先生会来。他的体质果然强悍,那么重的内伤,已经恢复七八成了。对了,你随便编一个理由,让你太太住到另外的房间去,我和你住一个房间。你不用怕,你不会在明天死的。"

虽然话是那么说,可是明知道眼前这个人会招来鬼,还要和他住一个房间,谁的心里都不可能没有抵触情绪。但是,高风辉又不好直接拒绝。

这时候,高风辉的太太抱着婴儿走来,钟子离笑吟吟地看着那孩子,说道:"可不可以……让我抱抱他?"

"嗯……好啊。"

接过那个孩子,钟子离不禁有些慨叹。他的生命已经是风中残烛,而这个孩子,还有着大好的光明未来,就祝福他今后能健康地成长吧。他俯下头,吻了吻那个孩子的额头。

"真是个可爱的孩子。风辉,你儿子将来一定是个很出色的人。"

"是呢……但是,也许我……"

"别说了,现在就忘掉一切吧!"

钟子离和高风辉虽然在大学时代没有说过什么话,但是和他的好友屠兵宗却关系不错。兵宗有些特立独行,所以钟子离并不怎么排斥他,甚至还很喜欢他这样的性格。

高风辉虽然不喜欢钟子离,但是也不像一般人那样特别讨厌他。何况兵宗很欣赏钟子离,所以他对钟子离偶尔还会表现出友善的态度。

而现在，他对钟子离也越来越没有了反感。

"兵宗曾经对我说，他觉得我们长得很像。"

"是吗？"注视着怀中的婴儿，钟子离有些漫不经心地答道。

这个时候，门铃响了。润暗和阿静来了。

说服了太太住到另外一间卧室去，高风辉和润暗、阿静、钟子离聚集在一间卧室里，没有人说话。

"你说让他住到这儿来是你的建议？任小姐？"高风辉相当惊讶地问，"可是，这到底……"

阿静耐心解释道："无论在哪里，都不可能是安全的，园秀的死已经充分说明了这一点，不是吗？所以，不如待在这里，以逸待劳。我已经想出了一个或许能够让子离和你活下来的方法。"

"什么方法？"

"把子离和你的生命联系在一起，变成如果其中一人死了、另外一人也会死的状态。再强大的鬼魂，也不可能跨越死亡日期杀掉还没有被轮到的人。这是我目前能想到的最好办法。所以……"

此时，高风辉和钟子离的左手和右手居然被阿静用一副手铐锁在一起！

"任……任小姐，这手铐哪儿来的？"高风辉感到很不可思议。

"自己做的啊。"

阿静这样做确实有道理。她看了很多遍《无底之井》，这部电影中每一个最后会死的人，都是被鬼拉入井里。那口井无论在哪里都可能出现。

如果按照剧情发展，被手铐锁在一起的两个人，要死也绝对是要一起死的。但是，高风辉的死亡日期还没有到，所以他没有道理会死。

利用了这个时间规则，能不能够钻得了空子呢？不要说润暗了，阿静本人也很担心，她对自己制作的手铐的坚固程度很有信心，上面灌注了她的灵念力，即使是润暗的噬魂瞳眼也弄不开。

房间里静悄悄的，每个人都注视着手腕上的表。

"子离……你害怕吗？"高风辉问道。

"当然，我很害怕。但是，也不得不面对。今天，该说的话我都告诉父亲了。我告诉他，我并不恨他。我想，已经没什么遗憾了吧……我，想活下去。"

高风辉有一种想要好好安慰钟子离的想法，但是，一时又说不出口。这个时候，他仔细看着钟子离的脸，忽然发现，兵宗的话没有错，他和钟子离确实长得很像。

就在这时，高风辉的太太忽然醒过来，这时快到午夜零点了，她看了看身旁……儿子居然不见了！她连忙跑到门口，然而，她看到了……一口井！井的周围并不是她熟悉的客厅，而是一个陌生的庭院！

她看到了儿子，儿子居然……正在向那口井爬去！

尽管午夜零点还没有到，但是润暗突然有了一种不祥的预感，他感觉已经有什么东西入侵了这个屋子。

"出去看看！"

他一把推开门来到客厅，释放出噬魂瞳眼。而这时候，客厅里弥漫着诡异的气氛，空气中飘散着死亡的气息。

"好奇怪的感觉……"

他现在宁可鬼跑出来站在他面前，也好过面对看不见的敌人。

高风辉的太太眼见儿子爬向那口莫名其妙出现的井，讶异万分地跑出去要去抱住儿子，然而，她跑出卧室，进入的却是客厅，一眼看见的是正警觉地看着四周的润暗。

"高太太？你怎么醒了？"润暗连忙问道，"出什么事情了？"

"繁繁他……出事了！他出事了！"她刚要解释，忽然感到胸口被什么东西重重撞击了一下，她被撞得弹了出去，头撞向墙壁，晕了过去。

"高太太，高太太！"润暗顿时懊恼自己没有及时封印瞳眼能力，刚才高太太距离他太近，她受到了噬魂瞳眼的攻击。

润暗连忙上前扶起她来，刚要叫醒她，忽然有一种危险的感觉从背后袭来！

这个屋子……被另外一个空间入侵了！

润暗把高太太放到沙发上，对闻声赶来的阿静等人说："轻一点儿，我要寻找一个空间。那个空间应该就在这个屋子的某个位置……"

高风辉见到太太昏迷了过去，心急火燎地想要叫醒她，但是钟子离却推开他，探了探他妻子的鼻息，说道："放心，还没死。还是保持安静吧，就快到午夜零点了。"

润暗还在不停摸索着周围的空间，终于，他把手放在电视机上面，连忙把它打开！电视机里的场景，正是《无底之井》里那口井所在的庭院！

而高风辉的儿子，此刻居然在电视机屏幕上！他正一步一步地爬向那口井！

"畜生！"润暗立刻对电视机释放噬魂瞳眼，想要把里面的鬼魂给拉出来，这时电视机的画面立刻变得模糊不清起来，而画面也距离那口井越来越近了！

"你这个畜生！不要动我儿子！"高风辉几乎要发狂了，要不是钟子离拉着他，他恨不得冲进电视机屏幕里面去！

"好强的力量。"润暗也感觉有点儿勉强，他的内伤毕竟还未痊愈，电视机里那只鬼的力量似乎要把自己也拉进去一样。

"你给我出来！你怎么连一个小孩子都不放过！"

润暗几乎要把牙齿咬碎了，他拼足力气，头不断后仰，对阿静说："快来帮忙……我正在把那个鬼和孩子拉出电视机……快来把我往后拉，我一个人的力气不够！"

阿静连忙抱住润暗的身体并往后拖，而高风辉和钟子离也来帮忙，简直像拔河比赛一样。

电视机的画面越来越模糊，润暗的嘴角也流出血来。

"哇啊啊啊啊——"随着他一声怒吼，四个人同时向后跌倒，而电视机瞬间关闭。随即，一口井出现在客厅里。高风辉的儿子还在井下抚摸着外壁，似乎想爬上去。

"好险……刚才要是没有你们帮忙，我恐怕会被拉到电视机里面去了。"润暗抹了抹额头的汗，走过去抱起那个婴儿。就在这时，井里伸出一只白晃晃的手来，抓住了婴儿的手臂！

润暗早料到会这样，立刻释放出噬魂瞳眼，没想到，鬼眼的力量居然反作用在自己身上，他的手瞬间松开，整个人被弹射到远处，又摔了一次。

阿静立刻意识到，这是过度使用鬼眼，造成润暗体内的鬼魂对他自身的反噬。紧接着，一个没有头发的白晃晃的头颅从井里伸了出来，头颅上没有五官，它把婴儿的身体翻过来，在后背上划下一道血痕！

"你给我住手……"高风辉立刻上前要救儿子，然而就在快要接近井的时候，却感到前面似乎有一堵看不见的墙壁，阻挡了他的行动！

"还给我……把儿子还给我！"

只见那白晃晃的鬼靠在井口的边沿上，继续在婴儿的后背划出一个大口子，并且把口子扒开，却没有流血，能清楚地看到婴儿体内的骨骼和器官……

这简直是比下地狱更残忍的场面！

但是，更疯狂的事情还在后头。

只见那白晃晃的鬼，居然将头颅伸进了这个伤口里！

"不——不——你这畜生！我要杀了你，我要杀了你！给我住手啊啊啊啊啊啊啊啊啊啊啊啊——"

此刻婴儿一动不动地躺在井沿上，任凭那只白晃晃的鬼头伸入体内，紧接着，鬼头下面的身体也从井里爬出来，也进入婴儿的体内！

当一双白色的脚终于钻进那个伤口，那个鬼就这样彻底进入了婴儿体内！接着，一只手从伤口中伸出来，像拉拉链一样，把这个伤口拉上了。婴儿看起来完好如初，丝毫看不出有一个鬼已经进入了身体！

看到这恐怖至极的一幕，就连阿静也张大了嘴巴，说不出一句话来。润暗浑身战栗。

忽然，高风辉感到那堵看不见的墙壁消失了，他连忙冲向井边，然而，他的儿子已经滑入井里去了。

高风辉想立刻跳进井里，被钟子离死死拉住。如果现在他跳下去的话，他们两个人都会死的！

"风辉……你冷静！冷静！"

"去他妈的冷静！老子跟那个王八蛋拼了！"

就在这时，那口无底之井忽然消失得无影无踪了。

高风辉顿时跪倒在地上，看着空荡荡的地板，眼神呆滞地说："为什么……为什么会这样……我从来没有做过坏事，更没有什么野心，只想有一个小家庭，过着平淡的日子，就觉得人生没有遗憾了。为什么……我儿子为什么会死？"

高风辉忽然转过身，对准钟子离的脸就狠狠地打了一拳，并扑上去掐住他的脖子说："是你！这个鬼不是来杀你的吗？为什么？为什么是我儿子会死？这是为什么啊！"

要不是润暗和阿静拼死拉住他，恐怕钟子离真的会被高风辉给打死的。

"好了……我知道了，这是我的错……"阿静取出钥匙，解开了手铐，说道："钟子离，你先和我们走吧，现在风辉情绪不稳定，等到了午夜零点，我们会保护你……"

"不！"高风辉就像一头狂暴的狮子，尽管被润暗死死拉住，还在不断咆哮着："我诅咒你，钟子离，我诅咒你被鬼魂弄死！要不是你，就算我死了，我儿子还可以活下去，你是凶手，你是杀死我儿子的凶手！凶手——"

　　润暗实在没办法，只好一掌把高风辉给打晕了，然后把他抱到沙发上，给他们夫妻两个都盖上被子，说道："我们走吧，阿静。"

　　离开高风辉的家，三个人来到附近的马路上。虽然人已经很少了，不过路灯可以略微驱散刚才的恐怖场面带来的震撼。

　　"阿静……我想问你。"润暗的身体还在不住发抖，他对高风辉儿子的死实在是疑问重重："为什么会这样？难道风辉的儿子是灵异体质，所以鬼要进入他的身体吗？"

　　"不可能的……那是在怀孕期间就已经产生出来的体质。胚胎在子宫里发育，还没有完全成形的时候，鬼就会潜入胎儿。像风辉儿子这种已经离开母体的婴儿，没道理会……而且，刚才那一幕，我也感觉很恶心……"阿静扶着一根电线杆呕吐起来。

　　润暗心里很难受，忍不住也吐起来了。而钟子离也没有幸免，三个人几乎把胃都给吐空了，才舒服了一些。

　　"我果然……太天真了。可是……为什么会是风辉的儿子？他儿子的死，你并没预知到吧？而且他也没有看过屠兵宗的恐怖片，不是吗？"阿静疑惑道。

　　"对啊……我也感觉很奇怪。现在几点了？"

　　阿静看了看手表："嗯，还有半个小时就到午夜零点了。"

　　正好有一部出租车路过，钟子离立刻招手拦了下来，对润暗说："麻烦你们陪我走一趟吧，我有一个疑惑。"

　　"嗯？去哪里？快到时间了啊！"润暗不明白这个时候还要去哪里，但是钟子离不由分说地把他和阿静拉进了出租车，向司机报了他家的地址。

　　"你要回家去？"阿静不解地问，"去做什么？在哪里都不安全啊。"她忽然回忆起今天的所有事情，终于明白了。她紧张地看着手表，对司机说："师傅，麻烦快一点儿，只要在半小时内到达，车钱我们加倍付！"

钟子离家是一个非常破旧的屋子，一推开门就闻到一股酒味。他的母亲正躺在一张破旧的床上，鼾声如雷地大睡，地上堆积着不少空酒瓶，多数都是白酒的。

"妈，起来！快起来！"钟子离用力摇着已经醉得不省人事的母亲，但她还是没有醒过来。

"我来吧。反正她现在喝那么多酒，也未必能说出真话来。"阿静推开钟子离，取出催眠药水，撬开这个女人的嘴巴，皱着眉头忍受着酒气，把液体滴进她的嘴里。这药水还有提神醒脑的作用，可以让人神志清醒。

果然，再叫了几声后，她就醒过来了。

阿静对钟子离说："你想问什么，就问吧。"

时间不断向午夜零点逼近。而一问一答不到五分钟就结束了。钟子离什么都明白了。但是，他还是不敢相信，这一切居然是真的！

走出房子，后面是一块待拆迁的土地，有不少废墟和破砖碎瓦。钟子离精神恍惚地走在这些破旧房子前，一句话也不说。阿静很担心地紧随在他身后，不时看着手表。

钟子离拐过一段残墙，阿静再走过去的时候……发现他居然不见了！

钟子离完全没有察觉到，他的周围依旧还是一堆废墟，环境的变化并不明显。

"不可能的……怎么会呢……"

他忽然很想再去见见风辉。他有很多话想告诉风辉。一直以来，他遭遇的不幸，其实是可以避免的。他，不是他父母的亲生儿子。

他回忆起了刚才母亲在催眠药水作用下的回答。

"钟子离是你的亲生儿子吗？"

"不是。"

"他是怎么来的？"

"二十多年以前，我到乡下去探亲的时候，路过一口井，那口井里突然弹出一个婴儿来，正好被我接住了。我不能生育，所以就收养了这个孩子。"

《无底之井》中，这口栖息着鬼的井，是可以错乱时空的。丢进里面的东西，也许会通过其他时空的另外一口井而到达过去或者未来。

那么……难道说……难道说自己的亲生父亲是……

钟子离突然感到背后传来剧烈的疼痛，背后的衣服被撕开了，紧接着，他惊恐地看着一只白晃晃的手，搭住了自己的肩膀……

临死前，他脑海里最后想到的一句话是高风辉所说的："兵宗曾经对我说，他觉得我们长得很像。"

此刻，正是午夜零点。

第 02 章
〔吃掉自己〕

路深槐看着几份从国外传过来的资料，眉头越皱越紧。

前几天入侵公司的人莫名其妙地再度消失无踪，令他对公司的保全措施完全不能信任了。不死瞳眼的成长，似乎也不太顺利。

"路叔叔，你可不可以陪我去看电影呢？一直待在家里很闷啊……"蒿群扯着路深槐的衣服说，"最近都是你来陪我，我才会不感觉无聊呢。姐姐去了美国那么远，交代我要好好听你的话，你和姐姐的关系一定很好吧？"

"嗯，你姐姐是我们公司的骨干啊。"路深槐抚摸着这个小鬼的头，多少有些无奈。他居然要抽空来看这个孩子，还得陪他玩游戏。不过，宗蒿霖对公司还有很大的利用价值，何况目前不死瞳眼的开发受阻，身为技术分析部部长，她今后能否全心全意地为公司工作，这个孩子是关键。

这个孩子在两年前，因为一场车祸导致下肢瘫痪，本来是要坐一辈子轮椅了。不过，路深槐向宗蒿霖允诺，只要愿意帮助公司进行鬼眼开发，她弟弟就有可能再次站起来。也是因为这个原因，原本自暴自弃的宗蒿群才能够恢复了天真的笑颜。

然而，路深槐很清楚，当宗蒿霖彻底没有利用价值以后，她就只有两条路可走。一是继续为公司服务，二是去见阎王。

公司不可能会让一个知道那么多底细的人离开的。不过，他不会让这样的事情发生。路深槐是个很重视约定和承诺的人，既然答应了她完成不死瞳眼的开发后能离开公司，必然不会食言。想必有他作保，高层的人也会放过她吧。毕竟同事了那么长时间，多少还是有一些感情的。

"蒿群啊，你现在腿脚不方便，这附近也没有电影院，你姐姐要我好好照顾你的。嗯，这样好了，你喜欢什么模型，我可以去买来给你。"

看到蒿群，路深槐不禁回想起当初和慕镜、愿姬一起生活的日子。他现在也想好好保护这个孩子，不受到公司罪恶毒手的伤害。

这些日子，他一下班就会到这里来，钥匙是宗蒿霖给他的。说来也奇怪，本来宗蒿霖非常讨厌他，但是当她听路深槐说了他和愿姬的故事，虽然并不能完全认同他，但也认为他不是一个绝对的恶人，居然开始信赖他。

上飞机前，宗蒿霖把钥匙交给路深槐："我走后，你有时间多去看看蒿群，他一个人会很寂寞的。"

宗蒿霖能对他如此信任，路深槐实在很意外，而且他也知道，她多么在乎弟弟。

"我相信你今天对我所说的话，你不是一个冷血无情的人。弟弟每个星期都要去你们公司下属的医院进行治疗，以前都是我带他去的，以后，请你帮我带他去吧，拜托你了。"

不知怎么的，路深槐竟然有种莫名的感动，除了慕镜和愿姬以外，他第一次真正意义上地被一个人信赖了，甚至愿意托付给他对她而言比性命更重要的人。

而这个人，还是被自己利用的人，这未免太讽刺了。

"你真的那么信任我？就因为今天和你说了那些话？"

"我本来以为，你和公司里其他人一样，是没有人性、玩弄生命的人，不过……我今天看到，你的眼神是真切地为了一个人而心痛，是真的在哀悼逝去的生命。我想，至少比起其他人，你应该更可以信赖吧。"

路深槐感到很惭愧，他其实距离泯灭人性也不过一步之遥。虽然动机不同，但是他的确也协助公司进行了许多惨绝人寰的实验。宗蒿霖虽然和公司进行交易，但是她保有人性的底线，绝对不参与那些残忍的实验，只是从事数据分析的工作，并不在研发的第一线。当然，她也有罪，可是比自己高尚多了。至少，她还会忏悔，但是路深槐不同，只要这样做可以救慕镜，他不会在意要牺牲掉多少人。

慕镜和愿姬的幸福，是路深槐活着时唯一会考虑的问题。对他来说，全世界的人也比不上他们两个重要。愿姬已经死了，那么最重要的人，就是慕镜了。

"蒿群，你先在这里坐一会儿哦，我去看看有什么吃的……"路深槐走进厨房，看看还有什么食材。

就在这时，他的喉咙被一个冰冷的东西顶住了。一个声音在他耳边低语道："还记得我的声音么？随便编个理由立刻离开这里，我不想让小孩子看到不该看到的场面。"

这个声音怎么可能忘记？路深槐点点头，顺从地回到蒿群的房间里，说道："啊，不好意思，蒿群，叔叔想到了一件很重要的事情，要先走了。"

"叔叔……你……"

"真不好意思啊，我下次来给你带好吃的，好不好？晚饭让保姆做给你吃吧。再见了！"

走出宗蒿霖的家，根据那个声音的指示，路深槐慢慢走向楼道，他看了看四周没人，说道："可以现身了吧？任静小姐？虽然不知道你用什么办法隐形的，不过现在周围都没有人，你不用再隐藏了吧？"

"不行哦……还需要你帮我们的忙呢。我现在有不少麻烦。"

"我当然清楚，公司的人在找你们，为了慕镜的行踪。一天不捉住他，公司的人始终寝食难安的。"

"我的要求很简单。我要你让一个有噬魂瞳眼的人，在最短时间内进化为裂灵瞳眼。"

阿静的想法是，到目前为止，那些鬼似乎都能把人拉入各种古怪的空间里，并通过异空间入侵。如果没有可以操纵空间能力的裂灵瞳眼，余下的人只有等死。钟子离就是这样死的，如果有裂灵瞳眼，就可以把他重新拉回到现实世界了。

"看来要是我不答应，就会死定了啊。"

"你明白就好。别告诉我没有这种办法！你们研究鬼眼那么久了，不至于连这个成果都没有吧？"

"……好吧。不过事成之后，你可要放了我。"

阿静把刀子进一步抵住路深槐的脖子，恶声恶气地说："丑话说在前面。你如果敢要什么花样，我可不会放过你！手机拿出来关机，交给我保管。"

这里是在艾明市，也就是开发部旧址所在地，虽然火灾的影响很大，不过现在已经基本完成重建了。

阿静把路深槐带到一个可以隔绝电波的停车场里，逼他喝下了听从命令行动的药水。之所以不一开始就让他喝下，是考虑到不知道提升的时间要多久，而药效是有时限的，所以要最大效率地运用。

润暗在那里已经等了很久，见阿静的车子开过来，这才放下心来。喝下药水后，路深槐就开始讲述提升能力的方法。

"什么？"

听完之后，二人都惊呆了。

提升的方法居然是——吃人肉！

"润暗……你，你……"

"阿静，我说……这个未免……"

吃人肉这种做法，实在是太让人难以接受了！阿静再三向被催眠了的路深槐确认，他坚持说，这是快速提升鬼眼能力的唯一方法。

"一定得是人肉吗？就不可以是人血吗？"阿静又问了一句，然而对方的回答很确定。必须是人肉，只喝血或者啃食人骨都没用。

"明白了……你走吧。"阿静又给了路深槐遗忘药水，让他到家后自动喝掉，现在就喝的话，他就会倒在停车场里不省人事了，明天醒过来肯定会怀疑的。

看着路深槐的车子开走，二人还站在原地唉声叹气。

"难道要去太平间或者殡仪馆偷尸体来吃？虽然我知道快速提升走捷径肯定是要付出代价的，但是这也未免太……"

润暗虽然很希望提升自己的鬼眼能力，去救现在还活着的人，但是……吃人肉他是怎么也做不到的。

"阿静，你怎么想？"即使是尸体的肉，润暗也接受不了。阿静的意见也是反对："我的想法和你一样，代价太高了。或许还有其他办法呢……明天是赵戟的死亡日期……高风辉现在陷入疯狂了。不过，如果他知道了钟子离和他的真实关系，恐怕会更疯吧。总之，今晚去找赵戟再商量对策吧。"

这时，阿静接到了高风辉的来电。她连忙接通，问道："风辉，你还好吧？"

"嗯……我好得很呢……赵戟现在在我家，你们也过来吧？我太太回娘家去了，她接受不了繁繁的死，虽然报了警，但是警察根本不相信她说的鬼井的话，我……我会振作起来的！我把家里所有存款都取了出来，也辞职了。我会去黑市买一些武器，什么后果都不考虑了。我要和那帮畜生拼个你死我活！"

高风辉已经失去理智了。不放心他的二人匆匆赶到他家，一进门就惊呆了。只见高风辉头发蓬乱地狂笑着，拿着菜刀把房间里的东西都砍得伤痕累累，乍一看还以为是有人来打劫了。

赵戟见润暗和阿静来了，连忙向二人求援，最后大家好说歹说，高风辉才稍稍平静下来，但是菜刀始终不肯离手。

高风辉坐在餐桌前，指着一桌菜肴说："听好了……今天大家都待在这儿……谁敢走，就是看不起我！喏，你们看，这里有酒有肉，大家一起吃，一起喝！喂，坐啊！站着干什么！"

这时的确也是吃晚饭的时间了，再加上高风辉一副再不坐下陪他喝酒就要杀人的样子，三个人只好勉为其难地坐下，看着高风辉给他们一一倒酒。

"喝！"高风辉立刻将酒一饮而尽，润暗他们也只好照做。喝了几杯酒后，大家都战战兢兢地看着他。这时，高风辉的表情略微平和了："怎么了？光喝酒，不吃菜吗？这些菜都是我做的，难道不对你们胃口？"

大家只好陪着他吃饭。吃着吃着，高风辉忽然头伏在桌子上哭了起来。大家都清楚，他此刻有多么痛苦。

没有人去安慰他，因为没有人可以与他感同身受。

高风辉哭了半个小时后，似乎睡着了。阿静拿了一条被子给他盖上，把菜刀拿走，给他留下了一张字条。

"走吧。现在谁也帮不了他，不用担心他会自杀，在死亡日期之前，他也死不了。让他一个人冷静一下也好。"

阿静的话虽然听起来残酷，却是事实。对一个痛失亲人的人，说什么"节哀顺变"、"人死不能复生"、"请振作起来"这些不痛不痒的话，根本不可能减轻这种撕心裂肺的痛苦。高风辉珍视自己的家庭，现在他的世界已经毁灭了一半。而几天之后，连他自己也会迈上黄泉之路，这根本不是一个正常人可以承受得了的痛苦。

走出高风辉家，润暗朝着他家的窗户凝视了很久，才和阿静一起离开了。

"听好了……赵戟。"润暗的眼神忽然变得锐利起来，简直像在狩猎的鹰一样，他坚定地说："你想活下去吧？"

"啊……那当然了！"赵戟迫不及待地答道。

"那好……"润暗仰头看着阴沉的天空，"那么……开始吧！"

"所以……就来找我帮忙了？"

闻紫魅看着眼前风尘仆仆赶来的三个人，叹息道："好，好，我明白了，这个暗道确实很合适，你们想得挺周到的。"

赵戟会死在名为《影魔》的恐怖片里。这部恐怖片是讲述一个女生被人欺负而死后，她的怨恨让她的影子获得了生命，开始杀害那些欺负过她的人。要对付那个影子，就要进入一个没有光源、彻底黑暗的地方。电影里的主角也想出了这个办法，并试图以此来对付那个影子，但是，影子总会想办法让他进入的环境产生光源，最后把主角杀害了。

吸取了电影里的教训，阿静带着赵戟在天黑前赶到了安川市的渔村，在暗道里和闻紫魅见面了。

"我明白了……"四个人在伸手不见五指的暗道走廊里，盘坐在地上，地面非常潮湿。

"不知道现在几点了，不过也没办法。"阿静在黑暗中摸索着，抓住闻紫魅的手，说道："说实在的，那么暗，谁都看不见谁，还真是心里没底。吸取园秀的教训，要防止被诅咒者突然被转移到另外一个地方去，紫魅，你应该有能力做到吧？"

"当然有，我可是灵媒啊。我担保在这个暗道里不会发生这样的事情，因为我早就为了防止村民发现这里，在整个暗道内散播我的灵气，何况我是厉鬼体质，那个影子再厉害，也不至于可以和厉鬼相提并论吧？赵先生，你放心好了，在这个地方，你的性命基本是可以保证安全的。"

接下来，阿静就针对各种意外情况进行了计划。首先就是这个暗道是否可以彻底隔绝光源。闻紫魅在这里接过电，所以先让她把电源切断，并且用钉子封死可以打开暗道的门，再把每个人身上可以发光的东西收起来。

手机是绝对不能带着的，所以都放在车上了。大家都坐在这个绝对黑暗的地方。即使真的有可以透光的微小缝隙，也绝对制造不出足以形成一个影子的空间。

"紫魅，闹钟已经调到午夜零点了吧？你确定没有发光功能吗？"

"是的，确定。现在这里是个绝对不透光的黑暗世界，入口也被封死了，而我也尽可能释放灵异能力，以我的力量保证不让赵先生的身体移动到别的地方去，应该是万无一失了。"

"我不要'应该'。润暗，你不到万不得已，不要释放噬魂瞳眼能力，因为那个时候眼睛多少会发出点光芒来，虽然不足以形成影子，而且时间也很短，但是我们不能让影子钻任何空子。"

就这样，大家手拉着手，盘腿坐成一圈。因为这样才可以确定其他人一直都在自己身边。

在这完全黑暗的环境里，就算没有鬼，也已经够恐怖的了。

忽然，铃声大作，每个人的精神都紧张起来。

午夜零点到了，死亡日期来临！

握住赵戟的手的阿静问了一句："赵戟……还是你吗？"她真怕自

己现在握住的是其他什么东西。

"是我，任小姐……我们真的要这样保持二十四小时吗？"

"你如果想死，尽管出去。"

"我……随便问问而已……"

黑暗中也没有办法知道具体过去了多长时间，昨天一整天都在奔波，连睡觉的时间也没有，现在这个时候不困是不可能的。

尽管呵欠连连，眼皮不断打架，但是每个人都在心里告诫自己：不能睡，睡了就完蛋了。尤其是赵戬，他知道，每撑过一分钟，他的生存希望就多了一分，回想前几个人的死，要不是有润暗和阿静承诺保护他，他真的会崩溃了。

赵戬对润暗和阿静说，他其实到现在也有点儿怀疑这个世界上是不是存在真正的鬼魂，他平时对于非科学的思想都是很鄙夷的，这次要不是发生了太多不可思议的事情，他根本不会往鬼神的方向去考虑，只会认为是什么人杀害了他们。

阿静终于有点儿撑不住了，提议道："这样好了……我们轮流睡吧，至少留一个人醒着。这么暗也看不了时间，紫魅，你先醒着吧，你在心里以正常秒速从 1 念到 1000 后叫醒我们中的一个人，然后再让那个人醒着，怎么样？"

"好吧……"

润暗和阿静立刻合上眼，不到一分钟就都睡着了，赵戬也招架不过瞌睡虫，打起鼾来。

闻紫魅紧紧握住赵戬的手，开始在心里数起数来。

就这样，轮流换班了一轮又一轮，大家勉强睡了又醒、醒了又睡，最后居然全部都睡着了。

第一个醒过来的人是润暗。

"怎么回事……我睡了多久？啊，大家快起来啊，赵戬还在不在？"

大家都被他吵醒了，每个人都打着呵欠，感觉浑身无力，不过随即都反应过来。在确认了赵戟还在之后，才放下心来。

"现在是几点了啊？"

"闹钟没响，就说明还没到午夜零点，估计现在是早上六七点吧……人一般自然醒来都是这个时候。"润暗推断着，和前面几个人比起来，赵戟算是活得久的了。

影子果然是无计可施了？周围都弥漫着闻紫魅的灵气，看来是很保险的。

"乾坤。"

"龙岳。"

"嗯？什么意思？"赵戟不解地问。

"确认一下对方还是不是那个人，这种事情我们不是第一次遇到了。"

"那……我呢？你们怎么确定我就是我呢？"

"我的灵异能力感应得到你的存在，如果你不再是你了，那么我不可能还感觉得到，至于紫魅，我们完全相信她的厉鬼体质。"

"呵呵……我就当你是在夸奖我了。"

对润暗来说，这是燃起了希望。只要赵戟可以活到今天的午夜零点，那么，他和润丽、阿静的死亡诅咒就可以一并解除了……和阿静一起获救……

润暗对阿静不像最初那么警惕了，他已经完全相信并将她视为同伴，更在内心希望可以和她一起获救。如果到最后，只有他和润丽能够得救，而阿静死去的话，他也不会快乐。如果没有阿静，他现在还会是那个逃避自己宿命的可怜虫，但是现在，他却有力量向命运发出挑战了。

如果没有阿静，他无法再奋战下去，更无法面对那即将到来的恐怖诅咒。无论最终结果怎样，阿静都是他人生的重要转折，是这个世界上除了润丽以外，对自己最为重要的人。

"话说回来……润暗，"阿静忽然说道，"有件事情，你不感觉奇怪吗？为什么我们找不到第九个人呢？谁也记不起来那个人的存在，到目前为止，你也没有产生过对他的预知，不是吗？"

"的确如此，那是为什么？"

"我的猜测是……赵戟，你也帮我分析分析。第九个人，或许根本就不存在吧。"

"不存在？"

"是啊，所有人都记不起来第九个人是谁，这本身就是一件非常奇怪的事情吧？"

是的，每个人都记得那天一共有九个人看恐怖片，可是，却没有一个人记得那个人的长相。而唯一能知道第九个人存在的屠兵宗本人却已经死了，他的遗物也全部烧毁了，所以没有办法查出第九个人是谁。

如果第九个人不存在呢？这未免太毛骨悚然了。那第九个人……莫非是……

在家中呼呼大睡的高风辉被急促的电话铃声吵醒了。他微微把眼睛睁开一条缝，拿过话筒接起来说："喂……谁啊？"

"是高风辉吗？是你吗？我好不容易找到你家的电话号码。救命啊，我刚才给公安局打了电话，但是谁都说我是疯子……"

"对，你是疯子，你是谁啊……我不认识你……"

"你……你不认识我了？我是万圣节那天，也在兵宗家看恐怖片的人啊！"

"哦……嗯……什么！"高风辉的酒立刻醒了大半，连忙问道："你是第九个人？真是的，让我好找！我说你怎么不来参加兵宗的葬礼啊？"

"因为我一向不看新闻和报纸……不提这个了，我现在藏在东耀路和北石路交界的一个公厕里。我前几天才知道，兵宗离奇死亡了。其实，我不知道你发现没有，那天我们看的恐怖片里，有不应该出现的画面，有真正的鬼啊！求求你快点来救我吧，我要死了……"

"你别担心，你的死亡日期还没有到。算了，不提这个了……你快告诉我，你叫什么名字，我立刻赶过去！"

"那太好了……我的名字叫赵戟……"

高风辉手中的电话一下砸落在地上，他愣住了。

此刻，那位躲藏在公厕里打着手机的赵戟，不断地对手机叫喊着，然而，他却恐惧地看见一个影子从门的缝隙里钻了进来，那个影子看起来手中拿着一根绳子，接着，绳子盘绕在了他映在墙壁上的影子的脖子上。

"啊……我……我不行了……啊……"

他的手机掉在地上，双脚不断蹬着地面，脖子越勒越紧……

不久，他彻底停止了挣扎。地上的手机里才传来高风辉的喊声："喂，喂，你说话啊？喂！"

此时，在暗道内，润暗忽然感觉不到赵戟的存在了，他连忙去摸索周围。

"赵戟……他……他在哪里？"

润暗当然不可能找得到那个"赵戟"了。

第九个人的确不存在。没有人知道那是什么东西。

"不可能的！他不可能会是假的赵戟！如果是假的，我应该会感觉得出来，不是真正的被诅咒者，我绝对感觉不出他的存在啊！"

"那么……这是什么！"

指着报纸上已经登出来的死者照片，高风辉把报纸扔到润暗脸上，怒道："我该怎么相信你们？赵戟和我虽然不算特别熟，但是……我不想再看到任何人死去了！我失去了那么多朋友，还有儿子……我活着还有什么意义！"

阿静不禁感到汗毛直竖，她居然从昨天开始一直到不久前，都和一个……不知道什么东西在一起！还一直握着他，不，应该是它的手长达数小时！最可怕的是，那个东西，居然可以骗过润暗的灵异感应，让他真的以为自己是赵戟！

这时，她忽然想到，这种情节在《死离人形》里也出现过一次！主角带着一个本以为是受害者的女孩跑到废弃工厂里，没想到这时那个女孩居然打电话给他！主角这才知道，身边那个女孩是假的！

"还真是真实恐怖片呢……"

当天晚上，香港英杰电影公司接到了一个电话，接电话的人是总经理陈耀风。

"喂，是陈经理吗？"

"啊，伊先生吗？我听说你和妹妹一起失踪了，这是怎么回事啊？"

"我现在有一个要求，希望《死离人形》在以后新发行的 DVD 里，把一个情节改一下。"

"伊先生啊，你这样要求就有些过分了吧，这部电影上映都那么长时间了，现在还要我们修改内容，这太说不过去了。"

"我要修改的这个情节，也不是特别大的变动，你就当是帮我一个忙吧？"

陈经理被搞糊涂了，思索了一番后问道："嗯，那好吧。你要我修改哪个情节？我考虑一下。"

"原电影中，极度嗜血的杀人恶魔隐藏在腐尸中，不断虐杀他人，请把这个设定修改为——他只杀害处男。这样可以吧？"

电话那头沉默了很久才说道："伊先生，你最近是不是特别无聊啊？又是玩失踪，又要我改这种无聊的设定。我现在很忙，你知道吗？圣诞节要到了，我们公司正在加紧拍新片……"

润暗说道："我听说你有意让陈楚安明年接你们公司的一部枪战片吧？"

陈楚安是最近在香港很有人气的一个新人，他曾经出演《死离人形》的男主角。

"那又怎么了？"

"他和我交情很不错，听说他现在还很犹豫要不要接这部戏，如果这个时候我打电话劝他不要接你们的戏……"

"好好好好，我改！我改总行了吧！你真是吃饱了撑的！"

润暗这么做，也是没有办法的办法，也不知道能不能救得了高风辉，完全是死马当成活马医。因为他们看恐怖片的时候，这个设定还不存在，所以很可能根本就无效。但是，要是在死亡日期之前改变这个限制的话，也许还来得及阻止。其他的恐怖片，润暗没有能力去做什么，但他是《死离人形》的原作者，而高风辉会死在这部电影里，所以他绝对不可以坐视不管。

"我不应该写恐怖小说的……如果高风辉死了，就是我的错。"润暗放下电话后，懊恼地抱住头。

"抬起头来。"阿静忽然抱住润暗的双肩，"你已经做得很好了，真的。父亲让我来找你们兄妹，真的是明智的决定。"

"你不用这样，我还没有衰到要女人来安慰我。"润暗抬起头，看到阿静满是柔情的眼神，一时愣住了。

阿静真的很美，无论外在还是内涵，她都是一个不可多得的好女孩。润暗在这一瞬间被她深深吸引了，就这样默默凝视着她，居然有想将她拥入怀中的冲动。

这时，门忽然打开了，润丽走进来说："哥哥，我想来和你商量一下……"

润丽一眼看到阿静搭住润暗的肩膀，而哥哥则深情地看着阿静，立刻意识到了什么，连忙说："我不打扰你们了，我先出去！"

关上门后，润丽抑制着狂跳的心跑回房间，感到很兴奋。润丽对自己的诅咒宿命一无所知，所以她完全是抱着平常人的心态生活，刚才看到那一幕，她心想：虽然早料到会这样，但是没想到那么快。这七年来，因为辗转各地，哥哥从来不和人深入交往，所以到现在还没有谈过恋爱。现在可好了，不用担心了……

"润丽，开门……你要谈什么啊？"

润暗现在已经完全清醒过来了。他和阿静都是没有未来的人，现在怎么能胡思乱想呢？然而阿静却还呆呆地在房间里回忆着润暗刚才的眼神。"果然……他对我……"

第二天是周六，是高风辉死亡日期的前一天。出乎润暗意料的是，他居然神智非常清醒地来到旅馆找润暗。

刚一进门，高风辉就说："请你们帮我，我想活下来。昨天我挣扎了一整天，本来想，既然那么痛苦，不如死了算了。但是，我想到了阿萍。她昨天打电话来，说希望我告诉她所有真相，无论我说什么她都愿意相信。我们一起走吧，我想去阿萍家，无论明天我是死是活，我都要见她一面。"

"你太太她……可以接受吗？这么残忍的事实？我看还是别告诉她比较好。"

"还是告诉她真相吧。我终究要面对现实，小繁他……是个好孩子……还有，我对钟子离很抱歉，那天我对他说的话太残忍了。"高风辉的眼中满是泪水。

润暗也感觉心里酸酸的，很不是滋味。高风辉永远不会知道，他曾经和自己成年后的儿子距离那么近。

高风辉的太太只是认为儿子被拐走了，又报了案，但是至今没有任何结果。她认为丈夫对于儿子的去向是知情的。

在去他太太家的路上，润暗反复问他："你真的要把真相告诉她吗？你知道这有多残忍吗？"

"如果不说，她的余生就会一直寻找再也无法出现在她面前的小繁，那样她会陷入更大的绝望。她还年轻，即使我死了，她还可以再结婚，我想至少在死亡日期到来前为她做点什么。"

阿静提议道："你不如另外编造一个谎言吧，至少……别让你太太知道你儿子死得那么惨啊。"

高风辉摇摇头说："我了解阿萍，我骗不过她的。而且我很累，没精力去编造一个完美的谎言了。"

润暗实在看不过去，猛地一脚踩在刹车上，停下车子，接着把高风辉拖下车，按到墙壁上，吼道："高风辉！你给我理智一点好不好？你明天就会死，现在还让你妻子知道那么残酷的真相做什么？你就让她以为小繁还活着有什么不好？至少她还可以抱着一个希望，不是吗？反正也没有尸体，只要你不说，她永远也不会知道儿子死了，那样就可以成为她的精神支柱了。你能想象，一个女人要面对她怀胎十月生下的孩子莫名其妙死去的事实吗？你于心何忍？"

高风辉别过头说："我知道啊……可是让她一辈子活在一个虚假的希望里，对她来说也是同样残忍的……"

"既然如此，你就努力活下去，至少为了你太太，不可以死！你现在去见她，然后，告诉她，小繁不会回来了，但是还活着，我不管你怎么编都可以，但是绝对不能够告诉她真相！只要你还活着，你们可以一起怀念这个孩子，将来或许还可以有新的孩子，你们或许还可以有希望和幸福！"

这天晚上，三个人在高风辉家吃了一顿很丰盛的晚餐。

"酒是不能喝了，就吃点菜吧。"高风辉夹了一块五花肉，"不过，真没想到伊先生你很会做菜啊。"

"其实我觉得还没有我往日功力的一半啊。"润暗笑着说，"如果你喜欢，以后我再做给你吃。"

高风辉的筷子掉在地上："我……会有以后的，对吧？我和阿萍约好了，周一那天会接她回来，然后，不管发生什么事，都会和她一起面对的。"

阿静也安慰他道："放心好了，你会有未来的。《死离人形》可是润暗的小说改编的电影啊，润暗又怎么会怕那个鬼呢？"

《死离人形》讲述的是，无数人死去的执念，跨越时间形成了一个附在腐尸上的恶灵，并且为了制造自己的躯体而大量杀人，将尸体作为新的躯体，而那个恶灵出现的征兆就是三道爪痕！

"你放心吧，我不会让你死在我所创造的鬼魂手中！"

距离午夜零点，还有三小时。三个人选择的最终决战舞台是……公安局！

只要说屠兵宗的死又有了新的线索，警察肯定会愿意听一听情况的，而润暗和阿静用变色龙液体隐身，随时跟在高风辉身旁。给假口供也没有关系，反正没人知道。公安局虽然谈不上安全，但是，根据润暗的设定，物理伤害对鬼魂是有一定作用的，就是不知道这次脱离原恐怖片的恶灵会是什么样的。

"虽然设定已经改为这个恶灵只杀害处男，但是我并不确定这是否有用，所以你别抱太大期望。"润暗说道，"那家伙既然是附体在腐尸身上才能行动，那我用噬魂瞳眼把它拉出来，它就无法伤害你了。"

其实润暗最担心的，是那个死离人形的最强能力——错乱时空，这一点，和无底之井是一样的。

此时，按照事先编造的话，高风辉开始向警察讲述假造的口供，最后还特别提到一点："我家里收到了三封匿名恐吓信，都说要杀死我，希望警方能够保护我。"说完递给了警察他们伪造的恐吓信。

信上的每个字都是用杂志上减下来的纸片贴在一起的，所以笔迹当然不可能查得出来，而且信不是邮寄过来的，而是直接塞在门缝下的。

如果在一般情况下，警方顶多认为是恶作剧，不可能派出警力保护，但是在已经死了一个人的情况下，他们当然会很重视。

"我明白了，高先生。"警察说道，"你先回去，明天我们会部署警力保护你，请放心。我们认为，你儿子的失踪也很可能和这个寄匿名信的人有关，我们一定会调查的。"

高风辉进入厕所，确认了润暗和阿静都在他身边，也在身上滴了变色龙液体。接着，三个人大摇大摆地走进正在通宵工作的重案组办公室内。

忽然，一个警察感到有什么奇怪的声音，连忙抬起头来一看，讶异地发现，墙壁上……居然凭空出现了三道爪痕！

在午夜零点以前就展开攻击，这也早在阿静的预料之中了。伤害鬼魂体的药水，三个人各自都拿了一瓶，这个爪痕出现后，一个小时内一定会出现腐尸！

"阿静……现在释放灵异能力吗？"润暗低声问道。

阿静答道："不，还不是时候，等到你感觉有什么东西逼近的时候再动手。"

对润暗来说，关键就在于把恶灵从腐尸里拉出来的一瞬间，其力量就会变得极弱，那个时候，是攻击它的最佳机会。

"喂，你们看，墙壁上怎么有这个痕迹啊？"已经有几名警察聚集到墙壁前查看，这时，办公室内的灯开始忽明忽暗。

腐烂的气息开始弥漫，润暗知道，那个家伙逼近了……

"是时候了……润暗！"

润暗立刻将灵异能力和噬魂瞳眼一起释放，屋里的办公桌立刻掀翻在地。走廊里传来开枪的声音。

"怪物……怪物啊……"

润暗连忙对阿静说："风辉就拜托你了！"他一个箭步冲出去，阿静拉住高风辉说："放心，你会活下去的！"

然而，润暗却一直没有回来，办公室里的警察全部都跑了出去，屋里空荡荡的。

这时，只听润暗一声高吼："阿静！快带他走，剧情改变了！死离人形已经完全不是原来那个样子了！"

阿静感觉头顶似乎掠过了一阵风，她连忙抬头一看，天花板上又多了三道爪痕！

她连忙拉着高风辉往外跑，刚一跑出去，走廊的灯就灭了！背后也传来了清晰的脚步声，回头一看，却什么也没有！

"果然，变色龙液体也瞒不过鬼魂的眼睛啊……"

幸运的是，他们很顺利地跑出了公安局，阿静很担心润暗，但想到他的死亡日期还没到，应该不会出事，只好继续拉着高风辉跑了，一路上几乎每过一分钟就要问对方一句："你是风辉吗？"

然而，跑了不久，阿静就发现不对头了……大街上一个人也没有！马路上空荡荡的。再看四周，没有一座大楼亮着，黑暗笼罩着他们。

阿静开始思考起来：剧情改变……他们并不是在真正的电影中啊，为什么润暗那么说？只能理解为，死离人形这个角色，不再是只能寄生在腐尸身上的恶灵，而变得无所不能了。

阿静也开始释放出自己的灵异能力，说道："别担心，现在还没到午夜零点，你现在还不会死……"

忽然，高风辉看到阿静的脸上满是恐惧。他随即回头，也惊呆了。

一座至少有五十层高的大楼，居然开始疯狂地变形！一会儿是圆锥体，一会儿是正方体，一会儿又向四面凸出。忽然，大厦的顶层弯曲为月牙形，以惊人的速度朝他们冲过来！

他们还没有反应过来，周围又变成了一个黑漆漆的房间，眼前是一个窑坑，四周弥漫着血腥的味道。地面不断响起奇怪的声音，在距离二人十米左右，三道爪痕正向他们逼近……一颗头颅从地板下冲了出来！

"风辉，你快跑，我来对付它！"阿静立刻释放灵异能力，然而，头颅却又埋入地下，三道爪痕瞬即改变方向朝高风辉那里移动过去！

高风辉沿着一个楼梯跑到了一个到处是蒸汽管道的房间。忽然，他感觉背后猛地被刺了一下，剧痛一下传来，他摔倒在地。变色龙液体的瓶子和装解除液的瓶子掉落在地，解除液流到他的身上，让他无所遁形了。

他回过头一看，一个黑暗的身影正站在他背后，而对方的右手……是三根尖利的爪子！

"不……我绝对不能死在这里，我和阿萍约好了的……"他不知道哪里来的勇气，居然直冲上去，把那个黑影扑倒在地，死死按住它的右手，一拳又一拳向对方脸上打去。

"你这个混蛋……我和你拼了！"

没想到对方居然丝毫不还击，他打了二十几拳，这个家伙始终一动不动地躺着。

"死……死了吗？"

高风辉不敢掉以轻心，立刻取出伤害鬼魂的液体瓶，拧开盖子，全部倒在那家伙脸上，就向后跑去。

高风辉穿过一个又一个房间，不是有各种器械，就是空无一物，哪里都没有窗户，这里如同一个迷宫。

"润暗，我不可以这样死去……我要连小繁的份一起活下去……"

背后的伤还是很疼，鲜血不断滴落在地上，高风辉的意识逐渐模糊了，周围的温度似乎越来越高，他渐渐迈不开步子了。

忽然，眼前的墙壁一下划出三道爪痕，以迅雷不及掩耳的速度向他冲来，一下子就从他的脚底划到他的胸口，鲜血一下喷涌而出。然后，那堵墙壁垮了，那个家伙再度出现了！

那种药水确实有效果，它的头颅被腐蚀掉了三分之二，脑袋中间就是一个空洞。它又挥舞着利爪，向高风辉的咽喉刺来。高风辉死死抓住利爪，被推按到了后面一堵墙上，眼看着利爪距离自己的咽喉不到三厘米了。

他的手心流血了，身前和背后的伤口让他疼得几乎要昏死过去。然而，强烈的求生欲支撑着他，一定要和眼前这个家伙拼死搏斗！

这时，这个怪物的脑袋居然开始复原了！肉蠕动起来，重新形成了五官，一张丑陋得难以形容的脸出现在面前。怪物狞笑着继续使力，利爪离高风辉的喉咙越来越近，他抬起脚，对准怪物的腹部狠狠踢去！

这一脚几乎用尽了他最后的力气，在踢出去的一刹那，嘴里又涌出鲜血。他跑到外面的走廊上，因为受伤太重，实在是跑不动了。

"可恶……我要活下去……我要活下去……"

然而，午夜零点已经到了。

跑到走廊尽头的房间时，高风辉发现这个房间没有通往其他地方的门了。他咬咬牙，取出事先准备好的两把匕首，站在门口等待那个家伙。

门被那个怪物狠狠踢开，高风辉大吼一声，举着匕首就朝怪物的心脏刺去，对方立刻用利爪顶住匕首。高风辉又用左手的匕首刺去，怪物的速度更快，一把抓住他的左手手腕，力气很大，他几乎都拿不住刀子了。

接着利爪又刺过来了，高风辉头猛一低，又挥匕首刺过去，然而右手手腕却被利爪死死扣住，爪子很快深入手臂，他听到了骨头碎裂的声音。

"哇啊——"高风辉惨叫的同时，绝望已经袭上心头。现在他只求速死，不想再受这种折磨了。

"求你……我不抵抗了……你杀了我吧！"

可是，那个利爪还在继续刺，右手肯定是废了。高风辉咬紧牙关，忍受着大量失血带来的晕眩，咆哮着："我和你拼了！"

接着，他将整个身体狠狠地撞在怪物身上，大不了同归于尽！怪物的利爪把他的右臂骨头彻底粉碎，这才松开。就在这一瞬间，高风辉丢掉匕首，快速取出一根事先准备好的长绳，猛地套在怪物的脖子上，然后迅速跑出门外，将门关上，用脚顶住门，狠狠地拉着绳子。因为只有左手能用，加上失血过多，他能有多少力气？还好绳子上事先抹了能伤害鬼魂体的药水，所以他还能支撑一段时间。

门忽然被利爪划开，随后，那条绳子断了！

高风辉连忙又朝着反方向逃去。拖着长长的血迹，他终于看见了一扇窗户。

他跑到窗户前一看，这附近是林区，距离地面只有两层楼高，外面还有一棵树，只要跳到树上再下去，就有可能逃脱！

当然，能不能成功跳到树上还是个问题。高风辉回过头一看，怪物距离他只有二十多米了！

他连忙打开窗户，就在他跳下窗台的一瞬间，胸口忽然被三根利爪狠狠地穿透了！其中一根正中心脏！

"不可能的……他距离我还有二十米啊……"

高风辉艰难地回过头，惊呆了……

那个怪物确实离他有二十米，可是……他手上的利爪居然可以瞬间伸长！

高风辉眼中的光芒渐渐熄灭了……

"阿静，阿静！"

"嗯……头好痛……"阿静睁开眼睛，发现自己躺在距离公安局不远的地上，润暗正担忧地看着她，见她醒过来，立刻把她紧紧地抱在怀里，激动得流下眼泪："太好了……刚才跑出来就看到你一动不动地躺在地上，我还以为你不行了……"

"润暗……你……"

"我真的很怕，很怕你死了……虽然知道你的死亡日期还没到，可是我真的很怕！如果你死了，我不知道自己还有没有活下去的勇气……"

拥抱在一起的二人，感受着对方怀抱的温暖。

"不过……"润暗忽然问道，"你不是滴了变色龙液体吗？我是自己滴了解除液，你为什么也要滴解除液呢？"

"因为我想做诱饵……为了救高风辉。"

二人都看向自己的手表，居然已经是凌晨一点了！

那个怪物正在切割着一具已经血肉模糊的尸体，把切下来的肉块一一地挂在旁边的吊钩上。

然后，怪物戴上了一顶帽子，为了掩饰右手的爪子戴上了手套，离开了这个血腥的房间，来到外面。

这个人走到一座公寓的信箱前，把一张纸塞进信箱，随即走开了。

半小时后，一楼的电梯门开了，而从电梯走出来的……是高风辉！

能够错乱时空的死离人形回到了几天以前。

高风辉拿出钥匙，打开了自己家的信箱，飘出了刚才那个人塞进去的那张纸。他拿起来一看，上面写着：新开张肉铺，肉价五折优惠！

高风辉按照这张广告单上的电话号码打了过去。

"喂，是肉铺吗？嗯，我看了你们的传单，价格不错……我要买几十斤，你们可以外送对吧？"

一个浑厚的声音说道："嗯，请问，你想买多少斤肉呢？"

声音的主人正用尖利的爪子拨弄着高风辉尸体的肉块，说道："放心吧，买多少斤我都送。"

在高风辉死亡日期的凌晨一点，阿静惊讶地看着润暗的眼睛，问道："润暗，你的眼睛……好奇怪，和原来不同了。虽然都是紫色，但是，瞳孔周围有一圈螺纹。这是裂灵瞳眼的显著特点！"

"裂灵瞳眼？怎么可能呢？我又没有吃过人肉……"

润暗忽然想起之前在高风辉家烧菜的情景……

"风辉，你冰箱里怎么有那么多肉啊？"

"啊，因为有一家新开张的肉铺，卖的肉很便宜，所以我多买了一些。"

润暗还清楚地记得，那些肉的味道怪怪的，他还对高风辉说："这肉只发挥出我平时不到一半的水平。"

那不是猪肉……润暗和阿静同时得出了这个恐怖的结论……

这一周来……高风辉一直在吃着他自己的……

燃烧的炉火旁，一个满是鲜血的身影正在切割肉块，一颗人头悬挂在一个吊钩上，人头上的眼睛睁得大大的，似乎还对世界充满留恋……

第 03 章
〔克隆人危机〕

　　室内空调的温度适宜，只是气氛有点压抑。

　　润丽的手不安地捏弄着裙摆，直视着眼前的杂志社编辑。对方正耐心地看着她的简历，似乎有些疑虑。

　　"伊小姐，我们录用你了。不过我要提醒你，我们的杂志发行量不大，只是介绍首饰的刊物，和你原来的工作性质是完全不一样的，请你注意这一点……"

　　润丽立刻放下心里的石头，兴奋地说："我知道了，可以马上上班吗？今天就行啊！"

　　"那好，就从今天开始吧……"

　　润丽的第四次应聘终于成功了。一走出编辑室，她就立刻给润暗打了电话。她还没开口，润暗的第一句话就是："你的电话打得正是时候！快告诉我死亡日期吧！"

　　"有预知了？可是我还没有感觉到啊。"润丽心里有些失落，刚才的兴奋也消失得无影无踪了。

　　"嗯，不是？那你打电话来是……"

　　"没什么，哥哥，以后再说吧。"

　　润丽挂了电话，悻悻地想：到底这样的日子要持续到什么时候啊？

我都快疯了，每天都必须考虑哪个地方有谁会死……

润丽来到编辑为她安排的办公桌前，开始整理稿件。下午她要和一个同事去一家珠宝公司，采访关于他们最新款首饰的发布，如果可以抢到这个新闻，这个月的杂志一定会畅销。

润丽的到来，让办公室里所有男同事眼睛一亮。忽然来了一个那么年轻漂亮的女同事，只要是单身汉，都会两眼放光的。一时间，男同事都跑过来向润丽献殷勤，询问她各种问题。

"好好工作吧！"忽然一个戴眼镜的女同事狠狠拿着一沓厚厚的纸轮流敲着那几个人的头，把他们赶走后，温和地对润丽说："你好，我叫唐卉，欢迎你来我们杂志社工作。"

"啊，请多指教……"

"下午的采访，是你和我一起去。天目珠宝公司的地址你知道吗？"

"其实……"润丽有些腼腆地说，"我刚来高宁市不久，还不太熟悉。"

"好吧，那你和我一起走，坐地铁会比较快，那家公司注重守时，绝对不可以迟到。"

下午一点，润丽就开始收拾东西，跟着唐卉离开杂志社，在去地铁站的路上，两个人交谈了不少事情。当然，润丽对自己的经历基本都隐瞒了，而唐卉看起来也比较豪爽，很容易相处。

地铁上很拥挤，她们都只能站着。这时，润丽忽然注意到，在拥挤的人潮中有一个熟悉的身影……

就在这一瞬间，她眼前的场景忽然发生了变化，周围变得空无一人，但是地铁依旧在行驶，自己面前只站着一个男子。

是的……润丽想起来了，这就是她之前见到过的那个紫瞳男子！

"是你……为什么周围的人都不见了？"

看着她浑身战栗的样子，男子也不忍再吓唬她，开门见山地说：

"放心吧，我只是用裂灵瞳眼制造了一个空间裂缝而已，现在我和你并不在原来的空间中。嗯，先自我介绍一下吧，我叫铁慕镜，是诺索兰公司第一批克隆实验体之一，具有裂灵瞳眼。幸会，伊润丽小姐。"

"你……你知道我的名字？"

"当然知道。因为我认识任森博先生，这个名字你总听说过吧？"

"阿静的爸爸！"

铁慕镜指了指旁边的座位，说道："你先坐下吧，到站还需要一段时间呢。我们现在和车厢里的人不在同一时空，做任何事情也妨碍不到他们的。"

"可是……唐小姐发现我不见了的话……"

"这个你不用担心。"

虽然润丽已经逐渐平静下来，但还是保持着警惕，坐下来的时候，和铁慕镜隔着三个座位。

"你有话就说吧……"她感觉气氛实在有点尴尬。

铁慕镜感觉她很可爱，明明还很担心，却还是硬撑着想要听听自己的来意，装作不在乎，其实心里的想法全都写在脸上了。

"任先生算是我的恩人。他的要求，我必定达成，而且，我这样做也是为了我的一个朋友，他可能会为了我而做一些傻事。为了阻止他，也为了任先生的愿望，我是来帮助你的。你和你哥哥的灵异体质，都开始不稳定了，是吗？"

"不稳定？"润丽回想起拂晓之馆的预知，那时候她几乎都是在死亡日期当天预知到一个接一个的人死去，哥哥也是如此，他后来看到的影像都是模糊不清的。这是七年来从未发生过的状况。

"铁先生……"

"叫我慕镜好了，这样我听着比较习惯。我也叫你润丽吧？"

"嗯，可以啊……那个，慕镜，你说帮助我们，是什么意思呢？哥哥他的鬼眼能力还不够强大吗？我听说最强的是阴阳瞳眼，而哥哥的噬魂瞳眼是第三强的。"

"他现在应该已经是裂灵瞳眼了。"慕镜忽然走近润丽，把手伸到她面前来，吓得润丽后退道："你要做什么？"

"检查一下你的灵魂内部啊，我认为，或许是因为你哥哥的灵异能力逐渐被激活，导致体内的鬼魂开始意图冲破生灵的抑制。而你的鬼眼没有觉醒，我想，修补的难度不会很大……"

"修补？"

"怎么了？任小姐什么都没和你说吗？啊，就要到站了。下次再说吧，我先走了。"

一瞬间，周围又变回了拥挤的车厢，唐卉拉住润丽的手出了站，说道："你发什么呆啊？到站了啊。"

铁慕镜也下了车，目送着润丽的背影消失，忽然一种危险的预感掠过，他猛地回头一看，在车内的拥挤人潮中，居然站着一个浑身鲜血淋漓的女人！而这个女人，即使烧成灰烬，他也不会认不出来！

"愿姬！"

他想要回到车厢内，然而车门已经关上，他打算打开空间入口，可是发现有什么东西在阻隔着自己。他眼睁睁看着被满身鲜血的愿姬用阴毒怨恨的眼神看着自己，地铁缓缓开动了。

"不……不可能的！"

紧接着，他的脑海里倏地一下，闪现出无数人的影像来……

那些人的死亡日期就在今天！

当天晚上，电视台播出了一条特大新闻。地铁的一段车厢居然凭空消失，车厢内所有乘客下落不明。

铁慕镜看着新闻，脑海中搜索着记忆。当初，愿姬是什么时候死的？

对了，是午夜零点……在午夜零点死去的人会化为厉鬼。愿姬刚才是想来找自己复仇吗？是的，因为自己没能够保护她，他的能力不够强大，才会让她死去了，他没能遵守约定。

不，他随即否定了这个想法。鬼魂没有人类的善恶观。活着的时候是怎么样，不代表死了以后也会是这样。愿姬的亡灵无法安息，她还会继续展开杀戮。但是，伊润丽居然没有预知到那些人的死亡……这是她体内的鬼魂已经逐渐冲破生灵束缚的前兆！

这天晚上八点左右，唐卉的男朋友开车把她送回了她家公寓楼下，恋恋不舍地说："明天还能出来吗？"

"呵呵，你还真贪心呢，今天不是陪了你一个晚上吗？最近我的工作很忙，下次有时间再说啦，我得快点回去了，不然我哥哥又要说我了……"

忽然，她的嘴被男朋友重重吻了一下，她也不由自主地环绕住他的脖子，二人就这样热吻了很久，才难舍难分地道别了。

"唉，大家工作都很忙啊，见个面也真不容易……"

唐卉走进公寓，第一件事是去取报纸，她哥哥从没有取报纸的习惯。一直以来，她就和哥哥两个人一起生活，父母都不在身边。

"嗯……诡异的地铁事故……"

拿着报纸边走边看，她已经走到电梯前，放下报纸却愣住了。两部电梯前都立了一块牌子：修理中。

"有没有搞错啊！"她真是傻了眼，她家可是住在十三楼啊！走楼梯上去的话，岂不是要累死？刚才和男朋友在外面逛了那么长时间，她的腿很累了，只想着早点回家洗个澡睡觉。

唐卉走到楼梯前，看着台阶叹息起来。

"算了……就当减肥运动吧……"

这时，她的手机响了起来，号码是今天刚刚来的那个新人伊润丽的。

"喂，小伊，有事吗？"她一边跨上楼梯一边接着电话。

"唐小姐吗？你快点逃走啊！你现在有生命危险……真的，快逃走！"

"啊？"唐卉拿下电话，仔细看了看号码，确实是伊润丽的，又问道："你在胡说八道什么啊？今天又不是愚人节，说什么我会死？谁要杀我？"

"这个……详细情况现在说不清楚，告诉我你家的地址吧，我现在就去找你，到时候你就明白了，我发誓，我绝对没有和你开玩笑！"

唐卉回忆起今天伊润丽的举止，心想，反正也是同事，告诉她地址也无妨，而且好像她真的有什么要紧事。

挂上电话后，润丽这才放下心来，对润暗和阿静报了地址，又说道："拜托让我也去吧！我答应不会乱来的！"

润暗略微犹豫了一下，点了点头。

唐卉挂了电话，满脑子都想着润丽的话，不知不觉已经走到了六楼。

到了第七层的时候，楼道里漆黑一片，一点儿灯光也没有，加上刚才润丽说的那些话，让唐卉一下子紧张起来。

"没事的……没事的……"她安慰着自己，脚步却不由自主放慢下来，不敢弄出太大声响。每走一个台阶，她的心就跳一下。她不禁开始咒骂起电梯为什么会故障，还有润丽那个莫名其妙的电话。她想索性再打过去问问，可是……

她忽然感到有什么人在窥视着自己！唐卉并不是一个神经质的人，也是少有的不喜欢以直觉判断事物的女人，然而现在……她真的感到有一道视线，从上面的台阶看过来！

尽管什么也看不到，可是这种感觉挥之不去。她想说服自己，是听了刚才润丽打来的电话才会有这种感觉。可是，那道视线渐渐逼近，仿佛要穿透她的身体一般……

"哥哥，再开快一些啊，我还是预知不到死亡日期啊！"

润丽急得只恨自己没有翅膀，阿静安慰她说："别担心，也许死亡日期还很远呢……"

"可是，今天的地铁事故，为什么我什么也预知不到？我明明可以救那些人的……我到底是怎么了？"

润丽正在逐渐失去她的能力。她回忆起铁慕镜的话，更加不安起来。如果他说的是真的，那么自己以后无法预知死亡日期了，不就无法拯救那些被诅咒的人了吗？到底自己该怎么做？

两层楼的路，唐卉居然走了十分钟。她终于感觉到那道视线不存在了，才敢继续以正常步速前进。

自从住进这个公寓以来，她一次也没有走过楼梯，所以，现在她就是在一个完全陌生的地方。而越往上走，似乎就越黑，已经到了几乎让她窒息的地步。

唐卉咬牙坚持到了第十三层。一离开楼梯，她就像从关有猛兽的笼子里走出来一样，不停地喘着气。

"我真是的……怎么那么胆小啊？"楼道内明亮的灯光和熟悉的走廊，把唐卉的恐惧都驱散了。她欢快地踏着步子来到自己家门口，按了按门铃，却没有人来开门。

"原来哥哥也没有下班啊……"她庆幸起来，本来还担心哥哥会问自己那么晚去了哪里呢，这下反过来可以笑哥哥了。想到平时盛气凌人的哥哥等会儿回来也要爬十三层楼梯，她就偷笑起来。

唐卉拿出钥匙打开门，一进屋就打开灯，关上门，把包往沙发上一扔，鞋子一脱，就去几个房间看看，哥哥果然不在。

"大概是加班了吧？不管他了。"

唐卉坐在客厅的沙发上心神不安地等待润丽到来，打算先看看电视解解闷。

调到新闻台，正在播报那起地铁事故。现场甚至请来了一名心理学专家，因为许多人都作证说，有一节车厢凭空消失了，专家要来分析这是否是一种集体幻觉，或者是催眠。

"真是的，看着怪吓人的……"她把电视机又调到另外一个台，正在播放一部古装剧，她就看下去了。

这时，她的手机又响起来，她连忙接了电话，电话里是哥哥的声音："小卉啊，你现在在哪里啊？"

"嗯？我在家啊。"

"你开什么玩笑，我现在就坐在家里客厅的沙发上，你别告诉我，你是从窗户爬进来的！"

哥哥的这句话如同晴天霹雳一般，把唐卉吓得六神无主。她左右环顾着，用颤抖的声音说："哥……哥哥，别……别和我开玩笑好不好？你现在坐在客厅的沙发上？"

"骗你干什么？你还不快点回来！"

唐卉立刻再看手机的来电显示，这是……家里的电话！唐卉不可置信地挂断手机，接着拿起茶几上的电话，迅速地拨了……家里的电话号码。只响了两声，电话就接通了，传来哥哥的声音！

"喂，谁啊？"

"哥……你真的……真的在客厅的沙发上……"

唐卉惊恐地看着周围，这里……这里难道不是她的家吗？窗台上放着她最喜欢的小熊，这个沙发是自己买的，天花板上的吊灯还是在家具城和老板讨价还价买来的……

这不可能……绝对不可能！

唐卉连忙一个房间接一个房间地找，大喊道："哥，你给我出来！你……你别和我恶作剧了，快出来吧！你在哪里啊！"

这个时候，她走到自己卧室的门口，忽然又感觉到了在楼梯里感觉过的视线……

同一时间，润暗的车子已经停在楼下，三个人迅速冲入公寓，却发现电梯有故障。

"算了，这种程度的距离。"阿静对润暗说，"即使你刚拥有裂灵瞳眼，也可以打开空间隧道，你现在想着要到十三楼去，然后凭空用手划出一个正方形就可以了。"

润暗回忆着铁慕镜的做法，划出了一个正方形，一个红色的巨大空洞就出现在三人面前。

唐卉现在脑子里只剩下一个字——逃！

她想迈开步子，可是感觉这个房间里到处都是盯着她的视线，只要稍微动一动，某种东西就会出来……

忽然，卧室的门打开了一条缝，一只手从里面伸出来，把唐卉给抓了进去！

门随即又关上了。这里恢复了寂静。

润暗一瞬间就进入了十三楼，他自己也感觉很神奇。当然，他也知道获得这裂灵瞳眼的代价是什么，高风辉的生命并没有终结，还在这双眼睛中得以续存。

润暗触摸着双眼，心中默默地说："风辉，谢谢你……"

他们来到唐卉家门前，还没有敲门，就见一个年轻男子将门打开，愣愣地看着眼前的一男二女，问道："你们是谁?"

润丽抢先说道："我是唐卉的同事，请问她在家吗?"

"唉，奇怪了，她到现在也没有回来，刚才我打电话给她，她尽说些莫名其妙的话，不知道是怎么回事。"

润暗连忙开始感应唐卉的存在，果然……在这座公寓里没有任何感觉了。

润丽的脸白得像纸一样。唐卉很可能已经死了，但是，她却什么也没有感应到。离开公寓后，润暗本想好好安慰润丽，但是她始终沉默不语。

"应该是楼梯的缘故。"阿静很后悔，"我感应到的关键词是'楼梯'，但是我却忘了叮嘱润丽警告唐小姐不要走楼梯，这是我的失误。"

润丽忽然对润暗说："哥，我有点事情要去做……"她迅速朝一个方向跑去。

那是公寓后面的绿化带，刚才，她似乎看见了慕镜的身影！跑进绿化带后，她看到了正站在一个花坛前的慕镜。

"你考虑清楚了吗？这不是轻松的事情。"

"我明白。"润丽斩钉截铁地说，"我想请你修补我的能力，然后……"

"如果要做到这一点，你就必须要让眼睛变色才行。首先，你作为生灵的力量必须能和体内的鬼魂形成互相牵制。嗯，你先和我走吧。"他的脚下忽然开始变红，而且范围不断扩大，开始向润丽靠拢。

"想清楚的话，就不要避开。"

慕镜的话虽然几乎没有什么感情，但是润丽并不害怕。

红光笼罩住慕镜和润丽的全身，红光开始闪烁起来，当润暗和阿静赶来的时候，润丽已经在红光中消失了。

润丽再度睁开眼睛时，是在一个海滩上。

"这里是……"

"你哥哥太溺爱你了，所以不让你涉入任何危险，他不知道，这样做其实是在害你。"

慕镜的声音从背后传来，润丽连忙回过头问："你这话是什么意思？"

"因为任静小姐的关系，你的灵异能力逐渐被激活了，生灵的气息也相对减弱。如果这时候还不让眼睛变色、获得鬼眼的话，你体内的鬼魂就会伤害你自身，预知能力消失只是一个先兆。我知道任静小姐的意图，她真正的目的，是想把你变成鬼。"

"你说什么？！"润丽无比诧异，阿静平时对她还算不错，居然在策划那么可怕的事情？

"如果放任不管，再过不到一个月，你就会变成一个鬼。最初是失去预知，然后你的身体开始腐烂，肉身逐渐失去效用，最后，你的生灵部分会被彻底吞噬，化为一个真正的恶灵。"

润丽吓得浑身发抖："怎么会……阿静她为什么要那么做？"

"她希望利用你，来救她自己。你应该知道的吧？她未来也会因为灵异事件死亡。只有阻止现在发生的灵异死亡事件，她才能获救。牺牲掉你，她是不在乎的。"

润丽还是很难相信，阿静对自己像姐妹和挚友一样，她也是一个好人啊，怎么会酝酿着这么恐怖的阴谋？如果自己出了什么意外，她也不在乎吗？

慕镜抓起一把沙子，问道："你考虑清楚的话，就回答我。会有生命危险，你还打算拥有鬼眼能力吗？是成为鬼魂，还是抱着希望获得鬼眼？"

润丽知道自己别无选择。她想恨阿静，却恨不起来，阿静救过自己，而且哥哥好像已经喜欢上她了。但是，她想到阿静的阴谋算计就很心寒，她想找阿静当面问个明白。

"我想获得鬼眼，不过，那之后你要让我去见阿静，可以吗？"

"一言为定。"

"那我要怎么做才能获得鬼眼？"

慕镜没有回答她，而她的脚下又出现了红色光芒。

"我先送你回去，等时机到了，我会再找你，就这样吧。"

润丽在红光中消失得无影无踪。

几乎与此同时，慕镜再也支撑不住，倒在沙滩上。

"别再看着我……"他手中的沙全部洒落了。在他身后不远处，一个白色的身影依稀可见。

"别再看着我啊！求求你……求求你……"

那个白影退到了一边，消失在慕镜身后，这时候他才感觉到那种束缚的感觉消失了。灵异能力者的最终命运，不是死，就是变成鬼。这是改变不了的宿命。谁也逃不掉。

"似乎比以前频繁了一些呢。"远处有一个人影逐渐走近。

"任先生……"

"别说话了。"那个人影快步跨到他身边扶起他，"你见到她了，对吧？愿姬的鬼魂？"

"是的，你果然早就知道了？可是，为什么？就算变成了厉鬼，那么善良美丽的愿姬……她为什么要……"

"你要记住。"任森博语重心长地劝道，"她已经不是以前的愿姬了。现在的她，只是一个厉鬼。别再去招惹她，今天你只和她见了一面，你的身体就发生了那么大的变化，我很担心这样发展下去……"

"不行……"慕镜依旧一如既往地固执，"即使她死了也没有关系……我爱愿姬，即使她是索命的厉鬼，我也无所谓，我绝对不会放弃她！"说完，他就彻底失去了知觉。

这天清晨，两名警察来到唐卉失踪的公寓十五楼，按下一个住户家的门铃。

出来开门的是一个一头短发、非常可爱的女子。

一名警察问道："请问，你是这里的屋主吧？"

这位小姐点头答道："嗯，是的。"

"这个公寓里有几个人失踪了，我们想问一下，昨天你有没有听到求救声或者看到什么可疑人物？"

她摇摇头说："没有啊……"

"那好，打扰了，有事情的话我们还会再来的。"

关上门后，这位女子背后，一个穿着紫色洋装、同样很可爱的女孩心有余悸地说："好恐怖啊，意涟，你一个人搬到这个公寓来，我还真不放心你啊……"

"没关系啦，唯晶，你别太多心了。"

"你和爸爸吵架，也不是第一次了，只是这次居然闹到离家出走，会不会太夸张了？"那个女孩有些不安地说，"看在我的面子上，你也不肯去吗？你这样太不给爸爸面子了啊。难道你讨厌我吗？"

"不，怎么会呢？唯晶。"意涟一把抱住她，"你多心了，虽然我们没有血缘关系，但是我一直把你当做自己的亲妹妹看待，妈妈她……对我也很好。"

"那你为什么还要这样做，虽然爸爸是过分了一些，但你也不至于搬出来自己租公寓住吧？"

"唯晶，你不会出卖我，把地址告诉爸爸吧？"

"放心，我今天来你这里，爸爸不知道。不过，你这个千金大小姐，居然住在这么简陋的公寓里。"唯晶看可能说服不了她，叹了口气说："没办法了，你不回去的话，妈妈会很失望的。她一直很喜欢你，我这个亲生女儿都有点儿嫉妒呢。"

"代我向妈说声对不起了。你要不要坐下来喝杯茶？"

"不用了，我早就知道你是死脑筋，意涟，那我就走了啊，再见！"

意涟又开始忙起家务来。在整理东西时，她忽然发现，唯晶把车钥匙忘在书桌上了。

"还是那么粗心啊，我去送给她吧……"

锁好门后，因为电梯故障，意涟只能走楼梯。走到某个楼层的门口，她忽然瞥见一个迅速从门口走过的人。

虽然看得不真切，但是，那个人好像……身上有很多血！

而且刚才那个走动的速度，好像也不是人类……

意涟开始颤抖起来。

"不……不可能的……这个世界上没有鬼的……"

这里是第十三层。意涟继续往下走，但是脚步加快了。

终于到了一楼，然而……意涟呆住了……一楼的台阶下就是一面墙壁，没有了可以走出去的门！

"这……怎么可能……"意涟觉得是自己看错了，可还是回过头看向楼层数字。这里的确是一楼！

"不，不会的……"意涟疯狂地跑回自己所住的十五楼。然而，跑到十五楼时，她猛然发现，每一排窗户的外面，全都是无边无际的黑暗！

她把头伸向窗外，不敢相信地看到……这座公寓居然悬浮在一片黑暗之中！

"这是哪里？难道……难道是异度空间吗？"

意涟很喜欢科幻小说，但是她做梦也没想到自己会进入这么不可思议的空间。

忽然，走廊上有一扇门打开了！

意涟很戒备地看向那里，走出来的人是她的邻居文邦明。

"文先生？"

"你也是……迷路进来的吗？"

这个邻居的出现让意涟稍稍放心，不过她还是很警惕地问："这里到底是哪里？告诉我！"

"我是昨天回家的时候莫名其妙进入这里的。窗户外面的黑暗空间似乎无边无际……你进来吧，这里……勉强算是我家。"

"勉强……什么意思啊？"

意涟还是走进了这个房间。客厅里坐了七八个人，每个人都是心事重重的样子。

"他们也都是和我们同样命运的人。"

"你们……"

一个打扮时髦的女人问道："你叫什么名字？"

"我……我叫简意涟……"

文邦明开始解释起来："这里是超越我们常识的一个地方，似乎是那个楼梯把我们带到另外一个世界来，这座公寓和我们原先那座完全相同，却悬浮在一个未知的黑暗世界里，根本就出不去。"

文邦明看起来还算冷静，其他几个人则是忧心忡忡。这个地方虽然可以和外界联系，但是又不能创造出可以互通的通道，根本没用。而电梯和现实世界的一样，都是坏的。

意涟说道："我们如果再走一次那个楼梯，也许就能回到原来的世界？"

"有这个可能性。虽然不知道这是什么地方，但是似乎一走楼梯就会变成这样。电梯没有修好，大家都得走楼梯，要是这样，迷失在这个异度空间的人就不会只有我们几个人，这座大楼里会不会还有其他人在呢？"

"也有这个可能。"意涟分析道，"我认为，不是走那个楼梯都会进入这个空间。恐怕是看几率的，有些人运气比较好，有些运气比较差……"

“你这是什么意思，是说我们倒霉才进入这里的？”一个五大三粗的男人怒道，“你说话给我小心点儿！”

这个男人名叫罗虎，是1401号房的住户。这里坐着的人大多都不是住在十五楼的人，只是因为他们看文邦明似乎是个比较聪明的人，就都聚集到这里来了。

“大家不如先自我介绍一下？”意涟提出建议后，大家都点头同意，这里加上意涟，一共有十个人。

之前那个打扮时髦的女性名叫冷佳，是一家会计事务所的助理，23岁，住在803室。除了她和意涟以外，其他人都是男性。

一个戴着顶帽子、低着头坐着的男人说：“我叫武隆飞，32岁，住在607室。昨天下班回家，就到这个地方来了。我已经给我老婆打过电话，但是她根本不相信我的话。”

一个光头男子说：“我是住1203室，我叫庞铁，我自己一个人住。”

两个合租了1502号房的男人，一个长得很斯文，叫马向昼，另外一个皮肤黝黑，叫战彪。一个中年男子叫章统，已经有不少白头发，住在1305号房，和妻子、女儿住在一起。最后一个人，叫明一水，他是个盲人，住在1104号房。

最后轮到意涟说：“我就住在隔壁的1503室。我是一周前刚刚搬来这里的。”

此刻，唯晶在楼下已经等了意涟很久。

“唉，我早就换车了，那把钥匙是原来旧车的，我故意把车钥匙留在那么显眼的地方，就是希望意涟发现后再下来找我，我就能把她强行带回家去，没想到失败了。”

唯晶上了车，驶离了这座公寓。

看了看手表，男人的嘴角略微一笑。他现在坐在回国内的班机上，不知道怎么的，他从几天前就开始做噩梦，心一直狂跳，所以决定立刻回去主持诺索兰公司的大局。

点上一根雪茄，他看着窗外，机场已经近在眼前了。

就在这时，雪茄燃烧的那一端忽然变长了，迅疾化为一个蛇头，猛地咬住了男人的脸颊，他惊得立刻甩掉雪茄，疯狂地大叫起来，引来了乘客围观，一个空姐跑过来问："先生，发生什么事情了？"

"我的雪茄……刚才………"他正要向空姐解释，然而……空姐的头居然掉了下来，落在他的膝盖上！

"哇！不要！"

路深槐此刻正在办公室里查看国外传过来的数据，忽然有几滴血滴在了纸上。

"嗯？怎么回事？"他疑惑地抬起头，正看到……天花板上居然凭空出来一个脸比纸还要白的头颅，头颅的眼眶非常黑，眼睛正在向下滴血！

"愿……愿姬……"

那个头颅忽然从墙壁中伸出长长的脖子，以迅雷不及掩耳之势向路深槐冲来！

再度睁开眼睛的时候，路深槐看了看周围，发现自己居然躺在大街上。身边围了不少人，问道："先生，你没事吧？要不要紧啊？"

"还好……"他坐起身一看，这里是公司大楼外的一条街道。于是他向公司所在方向看去……

本该是公司大楼的地方，现在居然是一家饭店！

路深槐连忙站起来，径直冲向那家饭店的大门，就在他即将要进入饭店的时候，忽然撞上了一个也要进去的人，他们都摔倒在地。

他站起来一看，那个人居然是宗蒿霖！

"宗小姐……你不是在美国吗?"

"路部长?怎么会这样?"

二人进入饭店看了个遍,甚至把经理叫来问,经理竟然说这家饭店已经开张三年了。不少在那里吃饭的人都是常客,他们也都纷纷作证说的确如此。

诺索兰公司的大楼居然不翼而飞了!宗蒿霖说,她本来是在美国观察约翰的实验进程,刚一眨眼,居然就回到国内了!

路深槐拿出手机,公司的网站不见了,在许多搜索引擎里输入"诺索兰公司",居然什么信息都查不到!他随即又联系公司各地的分部,听到的都是:"您拨打的号码是空号……"

二人确认了一个毛骨悚然的事实:诺索兰公司彻底从在地球上被抹去了。

他们打电话给其他同事时全是空号。到几个住得离公司近的人家里去看,那里住的是其他人,而且都说已经住了好几年了。联络美国也是同样结果。

所有和诺索兰公司有关的人,除了宗蒿霖和路深槐,似乎都不存在了。估计约翰也消失了。

宗蒿霖立刻给家里打了电话,她担心蒿群也会出事,不过还好,弟弟接了电话。但是,向他问起诺索兰公司的事情,他说根本没有听说过这个地方。

二人全身都凉了,他们索性在那个饭店里叫了东西吃,等待上菜的时候,路深槐把那个鬼头颅的事情告诉了宗蒿霖。

"她回来了,愿姬回来复仇了。她是午夜零点死的,强烈的怨恨让她化为了厉鬼。虽然我早就知道厉鬼的恐怖,但是没想到居然能够到这种程度。你以后有什么打算?"

"这样也好。"宗蒿霖手托着下巴说,"我今后也不用再受到良心谴责了，还要继续照顾蒿群。毕竟共事那么久了，你还愿意和我做朋友的话，我也无所谓。"

"你还不了解现在我们的处境吗？"

"嗯？什么意思？"宗蒿霖非常不解，就算是厉鬼复仇，也该结束了吧？

这时，一名服务员端着一瓶红酒经过二人的桌子，忽然感觉有谁绊了他一脚，红酒一下摔在地上。

"你怎么搞的啊！"路深槐连忙拿出餐巾擦拭溅在身上的红酒，"怎么连路都走不稳！"

"对不起，对不起……"服务员慌张地道歉，周围的几个服务员都围过来帮忙。这时，红酒流到了路深槐坐的餐桌底下。他忽然有一种奇怪的感觉，不由得掀开桌布，看着桌底流动的红酒。

那些液体流动得很不规则，仔细分辨，就会发现……它们形成了一个字——死！

路深槐的脸色一下变得惨白。

"你果然不肯放过我，愿姬。"他重新抬起头，宗蒿霖疑惑地问："你刚才掉了东西吗？"

路深槐一边用脚抹去桌底的红酒，一边笑着答道："没什么，别在意。"

他知道，自己的生命从这一刻起，进入了倒计时。

吃完饭后，路深槐结了账，拉起宗蒿霖说："接下来还有一些事情要处理。你跟我来吧。"

"什么事？"

"你认为，为什么诺索兰公司彻底消失了，而我们却留了下来？"他知道，愿姬不可能会因为慈悲和同情而留下自己的性命，她现在已经因为生前的怨恨和痛苦，在这个世界上散播可怕的诅咒，留下自己和蒿霖的性命，只有一个可能性。

他和蒿霖还没有轮到属于他们的死亡日期！当然，蒿霖的弟弟也不例外。再强大的鬼魂也不可能在死亡日期以前杀掉一个人。他还联络不上慕镜，所以不知道慕镜是否还活着。现在，他必须要先搞清楚自己的死亡日期是什么时候。

当他把这个结论告诉宗蒿霖的时候，她很惊讶。本来诺索兰公司消失，她的感情也并没有太大波动，然而现在才知道，她和她弟弟未来都会因为灵异事件死亡。

"那我们该怎么办？"

"能够改变这个诅咒的方法只有一个，那就是改变其他被诅咒的人的命运，让他们活过死亡日期，或者……提前死亡！你当然是不可能会去杀人的，不过我无所谓。一定要有人死的话，当然是别人死比自己死要好了。"

宗蒿霖立刻甩开他的手："不，绝对不可以！我不会去杀人的！我也不会让你去杀人！"

"随便你，那是你的事情。你也知道，我是物理体质，根本预知不了灵异死亡事件。无论今后是要救人还是杀人，有预知能力都很重要，你也不会拒绝吧？因为你和你弟弟也都是物理体质，没办法预知任何人的死。"

二人站在马路边，默默地看着对方，心里各自有着打算。

"你可以先尝试去拯救一个人吗？我不希望杀人。"这是宗蒿霖做出的让步，也算是提出了条件。

"如果我的死亡日期距离现在有一年以上，我会考虑接受你的提议。另外，我还得找到慕镜，考虑他的死亡日期。至于你的死亡日期，我不会考虑。这是我最大的让步，你不同意的话，我另外想办法。"

宗蒿霖思索了一下，说道："我先回家去，明天答复你。不过我先问一下，你想去哪里?"

"首先要找到慕镜。现在公司不存在了，我也不需要再和他为敌了。要找到他，办法多的是。我明天会在几张发行量比较大的报纸上登广告，说我要和他见面。等到我们见面之后，再一起商量对策。"

"好吧。"

二人分手后，路深槐松了一口气，又取出那只怀表。

"她不是愿姬……愿姬的美丽，是天使也难以相比的，她绝对不是那个丑陋的厉鬼……我不承认，我不承认那个是愿姬……"

这只怀表，在他掐死愿姬的那一刻掉在了地上，并永远定格在了午夜零点。他打开盖子，看着那两根永远不会再移动的指针，泪水又止不住地流了下来。

就在这时，路深槐察觉到了什么，抬头一看，只见马路对面站着一个金发的外国青年，虽然距离很远，根本看不清他的眼睛的颜色，但是，那个人绝对是约翰!

约翰·诺索兰。他居然还存在? 而且还在国内?

一辆车飞驰而过，挡住了那个人的身影，车开过后，路深槐已经看不见任何人影了。

第 04 章
〔迷失在异次元〕

打开一瓶啤酒，武隆飞就往嘴里猛灌起来。

他正在他"自己的家"里，也就是 607 室。他已经走了楼梯几十次，但是都出不去！

"可恶……这到底是个什么地方啊！"

他现在甚至对其他误入这里的住户也不信任，怀疑会不会他们根本就不是人。他把门锁好，任何人来敲门都不回答。

妻子已经好几次打电话给他，要他尽快回去，他说了好几次，他其实就在家里，然而妻子根本不相信。最后他索性把手机关了，电话线也拔了，就这样喝闷酒。

不过啤酒是喝不醉的，何况家里本来也没有多少酒。当最后一瓶啤酒见底以后，他抹了抹嘴，冷静地思索一番，认为自己必须继续尝试离开这里。

武隆飞来到卧室，把所有衣服全都扔到地上，然后一件件地绑在一起。六层楼大约有二十米高，但是下面的黑暗有没有底还不知道。最后他用衣服做成了一条三十多米的绳子。他带上了一个手电筒，把绳子捆在窗台上，确认非常牢固之后，把绳子放了下去。

他之所以选择从六楼下去，而不是在下面的楼层放下绳子，是因为他不信任任何人，在锁上了房门的"自己家"才放心。那些人中难保不会有异类，万一把绳子切断，那他可就完蛋了。

武隆飞打算下楼去，去寻找这个空间的出口。

他一只脚踩在窗台上时，俯瞰了一下下方，怎么看都是深不见底的深渊。他犹豫了很久，才把另一只脚踩了上去。他抓住绳子慢慢往下溜，过程还算顺利，温度也适宜，他的紧张少了许多。

终于下到了一楼，他一只手紧抓住绳子，另一只手打开手电筒，在四处照了照。无论是哪个方向，都是空无一物。

绳子忽然一动，手电筒掉了下去，武隆飞心里一惊，连忙双手抓住绳子。手电筒落下去许久，居然都听不到掉落在地的声音……

而这时，绳子居然开始往上移动！

武隆飞抬头一看，已经回到了二楼。他不禁紧张起来，房间里明明没人，绳子怎么会无缘无故地上移？

然而，他很快就看清楚了……窗台上有一双手，正在把绳子拉回屋里！

"我靠！"他已经被拉到了四楼。他连忙对准眼前的一扇窗户狠狠踢去，然而玻璃没有碎。

这一刹那他又被拉到了五楼。这时，他已经能看清楚那双手的样子了……毫无血色！

武隆飞用尽力气，对准五楼的窗户又是猛地一踢，终于把玻璃踢碎了一块，接着他又是一脚，然而这时身体又向上移了一米。他不再迟疑，整个人向窗户上撞去。玻璃全碎了，他滚落在一大堆玻璃碴中，身上多处被割伤。

他把几块刺入脸部的玻璃碴拔出来，用餐巾纸捂住脸止血，接着打开这个房间的灯，跑到门口确认门是锁上的，就开始在房间里寻找急救医药箱，没想到很容易就找到了。

他一边对着镜子给身体上药，一边心有余悸地想：刚才是谁在自己的房间里？钥匙好好地放在身上，他可是足足上了三道锁啊！而且那双毫无血色的手，绝对不是另外九个人里任何一个人的！

"鬼"这个词，很快就从他脑海里蹦了出来。

把手臂包扎完后，武隆飞又开始寻找房间里有没有可以充当武器的东西。厨房里有几把菜刀，他把刀全部都收在身上，又举起一把椅子跑到门口，对着猫眼向外面看去。猫眼恰好正对着楼梯出口，现在没有任何异常。

他这才放下心，把门打开，咬紧牙关走到楼梯入口处，慢慢地朝楼上走。

反正在这座公寓也没有可以逃走的地方，索性就拼个你死我活。何况对方也未必是鬼。武隆飞的胆子也实在是够大的，他根本没去考虑或许对方是一个无法用刀刃伤害的异类。

楼道里很安静。武隆飞心里当然有些恐慌，手中的椅子一刻也没有放下，到了楼梯拐角处，他的眼睛就死死地盯着六楼的楼梯入口处。

就在这时，那扇门忽然打开了！而在这一瞬间，楼道内的灯居然灭了！

此时，意涟单独待在她的房间里，心神不宁。刚才她已经给唯晶打过电话，然而唯晶根本不相信她的话，还说："姐姐，我知道你不想回来，我又没有逼你，何必编这么吓人的话来骗我，走楼梯走到了另外一个空间？我又不是三岁小孩！"

不管意涟怎么赌咒发誓，唯晶都不相信她说的话。接着她打电话给父母，父亲接到电话后问了地址，说要立刻过来接她，母亲则担心她得了妄想症，建议找心理医生。

意涟知道，向外界求助是不可能的了。别说不会有人相信他们的话，即使相信了，他们也不可能进来救他们。按照文邦明的说法，只有等待那个楼梯再度打开通往原来世界的入口。

她看了一下冰箱，里面的食物只能支撑一周。水电倒是没有问题，只要自来水不断，坚持的时间就可以延长许多。

而且，如果和其他人合力，强行打开其他无人居住的房间，可以取得更多食物。这座公寓一共有二十二层楼，储备的食物数量应该很多。但是，也不知道要多久那个异次元入口才会再度打开。初期大家或许还能够和平共处，而当食物开始减少时，为了生存，人性的卑劣自然也会体现出来。

因此，意涟决定尽可能节省食物，好在她很会做饭。现在应该是晚上了，她刚拿出鸡蛋打算做菜，门铃响了起来。

意涟透过猫眼一看，来人是文邦明。她打开门问："有事吗？"

"能不能……借一点米？我家的米已经吃完了。"

"这样啊，那你以后怎么办，总不能老去借米啊。要不你试试去打开其他没人住的房间，找一些吃的吧，也可以去叫别人帮忙啊。"

"我也那么觉得，不过今天就先将就了。反正我就一个人，你不用给我太多米。"

意涟点点头，回到厨房里去盛米。她前几天才刚去买了米，所以储备很充足，她还多舀了一些，递给文邦明。

"多谢了。"

"哪里，我们是邻居嘛。"

武隆飞恐惧万分地向楼下跑去。因为过于恐惧，他跑的时候居然都忘记数楼层了，结果跑到了一楼！接下来，再也没有路了！

一楼的楼道还是有灯的，武隆飞抬起头看着上方，距离自己两三层楼的地方，有一只毫无血色的手，正扶着楼梯渐渐下移！

而楼道的灯也一层一层地熄灭，很快，一楼就彻底黑了！

"不！不！"武隆飞听着脚步声逐渐向下，把椅子朝楼梯扔了过去，抽出菜刀吼道："别过来！我会杀掉你的，我拿着刀，很多刀！"

脚步声没有停止。越来越近了。

脚步声忽然急促起来，已经近在咫尺了。武隆飞感到有什么东西直接向他扑过来，然而他没有退路。

脚步声停了下来。武隆飞可以肯定，有什么东西站在了自己面前。

他想也不想地就挥起菜刀朝前面砍去，却什么也没有砍到。紧接着灯又亮了，周围什么也没有。

武隆飞的后背已经完全被冷汗浸湿了，他仔细环顾四周，确认真的没有人以后，这才松了一口气，庆幸自己逃过一劫。

他沿着台阶走上去，依旧紧握菜刀。走到二楼楼道拐角处的时候，他忽然一眼瞥见墙角有一个低着头的女人坐在那里！他吓了一大跳，转身往下逃去，然而，到下面一个楼道拐角处，居然还是有一个女人坐在那里！

这一次，那个女人的脸露了出来。她的眼睛不断往外涌出鲜血，舌头也长长地伸出来。她正是死了多时的唐卉。

她忽然像提线木偶一样，身体僵硬地站起来，没有表情地直勾勾看着武隆飞，而楼上的另外一具唐卉的尸体也走了下来。

武隆飞就这样站在楼梯上，看着上下两具尸体朝他走过来！这还不算，他看到楼下还有一模一样的尸体在向上走！

"啊——"

润暗正站在那座公寓的楼梯上。现在电梯已经修好了，所以应该不会有太多人走楼梯了。但是，这座公寓里确实失踪了很多人。

"没办法救他们了吗？"润丽心急地问，"该怎么办啊，哥哥？没办法进入另外的空间吗？你不是已经有了裂灵瞳眼吗？"

"是啊，但是似乎这是裂灵瞳眼也打不开的空间通道。润丽，你回去吧，站在这楼梯上，我担心你有危险。"

"哥哥……"

"怎么了？"

"你和阿静是不是有什么事情在隐瞒我？阿静和你第一次见面的时候，不是说过可以满足你的一个心愿吗？可是，后来你都没有和我提过。"

润暗的表情明显发生了变化，这个变化被润丽捕捉到了。

"回答我，哥哥，你的心愿是什么？你是不是和阿静做了什么我不知道的交易？这个交易是不是和我有关系？"

"润丽，我……"

"这七年来，你是不是在隐瞒着我一件很重要的事情？"

润丽并不知道，她活不了多少年了。已经过了七年，死亡日期随时都有可能到来。

"没有，润丽。我的心愿，是能够不再被过去束缚，可以坦然地面对那些鬼魅。"润暗终究还是不愿意说出来。尽管阿静多次提醒他，这样对润丽并不是一件好事。

"你撒谎。"润丽摇了摇头，"这不是我要的答案。"她下楼去了。

润暗立刻担心起来，万一润丽去找阿静的话，也许阿静会告诉她真相的！他连忙向楼下跑去，然而……他却看不见润丽了！她不可能跑得那么快的！

不祥的预感开始在润暗的心头升起……

唯晶吃过晚饭后，又想起了姐姐那个奇怪的电话。

虽然是没有血缘关系的姐妹，但是意涟当初是很支持父亲再婚的，也接受了自己和母亲。唯晶的亲生父亲在她很小的时候就和母亲离婚了，她也一直很渴望能有一个父亲。

现在的父亲对她很好，又是豪门，她本来是应该庆幸的。但是，自从在这个家生活，总有一种自己不属于这里的感觉。姐姐虽然接受了她，但是如果谈到姐姐的亲生母亲，还是免不了尴尬。而且，姐姐有时候对待她和母亲太过礼貌了，反而感觉是在对待客人，而不是家人。

唯晶当然没办法相信姐姐说的话，但是她就算要编造谎话，又为什么要编得如此离谱呢？会不会是她精神失常了？可是她说话又很有条理，没有语无伦次。

唯晶坐在床上思索了一会儿，终究还是不放心，决定再给姐姐打一个电话。

就在她拨号码的时候，窗户忽然被一阵狂风吹开，桌子上的画稿全都吹落到了地上。她连忙放下话筒去捡。

唯晶是一个人气少女漫画家，她从小就爱画画，十岁时就给漫画杂志投稿，很受读者欢迎。现在她已经和国内发行量最大的漫画周刊签了合同，正在长篇连载一部名为《红岚》的超人气少女漫画。

唯晶把所有的画稿重新整理好放回桌子时，却一个趔趄跌倒在地！

书桌前居然坐着一个人，正背对着她！

"你……你是谁？什么时候进来的？"

唯晶不断地向后退去，这时，那个坐着的人转过身来。

这个人……居然是她自己！

唯晶昏了过去……

"唯晶，唯晶……"

轻柔的声音呼唤着她，她努力睁开沉重的眼皮，那张一如往常微笑着的脸正对着自己。她不会忘记这声音，这脸，还有这笑容——只会对她绽放的笑容。

"慕镜，你来了，不要走……"

此刻唯晶正躺在病床上，旁边是焦虑的父母。然而，唯晶的眼中只有这个男人。他一直守护着自己，一直用那么深情的眼神注视着她。

只有十八岁的唯晶，是难以抗拒这种柔情的，何况慕镜又是那么英俊的一个男人，他对唯晶出奇地温柔，完全敛去了在任何其他人面前都不加掩饰的冷漠。

他握紧唯晶的手，做了一个手势："别说话，没有人看得见我。"

母亲对医生说："她醒过来了，不要紧了吧？"

"嗯，是太过疲劳造成的，好好休养就可以了。"

唯晶很讨厌挡在她和慕镜之间的那个医生，让她不能好好地注视着慕镜。她更讨厌这一屋子的人在，让她不能好好地向慕镜倾诉。

但是他来了，因为他很关心自己。唯晶这样想着，就高兴起来了。

那个时候出现的另外一个自己，是幻觉也好，是梦境也罢，都不重要了，重要的是，慕镜又回到了她的身边。他不在的时候，她只能在漫画里倾诉她的感情，她只有用画画才能麻痹这难熬的思念。她无法想象，如果有一天不能再见到慕镜，她是否还能够活下去。

"妈妈，让我一个人待一会儿可以吗？"

面对唯晶楚楚可怜的眼神，任何人也拒绝不了她。母亲虽然还是很担心她，但是既然她醒过来了，也就放心一些了，就让医生离开了。

门关上后，唯晶立刻整个人扑到慕镜的怀抱中。

"你终于来见我了……都一个星期了，我都没有见到你……"

"你还是那么瘦，多吃点东西吧。"慕镜笑着抚摸着她的长发，柔声说道："一定要照顾好自己啊，可能……我以后有很长一段时间不能来看你了。"

这句话让唯晶的心情一下跌到谷底，她连忙紧抓住慕镜，问道："你要去做什么事情呢？如果需要我帮忙，我绝对会帮你的。为了你，我做什么都可以！求你别离开我……"

没有人可以看见慕镜，他可以轻易地进入上锁的房间，他可以穿透人的身体，他有着一双摄人心魄的紫色眼睛。唯晶爱上了慕镜，从第一次见到他就爱上了他。自从他第一次出现在她面前，她就发誓，她这一生不会再爱别的男人了。

从那天以后，她无时无刻不在想着慕镜，而他也随时可以出现在她面前。唯晶知道慕镜不是普通人，她猜想，他或许是精灵，是仙人。

慕镜只告诉她，他有责任守护她，只要她需要，他会随时守护在她身旁。当听到他那么说时，唯晶就明白，他是自己命中注定的人。她今生再也不愿离开他，她的喜怒哀乐全部被他牵引。

她喜欢买和他同一个牌子的手表，喜欢买他喜欢的颜色的衣服，他在她的家里站过的地方，她都会凝视良久。她在日记里记下自己的思念和爱，如同珍宝一样锁在抽屉里。

对于一个十八岁的少女来说，她心爱的男人就是她人生的全部。因为她的心和世界都太小，一个人就可以充满整颗心。

"对不起……"慕镜说完这句话，唯晶抱住的身体消失了。她抑制不住强烈的悲伤，仿佛身体的一部分被人割下了一般。

离开病房后，慕镜再度睁开眼时，已经是在家里了。一个男子正站在书架前等着他。

"慕镜，你果然还在，太好了！"

"深槐……"慕镜没有向这个难以看透的男人走近，抱着敌意看着他。

"你来是为了什么？"

"诺索兰公司不存在了。我们没有敌对的理由了。"

"不，有。"慕镜摇了摇头。他不能忘记愿姬的死。

"所以，你才去守护简唯晶吗？"

深槐的话刺痛了他，慕镜开始愤怒起来。然而，深槐接下来的话却令他无法反驳。

"我和你不一样。我并没有产生错觉，你对愿姬的感情，不如我深。"

"不是的……"慕镜想为自己的行为辩解，可是到了嘴边的话却只有这三个字。

"那你为什么要对那个女孩做出让她误会的举动？让她认为你喜欢她，这样的做法和玩弄她的感情有什么区别？你明知道她心仪于你，却很享受这种感觉，我说对了吗？"

"愿姬的死，不是我的意愿。"深槐终于把当天的情况详细说了出来，"以前我不告诉你，是不想让你为我担心。但是，现在我希望你不要再涉足简唯晶的生活。她和我们不同，我和你，都注定会被诅咒而死。"

慕镜感觉头有些晕眩，他一只手撑住墙壁，说："我不太舒服，你先回去吧，深槐。"

深槐冷冷地看着站在慕镜背后的白色身影。那个身影距离慕镜不到三米了。

"你的生灵气息弱了许多。"

深槐同情地看着慕镜，现在的他，哪里还像一个灵异体质者呢？他的能力越来越弱了，什么也做不了了。

"看来，任先生告诉了你不少事情啊……"

"要我帮助你吗？"

"不。"慕镜捂着额头，支撑着自己的身体，说："深槐，对不起，过去是我误会了你。我不会让你在未来的死亡日期死去，我也会报答任先生的恩情，救他的女儿。我希望你看在我的分上，也能帮助她。你和她应该见过一次吧？"

"勉强算见过面吧。"

深槐忽然发现慕镜身后的白色身影消失了。

"首先，我想借助你的力量，告诉我你预知到下一个会死的人的死亡日期，然后我们一同去阻止。"深槐说明了来意，"当然，也可以去找任小姐他们，但最重要的是，我想知道，我还能够活多久？慕镜，你又能够活多久？"

风卷过寂静的街道。隋云希不安地看着眼前的樟树和周围飘散的垃圾。这里是一个小广场，周围有不少人工绿化带，还有一个人工湖。

回想起那封信，隋云希又开始担心起来。她还来不及反应过来，一道红光忽然在面前闪过，一个男子刹那间出现在她面前。

月光下，幽深的紫瞳绽放着邪光，如同野兽一般。隋云希禁不住战栗起来。

"简太太，初次见面……不，其实也不是初次见面。"

慕镜以他一贯的冷酷眼神面对着这个他无法憎恨、但也无法同情的女人。

"你到底是谁？"

"愿姬死了。你或许不知道吧？"他观察着对方的表情。果然，她的脸上满是震愕。她的确不知道这件事情，就更不知道愿姬已经回来复仇了。

"怎么会……愿姬怎么会死？"

"我今天约你出来，是要提醒你，好好保护唯晶。因为愿姬阴魂不散，可能会伤害到唯晶。虽然她暂时不会死，但是我无法担保她不会发疯，或者变成另外一个人。我暂时保护不了她了，所以只有拜托你了。你对愿姬来说是很特殊的人，她即使化为厉鬼，你应该也能对她有一定的牵制。"

听到这里，隋云希终于明白过来了。

"你是唯晶的母亲，所以，这是你的义务。"

冷佳揉了揉眼睛，又打了几个呵欠，望了望窗外的黑暗，好不容易才忍住泪水。置身在这个地方，要不是还有不少和她境况相同的人，她早就要绝望到崩溃了。文邦明所说的话给了她一线希望，说不定还出得去。

她检查了一下食物的存量，分配接下来几天的食物，好在肉的存量很足，冷冻食品也有不少，还有几大包方便面，暂时不需要担心吃的问题了。

她之前听到外面似乎传来玻璃破碎的声音，到窗前去看，什么也没有看到。不过，她觉得声音是从下面传来的。

下面的楼层，住的是那个叫武隆飞的，难道他出事了吗？冷佳有些紧张，在这个古怪的空间里，不能够掉以轻心。

煤气灶上点着火，一个平底锅放在上面，里面有一块肉。冷佳控制着火候，不让肉烧煳了，又开始烧水。她不知道自来水还能够用多久，所以尽可能储备一点。家里的保温瓶有四个，她还拿出了所有的脸盆来盛水。如果没有水，食物再多也只能等死。

放上一锅水后，她打开煤气灶。然而，青蓝色的火焰迟迟没有出现，她有些纳闷，又打了几次，还是没有打着。可是一旁的平底锅却好好地烧着肉呢。

"真是的……"她拿开锅，打算等烧完肉就直接把锅放上去烧水。煤气灶上的火苗忽然蹭地一下蹿了起来，而火不是青蓝色的，却是妖异的紫色。冷佳吓了一大跳。

"这到底怎么回事啊？"

这时，一股焦味开始充斥着厨房，她连忙拿起筷子把肉翻过来，背面已经彻底焦黑了。她纳闷地看了看锅底的火焰，之前自己明明调的是小火啊！怎么火焰会自动变得那么大？

她立刻把两边的煤气都关掉，把肉盛了出来。现在不能浪费食物，就算烧焦了也要吃。她坐下来盛了饭，看着桌子上的一块焦肉和一碗青菜，叹了一口气，就拿起筷子吃了起来。

突然，她的筷子猛地掉在地上。

那块肉焦黑的部分，居然形成了……类似字的形状！

她连忙把肉拿起来，仔细辨认。那是一个句子，而且可以读得通。

"**我就在桌底下！**"

冷佳刚刚把字全部辨认出来，她的脚踝就被什么东西紧紧抓住了……

第二天一早，宗蒿霖就向几家公司投了简历，她有生物科学和心理学的博士学位，在美国深造过，尽管在诺索兰公司工作的经历被抹去了，但是以这样的资历去应聘技术员，问题还是不大的。

宗蒿群的腿经过多次治疗，本来再经过一个疗程，就可以不用轮椅了。目前，他已经可以短距离行走了。为了弟弟，宗蒿霖必须继续努力工作赚钱。

投完简历后，宗蒿霖和路深槐在约定的地点见面了，同来的还有铁慕镜。

三个人聚集在露天咖啡店里时，多少还是有些尴尬。因为宗蒿霖过去服务于诺索兰公司，而铁慕镜是逃脱的实验体。经过路深槐再三解释，宗蒿霖为公司服务是为了弟弟，铁慕镜才没有对她抱有敌意。

"生灵气息的弱化？这是为什么？"宗蒿霖相当意外，根据她过去对慕镜进行的鬼眼能力测定，基本确定他拥有的裂灵瞳眼是非常稳定的。

慕镜说道："因为愿姬回来了。我那天看到她了，我的生灵力量就一天天减弱，预知能力已经被剥夺了。所以，我无法预知我们三个何时会死。"

大家都心知肚明。现在要预知自己的死亡日期，只有一个办法。

"我们唯一的希望，就是伊润暗兄妹了吗？"宗蒿霖说出了这个结论。尽管她自己也明白，那兄妹俩没有理由帮助他们。

慕镜说道："不管怎样，最重要的死亡日期是一定要知道的。伊润丽的预知能力还很弱，现在更是被剥夺了。我试图让她的眼睛变色，但是，她似乎也进入了那个异度空间。"

现在慕镜的裂灵瞳眼已经衰弱了，只能在同一个空间内进行短距离跳跃，要跨越空间是根本不可能了。

"现在只有去找伊润暗了。无论如何也要把伊润丽带出来，否则我们都会死。愿姬的憎恶和怨恨不会因为诺索兰公司消失而停止。"路深槐又补充了一点，"还有一个棘手的人物，那就是约翰。他还活着。"

铁慕镜和宗蒿霖都很意外。路深槐又说道："不过我认为，他的情况和我们不同。他其实已经不能算是活人了。慕镜，你还不清楚，约翰他的不死瞳眼，其实是……"

慕镜的脑海里立刻掠过回忆中的一幕。"难道说……"

"是的，就是你猜想的那样。"

当时，慕镜看到深槐掐死了愿姬，他愤恨地把深槐推倒在地，去扶起愿姬时，发现她已经死了。当时他还来不及责问深槐，门就重重关上了，从一张办公桌底下爬出了一个奇异的人形来！根本看不清是男鬼还是女鬼，那个人形身体扭曲地向他走来，一双眼睛不断凸出，那个时候，慕镜就使用了裂灵瞳眼的能力，将这个鬼的身体瞬间撕裂！

虽然它的肢体四散，然而慕镜知道它根本没死。它的两颗眼球滚落到慕镜的脚边。他不禁想到，莫非那两颗眼球……被公司的人回收了？然后移植到了约翰的身上！

宗蒿霖解释道："约翰本来是双目失明的盲孩子，但是移植了这双眼睛后，就能看得见了。约翰是孤儿，公司向他提出了移植眼睛的交换条件。"

慕镜的危险预感瞬间袭来，他来不及辨明，急切地喊道："深槐，闪开！"

尽管深槐反应很快，几乎在慕镜话音刚落时就迅疾跳开，然而一道紫蓝色光芒还是凭空从远方射来，一瞬间就打断了深槐的一条胳膊！

露天咖啡店里的人惊慌失措，大家都纷纷寻找光的来源，四散奔逃。慕镜也启动了裂灵瞳眼寻找射出这束光的人。这绝对是裂灵瞳眼的能力，那么，对他们狙击的人莫非是……

慕镜见到深槐背后闪过一个身影，一把血红色长刀架在深槐的脖子上，一个冷冷的声音传来："铁慕镜，你这是什么意思？打电话叫我过来，却和这个诺索兰公司的走狗在一起？不说清楚的话，我立刻让他人头落地！"此人正是刚获得了裂灵瞳眼的润暗。

"快住手。"慕镜一时间不知道怎么解释才好，简短地说明道："总之，诺索兰公司不存在了，我们没有敌对的理由了，深槐今后也会成为我们的同伴。今天叫你来，是要讨论怎么救出你妹妹，你这样做，我们没法谈啊。"

深槐的胳膊还在不断流血，意识已经有些模糊了，润暗的那把血红长刃，是用裂灵瞳眼的灵念力制造出来的冥裂鬼刃！即使再远的距离，这把刀散发的鬼眼能力也可以瞬间将一个人的身体拦腰斩断，刚才润暗是手下留情了，否则路深槐早就去见阎王了。

"把话说清楚，什么叫同伴？他是诺索兰公司的人！"

润暗寸步不让，正打算进一步逼问时，忽然头被重重敲了一下，头晕目眩起来，冥裂鬼刃也消失了。

"你给我适可而止！快走吧，在大庭广众下用鬼刃对着别人的喉咙，你有没有常识啊？铁先生，抱歉，这个男人为了妹妹，有点儿冲动……"

敲润暗脑袋的正是阿静。她把地上那只断手拿起来，取出她的治愈药水，对路深槐说："放心好了，我可以帮你把手接好。看在我的面子上，请不要和他计较了，毕竟你以前不也差点儿让我们大吃苦头吗？就当扯平了吧。"

路深槐虽然疼痛难忍，然而阿静将断肢对准身体，只滴上了几滴白色药水，他顿时感觉到断开的神经又重新连在一起。不过几秒钟，他又可以自如挥动手臂了。

"幸好这个白痴没有真的砍掉你的头，否则这药水再厉害也救不了你了。"

润暗看到这一幕，不禁想起当初居然忘记让高风辉也带一瓶这种药水，否则他说不定就可以活下来了。

看着周围聚集着越来越多的人，远处还响起了警笛声，阿静又猛敲了一下润暗的头，说："白痴啊你！还不快点儿带我们离开这里！"

阿静实在是润暗的克星，只要她一发话，润暗就很顺从，一个"不"字也不敢说。

骚乱过后，地点变成了高宁市，润暗新买的房子里。卧室只有两间，润丽和阿静睡一间，润暗睡一间。

"这么说来，他和你以前是朋友？"润暗看着路深槐对他抱有敌意的表情，以及宗蒿霖浑身不自在的尴尬，再加上慕镜反复为路深槐开脱，他终于暂且相信路深槐和宗蒿霖是可以信任的。

"刚才是我太冲动了，对不起了，路先生。"

为了妹妹，润暗也不在乎向路深槐低头认错。或许今后要活下去，真的需要他的帮忙。毕竟他在诺索兰公司工作了那么久，多少有些灵异方面的资料。

"首先，问题在于，"慕镜看润暗的态度缓和了，很高兴地说："我的裂灵瞳眼处于衰竭状态，而你刚获得裂灵瞳眼，不过能够凭借鬼眼能力就释放出冥裂鬼刃真的很了不起啊，而且隔那么远就能发动攻击，你的潜力实在太惊人了。"

慕镜说出了自己的想法："你的裂灵瞳眼能力还处于初级阶段，要是能够破开亚空间的屏障，或许就可以在不依靠媒介的情况下进入异次元空间。你如果要救你妹妹，还是必须提升裂灵瞳眼的能力。"

润暗顿时大喜，问道："那有什么办法可以提升能力呢？"不过他也怕对方又说什么要吃人肉之类的话，然而慕镜的回答让他很意外。

"你已经拥有了裂灵瞳眼，所以提升起来不是很困难，只是时间问题。如果你想速成的话，可以利用那把冥裂鬼刃。只要你能让它的长度达到两米以上，那把鬼刃就可以切开次元之间的屏障，达到异次元世界了！"

"怎么会……这是在哪里？"

润丽在某一楼层的走廊上，看着窗外彻底的黑暗，如果点缀一些星星的话，她还能说服自己这是在宇宙中，然而这里什么也没有。

这时，一只手忽然抓住了她的肩膀，吓得她魂飞魄散，回头一看，是一个年纪和她差不多的女子。

"小姐，你也是走楼梯的时候进入这里的吗？先到我家来吧，我叫简意涟，和你一样，也是不小心进入这里的。"

安川市，闻紫魅居住的渔村。

"开什么玩笑啊，一次又一次的！"

闻紫魅看着眼前一大帮人，已经无法保持冷静了。

"你们以为我这里是什么地方啊？我之前帮助你，是看在任先生的面子上。还有你，铁慕镜，怎么你也来凑热闹了？"

"你们认识？"润暗看着互相对视的铁慕镜和闻紫魅。

"当然认识了……"铁慕镜看着闻紫魅的眼神比以往更冷冰，毫无感情地说："我们都和任先生有关系嘛。不过，我可不喜欢她，这个厉鬼的宿主。"

"彼此彼此，我也不喜欢你这个仿冒品！"

眼看二人即将爆发大战，还是阿静劝阻了双方。

这个暗道实际上远比润暗想象中复杂。暗道深处有一个巨大的修炼场，四周立着好几面用照灵镜做成的柱子。

"任小姐，我要声明，这是最后一次，我不想再和你们有牵扯了！"

闻紫魅最终还是松口，允许借用这个地方让他们提升灵异能力。这个广场被灵念力覆盖，可以最大限度激活灵异能力，再加上周围有防止鬼魂化的照灵镜，是进行修炼的最佳场所。

慕镜和润暗一样想恢复自己的鬼眼能力，而路深槐和宗蒿霖可以提供理论上的指导。

一走到广场中央，润暗就感到进入了另一个世界。鬼眼不由自主地释放出来，右手手心一片红光，一把近一米长的红色凶刃出现在他手中。

"冥裂鬼刃……"宗蒿霖是第一次见到这种将鬼眼能力具象化的凶刃，上面凝聚着极强的灵念力。

随着润暗挥动冥裂鬼刃，他的身体周围不断出现许多白色雾状头颅，每一只头颅都异常狰狞凶恶，如同阿鼻地狱中的鬼魅。

这些鬼魅围绕着润暗的身体，但是只有同样具备鬼眼的慕镜和具有突变灵异体质的阿静能够看得到。路深槐和宗蒿霖只能在四周的照灵镜中看到它们。

"怎么会?"宗蒿霖不解地问铁慕镜，"他的体内，难道寄宿了那么多鬼魂吗?"

"不是。"慕镜摇了摇头，"那把冥裂鬼刃具备超脱阴阳的能力，虽然不像阴阳瞳眼那么厉害，但是，润暗已经可以将自己的生灵作为诱饵，将飘散在阴阳边缘的孤魂野鬼集中到这把刀上，成为他身体的一部分!"

慕镜的想法是，将冥裂鬼刃的长度提升到两米以上，吸引鬼魂作为身体的一部分，补足这把鬼刃的灵异能力。当然，如果润暗没有足够的生灵气息，那些鬼魅很可能把他带入阴间。而润暗为了妹妹，什么都不去计较和考虑了。

红色光芒越发强盛，那些凶冥厉鬼发出恐怖的号叫!

"喝杯茶吧……"

润丽受宠若惊地接过意涟递过的茶杯，不时注意着周围的环境。

"你叫什么名字? 住在哪一层?"

意涟开始耐心询问润丽的情况。然而润丽根本无法冷静下来，她很清楚过去被卷入灵异事件的人的下场，她怎么也没想到，有一天自己也会遭遇这样的噩运。

"我要逃走……我要逃走……"

润丽面对着一面墙壁，墙壁上有一扇通往卧室的门。门本来是虚掩着的，就在这时，润丽忽然发现一只白色的手从门缝里伸出，将门重重关上了！

润丽眼前顿时一黑，晕了过去。

明一水滚落到了床下。他是个盲人，所以平时不会开灯。但是这次的情况很诡异，所以他把房间的灯打开了。尽管自己看不见，但还是会安心一些。

然而，即使是盲人，在梦境中也可以看得见。一个噩梦让他惊醒了，当清醒过来时，他躺在冰冷的地板上。

明一水摸索着附近，抓住床的边沿站起身来，走到饮水机旁倒了一杯水。

然而，水似乎有着很重的腥味！他顿时将水吐了出来，把杯子摔在地上，冲回卧室的床上，喘着粗气。就在这时，他忽然听到卧室外传来什么东西在地面上拖动的声音！

即使想要出去看看，他也是看不见的。但是，他的听觉是很敏锐的。他仔细分辨着这个声音，就好像是衣服或者布匹在地板上拖动发出的声音。也就是说……外面绝对有一个人在！

"谁……是谁！"明一水为了壮胆，喊了一声。那个声音停下了，紧接着，那个声音改变了方向，朝明一水所在的卧室过来了！

"不……不要进来！不要进来！"

那个声音没有停止，反而移动得更加迅速了……

"哇啊啊啊啊啊啊——"

惨叫声让住在十二楼的庞铁大惊失色，他连忙出门，匆匆地沿着楼梯到了十一楼，他记得十一楼住着那个盲人。

明一水感到那个东西已经进入了房间！这时庞铁的声音从外面传来："明先生，你在吗？"

听到这个声音，明一水如释重负，连忙扯开嗓子喊道："我在这里，快来救我！"

庞铁跑进卧室，说道："明先生，你没事吧？刚才的惨叫是你吗？"

"嗯，是啊。"明一水总算松了一口气，带着哭腔说："有人……刚才有人进来过这里……"

听完明一水的描述后，庞铁说："不如你到我家去住吧？你眼睛看不见，一个人住肯定不方便，多一个人照应也好。"

"那太好了……"明一水如释重负，"不过，不会太麻烦你吗？"

"哪里，你太客气了，大家都是邻居，又被一起卷入这个奇怪的地方来，互相照顾是应该的。"

就在润暗驱动手中的凶刃时，慕镜的裂灵瞳眼也在瞬间释放。一把同样血红色的长刃出现在他的手中，也是冥裂鬼刃。

"你也会用这把鬼刃？"润暗有些意外，慕镜的刀长度和自己的差不多。他还没有反应过来，慕镜的刀已经顶住了润暗的脖子。

"如果你想提升能力的话，实战是最好的办法。我不会手下留情的，你最好有心理准备！"慕镜的身体周围也开始浮现出许多狰狞的雾状头颅，广场上顿时充斥着撕心裂肺的鬼叫。

一个披头散发的女性头颅张开大嘴，一口咬住了润暗的肩膀，紧接着，他的喉咙被什么东西紧紧扼住！润暗知道是慕镜那边的鬼魂发动了袭击，他不甘示弱，挥动冥裂鬼刃，一个比他的身体更大的骷髅瞬间浮现在他的身后，直冲向慕镜！

"给我停止！"阿静忽然一声令下，二人身边的鬼魂一下消失得无影无踪。

慕镜停下，是因为阿静是恩人的女儿，而润暗停下，则是因为他实在很怕阿静。

"你们以为这是修真啊？还拼剑术？我们的敌人是那些看不见、摸不着、随时要取我们性命的冤魂和恶灵！再锋利的剑，能砍死它们吗？你们现在要做的，是提升鬼魂能力，不是比剑！"

在异度空间的公寓里，庞铁带着明一水刚要离开，明一水忽然想到一件事，问道："刚才我好像听到外面有什么东西的声音，庞先生，你进来的时候，有没有看到什么人？"

"没有啊，我进来时就你一个人，而且门也没有上锁。"

"庞先生，你真的什么人也没有看见吗？"

空气似乎凝固了，明一水又说道："不，绝对有人进来过，为什么你要撒谎？而且我明明把门锁上了的！"

回答他的是一声冷笑，紧接着，他听到了回答："因为，进来的那个人，就是我！"

事实上，庞铁根本没有离开他的房间。他本来想要去救明一水，然而，他走到门口的时候，大门忽然重重关上了。庞铁的眼睛直直地看着门前，只见门口端坐着一个双眼翻白的人，正是武隆飞！

"不……不可能的……"庞铁不由自主地后退。这时，武隆飞的身体倒了下来，他的头和脖子分开了，滚落到庞铁脚下，鲜血洒满了地板！

地上猛然出现了一个鲜红色的脚印！这是谁将脚踩在了血迹上！

庞铁刚反应过来，第二个脚印又出现了！脚印向他步步逼近！

庞铁哪里还有胆量再去看脚印，立刻冲进卧室，紧紧地锁上门。

就在庞铁准备用身体拼命顶住门的时候，却看见自己床上那床凌乱的被子居然隆了起来！看起来就像里面有一个人一样！

与此同时，又有什么东西在狠狠地撞击着大门！

从隆起的被子里，伸出了两只惨白的手！

庞铁再也受不了了，他看着卧室外面的阳台，咬了咬牙，一下冲到阳台的护栏上，向上爬去。

"啊！"

一双冰冷的手抓住了他的脚踝！他往下看去，一个身影正抓住他的脚吊在半空中！

"放手……放手啊！求你放手！"

庞铁只能用手拼命抓住上面的阳台，而这时，抓住他脚的那个东西，居然开始爬上来了！

"下去……给我下去啊！"

庞铁终于支持不住了，从阳台摔了下去。在经过楼下明一水家阳台的一瞬间，他隐约看见房间里有一个吊着的人影……

第 05 章
〔死神上楼了〕

"伊小姐，你醒了吗？"

仿佛是从黑暗泥沼中射入的一道光芒，让润丽沉睡的意识苏醒了。

"我……我这是怎么了？"

润丽掀开盖在身上的被子，看到意涟正笑容可掬地坐在床边看着自己，她的手里端着一碗粥，问道："你想吃点东西吗？你可把我吓坏了，昏迷了那么长时间。"

润丽接过粥的时候，忽然想起了那只手！粥一下翻到地上，她又不住地尖叫起来："我……我要走！我要离开这里！"

"你认识铁慕镜先生吗？"

润丽立刻问道："你认识他？"

"刚才他打电话给我，说他是我妹妹的朋友。还对我说，他知道我现在被封闭在这个莫名其妙的空间里，会帮我离开，但是要我找到你。既然你醒过来了，要不要打个电话给他？"

慕镜的手机响了，他刚想接通就被润暗一把抢过，按下接听键后迫不及待地说："润丽吗？是润丽吗？"

"哥哥？哥哥，你快来救我啊，这个地方好可怕！"

润丽边哭边说："哥哥……我不想死……"

润暗正打算继续安慰她，慕镜已经把手机抢了回去，说道："放心吧，你不会死的。不过，千万别再去走那个楼梯。还可以通讯，说明两个空间是相通的。我们正在想办法进入那个空间，你别担心。"

润丽还来不及说什么，电话就挂断了。"喂，我还想和哥哥说几句话，慕……"

润丽又看向刚才伸出手来的那扇门。虽然慕镜保证她不会死，而她也知道对方是具有预知能力的人，但是恐惧依旧难以抑制。过去她抱着救赎的心态去看待那些被诅咒者，本以为自己很仁慈，但是，现在她才明白，她根本不了解被诅咒者内心的痛苦和绝望。

"伊小姐……"

"我会不会死呢？我真的好害怕……"润丽的脑海里又浮现出父母的死状，她实在很难想象，他们在留下日记的时候，是怎样的心情。坦然面对死亡的来临，润丽是根本做不到的。

父母一定很悲伤，因为连见自己孩子最后一面都办不到。润丽哭了起来，她的心已经被撕得七零八落了。这时，一只温暖的手拭去了她脸上的泪水。

意涟很理解润丽的痛苦。六岁的时候，意涟就失去了母亲。葬礼那天，天空灰蒙蒙的，她注视着棺木被埋入地下。墓碑上只用短短的几个字，就刻下了一个人的一生，生命很脆弱。唯晶的母亲嫁给父亲的时候，她完全没有反对，因为她理解父亲的心情。

这时，急促的敲门声传来。意涟连忙跑去开门，看到门外站了一堆人。

"你们……"

"简小姐。"文邦明满头是汗，表情很紧张地说："到我的房里来，出事了。我们在楼梯上发现了一具尸体。"他忽然注意到了润丽，问道："她是谁？也是不小心进入这个地方的人吗？"

"嗯，是的。"

"那就让她也一起来吧。那具尸体……我们辨认过了，是十三楼的一名住户，叫唐卉。"

听到这个名字，润丽顿时浑身一震，连忙跑到门口说："带我去，我要看看她！"

这时，大家也发现武隆飞、冷佳、明一水和庞铁四个人没有出来。虽然去敲过他们家的门，却一直没人应门。

"大家有什么看法吗？"

再度聚集到文邦明家里，七个人相对沉默不语。

"各位……"润丽觉得屋内的气氛很僵，鼓起勇气说："你们……相信这个世界上有鬼吗？"

要是平时有人问起这话，大家都会当做开玩笑，然而，在这么诡异的一个场所，谁还能一口咬定鬼是不存在的呢？一时间无人回答。

"我可以给你们一个肯定的答案。这个世界上绝对存在着鬼，我向你们担保……我亲眼见过鬼。"

"别说了！"中年男子章统抱住头大叫道，"到底是谁把我们弄到这里来的！"

"各位……"文邦明安抚着大家的情绪，"先别太紧张，听我分析。那个死去的唐小姐，我检查过了，她似乎是窒息而死的，我想不应该那么快怀疑到鬼神上去。这个空间虽然神秘，不过也可以解释为是一个平行世界，物理学上这种假说是存在的。而既然有死者，就一定有杀人犯，可能就是把我们引入这个空间的罪魁祸首。我估计，可能这座公寓的楼梯，是一种穿越时空的机器，而我们就是某个时空实验的小白鼠。"

"你是科幻小说看多了吧？"意涟根本不相信。

"否则怎么解释这个现象？"文邦明指着窗外说。

"无法解释。"润丽说出这句话，大家的目光再度看向她。"这个世界存在着无法解释的现象，存在着无论科学、哲学还是心理学都无法解释的、唯心就可以存在的冤魂厉鬼。在这个地方，如果不抛开你们的常识，就不可能对付得了它们。你们在这个地方……随时都会死。"

"伊小姐。"文邦明还是试图反驳，"你说你见过鬼，你有证据吗？你有什么证据证明，这个空间是冤魂厉鬼的杰作？"

"没有。我现在没有任何证据可以证明。不过，我想听听你们每一个人进入这个空间的过程和所有发生的事情，或许能找到什么蛛丝马迹来进行判断。"

大家决定和润丽合作。每个人都详细讲述了自己回家后如何在楼梯里误入这个空间。

"你们能确定，这座公寓里就你们几个吗？"

"应该就有我们几个吧。"文邦明答道，"即使还有，也不会很多。"

"果然，走楼梯时会不会进入这个空间完全是随机的。刚才你们说听到玻璃破碎的声音，而且是楼下传来的？"润丽在一张纸上画出公寓的每个楼层，并标示了每个住户房间的位置："是哪一层的玻璃碎了？"

文邦明答道："听到声音后我下去查看了一下，发现五楼有一扇门开着，进去以后发现有一扇玻璃碎了，地上还有些血迹，房间里也有人进来过的痕迹。"

"血迹是在玻璃上发现的？"

"嗯，多数是。"

润丽陷入了沉思，又问道："听到玻璃碎裂是什么时候？"

"应该是昨天晚上七点刚过的时候。"

"那么，冷佳小姐的失踪是何时确认的？"

"是刚才。我们去敲她家的门，却没人出来应门。"

"明一水先生和庞铁先生呢？"

"之前听到楼下传来惨叫声，这两个人分别住在十一楼和十二楼。因为门都锁着，所以无法进去确认。"

"去砸门……"润丽当机立断道，"失踪的人所住的房间都要砸开，人命关天啊！你们之前怎么都不行动？因为陷入这个诡异的空间，就只顾自己，不管其他人的死活了？"

大家都有些恼怒，但是润丽已经走向门口，说道："快过来啊，难道要我一个人去砸门吗？也许他们还有救啊！"

于是，大家来到四个住户的门口，开始砸门。润丽的话让每个人都恐惧起来，如果那些人真的发生了什么事情，自己恐怕也会有危险。

庞铁家的门被砸开后，大家惊惧地看见了武隆飞的尸体，他的头颅在地板上，地板上都是血。而明一水的房间打开后，大家发现他的尸体被吊在天花板上。冷佳的家里则是一无所获。

润丽稍微有些法医学知识，她检查了尸体，基本确定武隆飞是在昨天晚上死的，而明一水死的时间不算久，尸体还没有僵硬。所以，武隆飞死在明一水之前。

润丽指着庞铁房间里的血脚印说："你们看，这些脚印用庞铁的鞋子来比对，明显大太多了。这不是庞铁的脚印。而且，这些脚印是光着脚踏下的，可以清晰地看到五个脚趾，到了卧室门口就消失了，而卧室的门是从里面反锁了的。"

"你想说什么？"文邦明渐渐有些明白了。

"这些脚印的主人……不是人类。你们还不明白吗？"润丽说道，"这个公寓里存在着一个鬼。唐卉小姐也是被那个鬼杀掉的，明先生也是！我们都有危险！我建议大家住到同一个房间里，互相照顾，防止那个家伙下手。我哥哥是一个拥有鬼眼的人，他一定会来救我们的！在他来到之前，我们要想办法活下去！"

最令润丽在意的，是死亡的顺序。

武隆飞住在 607 室，冷佳住在 803 室，明一水住在 1104 室，庞铁住在 1203 室。而刚才她查看了唐卉的尸体，并没有怎么僵硬，也没有出现尸斑。

所以，实际上唐卉进入那个异度空间的那一天，也许并不是她的死亡日期！她很可能是刚死不久！

也就是说，鬼是按照从下到上的楼层顺序杀人的！那个鬼正在不断接近上面的楼层！

最后没有人接受润丽的所有人住在一起的提议，毕竟房间都很小，住七个人根本不现实。文邦明坚持凶手是人类，凶手很可能就在大家中间，每个人都不想和可能是凶手的人共处一室。他们索性把自己家的门锁好，各自为政。

根据润丽的推测，下一个会死的人，应该是住在 1305 室的章统。

当润丽来到他家，告诉他这一推论时，这个头发花白的男人长叹了一口气："伊小姐，你说的是真的吗？你哥哥真的会来救我们吗？"

"嗯，是的，请你相信他。"

润丽的手机忘带出来了，所以向章统借用了电话。她想问问哥哥，下一个要死的人他预知到了没有，也想询问一下死亡的顺序和她的猜测是否相符。

润暗一开口就说："润丽，别怕，快了，我的冥裂鬼刃达到两米以上就可以去找你了！你再忍耐一下！我绝对不会让你死的！"

"哥哥，告诉我确切的死亡顺序。"

"死亡顺序？"

"嗯，武隆飞、冷佳、庞铁和明一水这四个人，他们在你脑海中出现的先后顺序，请你告诉我！我要确定一件重要的事情！"

"你这话是什么意思？"

"嗯？你说什么，哥哥？"

"这四个人……我一个都不认识啊！"

润丽大为意外，润暗居然不能预知他们的死？她立刻想起一件事。之间韩宁死在异度空间，脱离了润暗的预知范围。难道这一次也是……

"这么说，哥哥你……无法预知到这个空间里任何人的死活吗？那你怎么会知道唐卉会死的？"

"这也很奇怪呢……"

"难道是楼梯上的关系？"

唐卉死在楼梯上，那是两个空间的交汇点。因此哥哥才能够预知到唐卉的死吗？如果不是死在那里，就预知不到？

"我明白了。哥哥？"

电话那头忽然一片寂静。无论润丽再怎么呼唤，都没有任何声音了。不安的预感在润丽心头升起……和另外一个空间的联系，被彻底割断了吗？

"伊小姐，伊小姐……"章统叫了很多声，润丽才回过神来，问道："嗯？什么事？"

"其实有件事情，我一直觉得很奇怪。你看这个。"章统取出一份报纸。

"这报纸是今天早上送来的。"

"嗯？你们公寓的信箱不是都在一楼吗？去一楼的路被封锁了啊！"

"早上醒来的时候，就发现报纸摆在门口了。这确实是我订阅的报纸，刚开始我有些害怕，在这个和外界隔绝的地方，怎么会送来报纸呢？"

润丽打开报纸看了看，并没有任何异常。她又打开电视机，想看看里面播报的新闻是否和报纸一致，然而，电视机打开后却是花屏。

"果然，联系被彻底切断了。"润丽将报纸放下，问道："章先生，你有没有订阅晚报？"

"嗯，订了一份。昨天晚上也的确送来了。喏，在这儿。"

润丽随即产生了一个想法。"晚报一般会几点送来？"

"大概六点吧。"

润丽决定赌一赌。如果晚报送来了的话，送报的人是谁？如果六点的时候守在门口等着……会等到谁呢？

不过她随即害怕起来，她不像哥哥有鬼眼，也不像阿静有那么多强大的药水，她是个手无缚鸡之力的弱女子，现在连预知能力也没有了。而她现在也无法和外界联系，也就是说，她很有可能已经被限定了死亡日期。

想到这里，润丽彻底打消了这个念头。她现在唯一的希望就是，自己并不是这座公寓的住户，根据这个规则，那个鬼是无法杀她的。

章统忽然说道："伊小姐，如果我死了的话，如果你能够离开这里的话，麻烦你去找我女儿，告诉她，我已经同意她和她男朋友的婚事了，让她别记恨我了。"

"不，不会的，章先生……"

章统的女儿上了高中以后，每天都嚷着要父母增加零花钱，不是花在化妆品上，就是出去向同学们摆阔气。后来她只上了一个中专，第一学期结束，就大着肚子回来让父母帮她堕胎。章统为这个女儿操碎了心，他一怒之下就去找让女儿怀孕的男人，想要对方负责。然而，那个男人说出的话把他的肺都气炸了，说什么这是你情我愿，还说一夜情是现在的潮流。章统恨恨地打了对方一拳，却遭到那个男人和他和同伙的群殴，在医院躺了两个月。后来，章统的女儿什么工作也找不到，又跟其他男人鬼混去了。

"后来呢？"润丽心里也酸酸的。

"我老婆为她的事情操心到现在，落下了一身病。一年以前，她又带回一个小伙子给我看，说是她的新男友。虽然那个男孩子对她还算好，但是不务正业，整天只想着怎么轻松赚大钱。我劝了女儿很多次，可是她都不听。现在我的生命危在旦夕了，伊小姐，我什么也不求了，女儿的路是她自己选的，她想怎么做就随她去吧。你就这么转告她，好吗？"

润丽郑重地点了点头。她失去父母后，再也没有机会得到他们的疼爱。可是有些人有那么关爱自己的父母，却一点儿也不珍惜，如此自甘堕落。

润丽翻到报纸的一个版面，惊呆了。

"章先生，你看过这份报纸吗？"

"只是大概翻了翻，没有仔细看。"

在有几张大幅广告的版面里，有一张照片……居然是躺在楼梯台阶上的唐卉！照片上的她双眼充血，面目可怖。

润丽连忙合上报纸，放回抽屉里。她忽然听到厕所里传来了马桶的冲水声！

润丽面色惨白地问："你家里还有别人吗？"

"没，没有了啊。"

润丽已经确定，鬼找上了章先生！她又想起慕镜的话，如果再这样逃避下去，一个月后她也会成为真正的鬼魂。她终于鼓足勇气，拿起一个拖把就向厕所走去。

"章先生，你别担心，我，我去看看……"润丽明明怕得要死，还是咬牙硬撑着前进，终于来到厕所门口，她猛得把门打开，却什么也没有看到。

她松了一大口气，为防万一还特意朝镜子里看了看，仔细确认镜子里没有和实物不同的地方。接着她打开抽水马桶的水箱，里面还在蓄水，刚才的确有什么东西在这里待过！

章统注意到刚才润丽看报纸的时候有些奇怪，于是重新拿出那份报纸，很快也翻到了那一版，差点尖叫起来。

他只想着立刻把报纸烧掉，就拿着报纸走到煤气灶前，打着了青蓝色的火苗，而且用了最大火力。他刚要把报纸放到火上烧，却差点儿瘫倒在地！

那一版上……原本是唐卉的尸体倒在楼梯上的景象，然而现在……却被唐卉整张恐怖的脸填满了！

"鬼，真的有鬼啊！"章统拿起报纸就往煤气灶上扔去，然而，煤气灶上居然没有火了！

润丽听到章统的叫喊也准备出去，但是，她去拧厕所的把手，竟然打不开！

章统索性不烧了，拿起那个一版面的报纸就要撕，这时，窗外忽然吹来一阵风，报纸立刻盖住了他的脸！

当润丽终于从厕所里出来，就在厨房里看到倒在地上的章统，他的脸上盖着一张报纸。她预感到了什么，缓缓蹲下了身，把报纸揭开。

尽管已经有了心理准备，她还是尖叫了起来。

章统的头部已经完全化为了骷髅！

"不能原谅……绝对不能原谅！"润丽原本恐惧的心情变成了愤怒！

"还要死多少人才够！还要死多少人你们才满意！他们都是好人啊，你们到底什么时候才能停下来！"

这时，润丽忽然感到体内涌起一种古怪的感觉，她仿佛听到体内传来一个女子的尖笑声，随即，脑海中掠过一段信息。

"凶像瞳眼能力，灵异体质苏醒中。"这是一个男子雄浑的声音。

她的脑海里出现了一段恐怖的影像。一个女人因为痛恨丈夫的不忠，将第三者杀害分尸，最后自己也自杀了。那个女人的鬼魂就附在润丽体内！她是在二十多年前就死了的人。

润丽意识到了什么，连忙去照镜子。果然，她的眼睛已经变成紫色的了！她拥有的是凶像瞳眼！

润丽现在有了鬼眼，那么，或许就可以保护接下来被诅咒的人了。她预知到，下一个会死的，是1401号房的罗虎！

她把章统的尸体搬到床上，为他盖上被子，说道："章先生，你对你女儿的心意，我如果可以出去，一定会帮你转达的！"

到达十四楼的时候，强烈的危险预感袭来。润丽记得哥哥说过，当时唐英瑄的凶像瞳眼能力释放后，攻击力非常强。她把目光对准旁边的墙壁，开始稍微释放鬼眼能力。不到三秒钟，墙上就出现了裂痕！

润丽随即停止了释放，信心十足地继续走上去。

"还不行吗？"润暗将鬼眼能力释放到极限，冥裂鬼刃的最长也不过一米三。

"我知道你想尽快救润丽。"阿静看他累得满头大汗，劝道："不过，你不能再继续以自己的生灵为饵了，这样很危险。"

"现在她在那个空间里，我根本感应不到她的生死，我不能再继续待在这里了！就算要我付出灵魂也无所谓，我要去救她！"润暗已经失去了理智。

阿静知道劝他也没用，索性离开了试炼场。暗道里太安静，所以细微的声音也被她听到了。

"铁慕镜，你有事情想问我的话，何必躲着呢？"她回头看向黑暗，一个轮廓逐渐清晰，一双紫色幽瞳浮现出来。

"任小姐，愿姬她……"

"没有希望了，你不要奢求她可以变回原来的样子。她已经不再是人类，而是一个厉鬼。不管你如何祈求，她都不可能再想起过去了。"

"愿姬她，没有理由会忘记我和深槐的……"忽然，铁慕镜感觉阿静的身影变模糊了，在暗道里微弱的光芒中，仿佛看到她的身体在扭曲，就像出了故障的电视机屏幕。

"任小姐……"

扭曲的程度越来越严重，她的上半身和下半身之间已经成了一个倾斜的角，身体也变得很长，当铁慕镜揉了揉眼睛再看时，却又恢复了正常。

"另外，有一件事情你会错意了。"阿静这时的语气和之前完全不同了，"我并没有让伊润丽变为鬼魂的打算。我只是想把她的情况作为参考而已。有照灵镜在，我不会让她鬼魂化的。"

铁慕镜根本没有看到阿静的嘴唇在动，周围的空气也变得有点稀薄。他觉得，眼前的阿静似乎是另外一个人。

润丽走到十四楼的时候，危险的预感达到了顶峰，死亡预知也启动了。死亡日期是今天！

今天还要再死一个人吗？润丽连忙跑到1401室门口按下门铃。

门开了，五大三粗的汉子问道："是你啊，有事情吗？你的眼睛怎么了？"

"罗先生，你现在随时都有生命危险，我可以保护你，所以，请让我暂时待在这里，今晚午夜零点一过我就离开。"

"午夜零点？你真会开玩笑，我们刚认识，你要在我这儿待到午夜零点，算是怎么回事啊？我才不信有鬼呢，我可不是被吓大的！再说，我至于让一个女人来保护我吗？"他刚要关上门，却感觉有一股阻力，怎么也没办法把门关上。

"别小看女人，罗先生。怎么样，相信我的能力了吗？你再怎么用力，我也可以让这门一直开着。"

罗虎一开始不信邪，润丽两手摆在身后，看起来没有动作，可是门就是关不上。直到他累得汗流浃背，才拱手说："伊小姐，我服你了，难道你是气功大师？快进来说说！"

润丽哭笑不得。不过，罗虎总算让她进去了。尽管一个女人跑到一个单身男人家里去说要待到通宵，难保对方不会生出邪念，但是现在有了鬼眼的润丽什么也不怕，普通人根本不是她的对手。

罗虎倒是个很正派的人，也没有动歪念，他是中学体育老师，家里整理得还算干净，为人也豪爽。尽管进入了这样一个诡异空间，可他还是不太慌乱。

"我才不管是科幻还是鬼，只要能够回去就行了。伊小姐啊，你说你哥哥会来救你的，对吧？那就指望你了！我可一身是胆，鬼来了我照样一拳过去，把它打个稀巴烂！"

"罗先生，这种事情没有那么简单的……"话音未落，恐怖的预感再度袭来，润丽很快锁定了恐怖源头。

眼前的窗台上，一只手从下面伸了上来！

润丽立刻释放凶像瞳眼能力，那只手立刻缩了下去。润丽跑到窗台边向下看，却什么也没有看见。这时她又感觉到危险从后面过来，回头就见那双手从沙发后面伸了出来！

她目光盯住沙发，整个沙发立刻爆开，弹簧都掉在了地上。

然而，危险的预感继续从房间各个角落袭来。罗虎亲眼目睹了那只莫名其妙伸出来的手，也变得紧张起来。

润丽又看到那只手从一只花瓶里伸出来！她把花瓶打破了，碎片落了一地，里面只流出了水。

一股窒息感猛然袭上心头，润丽感到整个房间到处都是危险！

所有的门都开了，里面都伸出了手来！

润丽环顾四周，凶像瞳眼能力很快就把罗虎的家打得一片狼藉。

与此同时，在外面的正常世界里。一条阴暗的巷子里，几个乞丐蹲坐在地上。

一个衣着体面的金发男子面无表情地走过他们身边时，一个乞丐伸出脚，把他绊倒在地，随即按住他的头，拿出一把刀子架在他的脖子上，恶狠狠地说："把钱交出来，不然放你的血！"

男子微微抬起头，乞丐说道："呵呵，本来以为是个老外，没想到是个杂种，看你这张脸挺俊的，不给钱就给你划上一刀！"

男子什么话也不说，只是微微笑着。

"你耍我啊？笑什么笑！"乞丐狠狠地对准男子的脸来了一拳。男子并不反击，任凭嘴角流出血来。乞丐懒得和他多费唇舌，招呼旁边的同伙一起来搜身。很快，他们就搜出好几张卡来，乞丐又问道："把密码说出来!"

金发男子这时说了一句没头没脑的话:"快逃吧,它就要出来了。"

"嗯?这个人不会是脑子有病吧?"乞丐正打算继续逼问,男子的背部忽然伸出一只鲜红的手,贯穿了乞丐的胸口!然后立刻把心脏掏出来,揉成了肉末!

"鬼……有鬼啊!"其他几个乞丐吓得魂飞魄散,四散奔逃。

金发男子抹了抹嘴角的血,站起身来,拍了拍身上的灰尘。这时远处又传来惨叫声。

地上那几个乞丐还死不瞑目地瞪着眼,根本不知道自己是怎么死的。

从乞丐身上拿回了卡,男子淡淡一笑:"不好意思,我已经提醒过你们了。所以,做了鬼也别来找我啊……"

前方忽然传来一阵呼啸声,一道长长的血痕迅速在一堵墙壁上快速延伸,最后来到男子面前,那些血痕上还沾着一些块状物体。

罗虎抱住头蹲在地上,刚才的豪言壮语全抛到了九霄云外,他颤抖着问:"伊小姐,我能不能活下来?"

"别和我说话!"润丽闭着眼睛,正试图找出下一个危险的来源。但是,不管她怎么感应,这个屋子里都没有危险的感觉了。

"难道它离开了?"润丽不相信那个鬼会那么容易就放过罗虎,但是这个屋子现在的确没有任何危险。

"罗先生,暂时安全了。"润丽看向罗虎,然而,她猛然捂住嘴,倒退了好几步,晕了过去。

罗虎不解地看向自己身上,没有什么异常的东西啊!为什么润丽看到他会吓晕过去?他连忙把润丽抱到卧室床上。

"伊小姐,醒醒,快醒醒啊!"

这时,一只蚊子在罗虎脑袋旁"嗡嗡"地飞着,罗虎立刻举起手驱赶蚊子，紧接着它停到了自己脸上，于是他对准自己的脸颊就拍下去一掌。

然而，他这一掌却什么也没有拍到！罗虎的后背全凉了。

他的脖子以上，本应该是头的地方，他什么也摸不到！

隋云希不知道诺索兰公司为什么会消失。但是，铁慕镜出现在她面前，告诉她愿姬已经化为索命厉鬼归来时，她就知道，愿姬绝对不会放过自己和唯晶。

她对丈夫简文烁说，无论花多少钱，要立刻找几个国际有名的保镖来，还要找最好的驱魔师！

唯晶一早醒来，一到楼下就傻眼了，大堂里整整齐齐站了二十个人，个个都是虎背熊腰、身材魁梧，有不少还是外国人，像黑社会一样，要不是父亲就站在他们面前一副居高临下的样子，她还以为家里被人闯入了。

"爸爸，这是在做什么啊？他们都是谁？"

"唯晶，他们都是你的保镖，从今天起，会寸步不离地守着你。"简文烁当然知道不能告诉她真相，找了一个借口："我最近在生意上得罪了一些人，他们说要报复我的家人，为了安全考虑，我当然要给你派保镖了。有他们在，你绝对不会有事的。"

唯晶傻眼了。她还是个学生，难道到学校去的时候，还要那么多保镖跟着她不成？

"开什么玩笑啊，就算请保镖，也不用那么大阵容吧？"唯晶说，"最多三个人就可以了吧？"

简文烁不同意："听我的，唯晶，这件事情由不得你！我给你介绍一下，这位弗朗斯先生是保镖队长，而这位闻紫魅小姐，是驱魔师中首屈一指的高人。"

闻紫魅虽然是灵媒，不过在驱魔师界也小有名气，加上这次开出的价格实在是太丰厚了，只是保护一个十八岁的小女孩而已，闻紫魅对自己很有信心。

唯晶注意到，闻紫魅也有一双和慕镜一样的紫色眼睛，这一下让她对闻紫魅有了亲切感。

"好了，唯晶，如果你今天要出门的话，就让这几位陪着你去，你和几个保镖坐一辆车，其他人坐别的车接应。车上都装有防弹玻璃，车身也是特殊合金制成的，你尽管放心。"

唯晶感觉气氛奇怪，也没有外出的心思了，反正等会儿编辑会来家里取稿，只是不知道这个阵势会不会把他给吓坏了，她决定先回房间。她刚走，管家就跑到简文烁身边低声说道："先生，外面有个男人，说是要应聘当小姐的保镖。"

"哦？什么来头？在国际上有名吗？"

"他没有说名字，是个金发的混血青年，模样倒是很俊，他和闻小姐一样，都有紫色眼睛。"

简文烁心中一震，莫非来人也是灵异体质者？他连忙把那个青年请进屋来。

这个时候，闻紫魅就感觉气氛有点奇怪了。仿佛有什么很可怕的东西，正在逐渐进入屋里！

一个西装革履的年轻男子面无表情地缓缓走进客厅，对两边的强壮保镖看也不看一眼。简文烁看他果然有紫色的眼睛，连忙问："这位先生，你是……"

"我来应征做小姐的保镖。"

"你的名字是……"

"约翰。"

简文烁对这个名字全然没有印象，问道："那你有什么技能呢？是会驱魔，还是搏击术？"

"我没有那些能力，但是，我可以保护好小姐。"

旁边的弗朗斯队长说:"简先生,他要是对自己有自信,不妨和我比试比试。"

简文烁又问:"你凭什么说自己有能力保护她呢?"

"因为……我有这双眼睛。"

此话一出,除了闻紫魅和简文烁,以及约翰本人以外,其他人都哄堂大笑起来。

弗朗斯边笑边说:"眼睛?你还想用眼杀人啊?"

这时,约翰忽然将目光转向弗朗斯。

"那么,要不要试试看?"

弗朗斯一下火了,这小子根本是目中无人嘛!自己还能打不过这个瘦小子?于是他把上衣一脱,说:"好啊,小子,有种来比试一下!"

简文烁本要阻止,但是他也想看看,这个男人到底有什么能耐。

只有闻紫魅知道,弗朗斯必败无疑。因为,那个约翰……根本不是人类!

弗朗斯站定后,一声大吼就一掌劈向约翰,然而,还没劈到约翰身上,闻紫魅就出现在他和约翰中间,只用一只手就挡住了弗朗斯的攻势,说:"住手,弗朗斯先生,你会被杀的!这个男人不是用物理攻击就可以打倒的!"

弗朗斯哪里能让一个女人阻止自己,还要继续进攻时,却看到闻紫魅眼睛露出一丝凶光,不知怎么的,他居然全身无力了。

闻紫魅看向约翰那从容的表情,叹了口气说:"简先生,请不要雇用这个人,这是我给你的忠告,否则你会后悔的。"

然而,她却惊讶地发现,周围的一切全部变成了黑白色!没有人听得到她的声音,她背后传来一个恶毒的声音:"不要……阻碍我……"

巨大的压力让她无法再说出一句话来,整个人倒在地上。

"怪物……那个男人……是怪物……"

约翰斜眼睨着那些气势汹汹的保镖，说道："算了，你们一起上来吧。我一根手指也不会动的，你们要做好心理准备。"

"你小子太目中无人了！"

"大家教训教训他！"

众保镖都向约翰冲了过去。

约翰的脚下出现了一块红色污迹，污迹的范围不断扩大，就在保镖们距离他只有不到一米的时候，所有人的身体开始喷出大量鲜血，整个大厅顿时被染成了红色！

简文烁被吓呆了，他甚至拿起了话筒，考虑要不要报警。

"把你们的大厅弄脏了·不好意思。"约翰的身上居然没有沾上一滴血，继而，房间内的血迹居然开始自动流到他脚下的那块红色污迹里。

"不用担心，它是很嗜血的，所以，这里很快会干净的。"

其他几个驱魔师看到这阵势，全都警惕起来，怀疑这个男人不是人类。闻紫魅连站起来的力气都没有了。

约翰脚下的红色污迹，在吸完所有鲜血后就消失了。

"哇啊！"从噩梦中惊醒的润丽大睁着双眼，不停地喘着气，感觉手上湿湿的。她将掌心摊开放在眼前一看，居然是鲜红色的液体！

而她的床边，倒着一具无头的尸体！

润丽不敢多看尸体一眼，下床穿上鞋子就立刻离开了罗虎家。

此刻楼道内完全没有危险的感觉，但是，恐怕明天……那个东西，就会从十四楼上到十五楼了！十五楼住着文邦明、简意涟、马向昼和战彪四个人。润丽觉得他们很可能在明天就全部死去！如果哥哥不能在明天以前进入这个空间的话，光靠她一个人的凶像瞳眼能力，能够救多少人呢？

她沿着楼梯走到十五楼，看见简意涟就在楼梯口等着她。

"简小姐？"

"伊小姐，你的眼睛……我刚才仔细想了你的话，觉得你说的有道理。这个地方，的确不能够用科学来解释，我相信你的话。"她这么说让润丽心里宽慰了不少，终于有一个人愿意相信她了。然而简意涟接下来的话让她吃惊不小："你认识一个叫愿姬的女人吗？"

这个问题很突兀，润丽答道："不认识。你为什么这么问？这个人是谁？"

"你也不认识啊……不过，你的眼睛突然变成紫色，是因为你的什么能力苏醒了吧？啊，你先来我家坐坐吧。"

再度走进简意涟的房间，这次润丽注意到了房里的一张照片，是她和另外一个女孩子的合影。

"这个女孩是……"

"她是我妹妹。"

"你妹妹长得真是太漂亮了……"润丽赞叹道，不过，她感觉这个女孩和简意涟长得不是很像。

"你觉得我们长得不像，对不对？"简意涟看出了润丽的疑惑，拿起照片说："她是我继母嫁给我父亲时带来的女儿，和我没有血缘关系。不过，她和我的关系一直都不错，我们的感情像亲姐妹一样好。继母对我很好，也很爱爸爸。但是，对于她和唯晶——唯晶是我妹妹的名字，我对她们总有疑惑。"

"什么意思？"出于职业本能，润丽开始打探起来。

"继母似乎一直在恐惧着什么。我有好几次听到，她在做噩梦时呼唤着'愿姬'这个名字。父亲问她'愿姬'是谁？她都含糊其辞，不愿回答。"

"可是，你为什么认为我会认识愿姬？"

"因为，继母在叫着这个名字时，还经常说一句话：'为什么不是鬼眼？为什么不是紫色眼睛？'这句话让我印象很深刻。"

唯晶房间的门被打开了。隋云希和约翰一前一后地走了进来。

"妈妈……"唯晶好奇地看着二人，"他是谁？"

"唯晶。"隋云希有些无奈地说，"这位约翰先生，从今天起担任你的私人保镖，而且是唯一的保镖。"

第 06 章
〔藏在身体里的门〕

十五楼是这座公寓的顶楼，到了这里，就无处可逃了。绝不能让那个东西上到十五楼来！

润丽和意涟站在楼梯口。"我的凶像瞳眼在这里就会起作用……"润丽已经和简意涟详细解释了鬼眼的事情，同时感觉到下面一层楼传来异常凶险的气息！

"伊小姐，你该不会是打算……"

"没错。我决定了，要在这里守着楼梯。那个东西一定会沿着楼梯上来！不过我一个人很可能会感觉疲倦，你想办法说服另外三个人，大家轮流换岗，如果看到异常的东西从楼下上来，就由我释放鬼眼能力来逼退它！"她记得阿静说过，再强的鬼眼也杀不死鬼魂，因此她也很害怕。现在最大的希望，是可以撑到哥哥进入这里。他现在拥有裂灵瞳眼，最适合对付异次元的鬼魂。

1502 房里，皮肤黝黑的战彪对着墙上的标靶掷飞镖，心情十分烦躁，恨恨地对在一旁玩牌的马向昼吼道："这个鬼地方到底什么时候才出得去啊！那个女人说她哥哥会来这里找她，到现在都没有来！那个该死的楼梯我都走了多少遍了，还是出不去！难道我们一辈子都要被困死在这里啊！喂，你说句话啊！"

马向昼皱紧了眉头，他一开始还很安静地听战彪说话，此时也有些不耐烦起来，把一桌子扑克牌推落到地上，喊道："你少说几句行不行？我已经够烦了！现在连打电话都不行了！难道我不想出去吗？可是我有什么办法！总不能从这里跳下去吧！"

"我看那个姓文的很有问题！"战彪忽然开始胡乱猜测，"那家伙装得一副斯文相，表面上好像是在帮我们出谋划策，搞不好就是幕后主使！还扯什么时空实验，这里哪里是什么异度空间啊，不就是我们住的公寓嘛！"

马向昼知道，战彪根本是急疯了口不择言，但是文邦明是否可疑，确实不能够轻易定论。这时，响起了敲门声。

"难道又是那个姓文的？"战彪立刻气势汹汹地跑去开门，马向昼怕起冲突，跟过去看了看。来的人是文邦明和简意涟。

润丽把折叠椅放在楼梯口，坐在上面，目不转睛地看着下面的台阶。楼下的住户已经全部都死了，不可能还有生还者，所以，如果有谁从这里通过，只能是那个东西或者是润暗！她把凶像瞳眼睁得大大的，丝毫不敢松懈。没有形体的鬼，就只有这双凶像瞳眼能够感受到其存在了。

走廊里传来脚步声，简意涟回来了，她身后还跟着文邦明等三人。

"伊小姐，我们商量过了，一定要撑到你哥哥来为止，我们都相信你。"

润暗还在发疯般地苦练冥裂鬼刃，但是他得到裂灵瞳眼是速成的方法，不是很稳定。他和慕镜的鬼刃都离两米很远，照这个速度，恐怕还要一周以上才能够达到目标，还是不吃不喝二十四小时苦练的情况下。

润暗废寝忘食地释放灵异能力，引来了更多鬼魂。而慕镜也很想早日恢复能力，但是他的灵异能力衰竭得太厉害了，他甚至怀疑他的裂灵瞳眼会降级为噬魂瞳眼。

阿静、路深槐和宗蒿霖在一旁看着他们，都感觉很疲惫了。

"你怎么想，宗小姐?"阿静和宗蒿霖很谈得来，因为两个人都是很理性的女人。

宗蒿霖说:"我认为他们现在遇到了瓶颈。到底是什么原因呢?"

这正是阿静心里所想的。要润暗制造出能够切断空间屏障的鬼刃，难度太大了。而那座公寓和现实世界的联系正在变弱，这样下去，润丽恐怕真的出不来了。恐怕只有那个唯一的办法了。

"润暗，慕镜，你们先停下。"二人都看向了阿静。

"润暗，恐怕你没办法去救润丽了，你的能力还不够。"

润暗的心如同掉入冰窖，不敢置信地说:"你⋯⋯你说什么? 难道我就不救润丽了吗?"

"是'你'没办法去救。不过，可以让慕镜去。"

慕镜也糊涂了，问道:"难道你有办法让我的鬼刃变长吗?"

"嗯，有办法。只要让润暗把他制造出冥裂鬼刃的全部灵异能力传导到你身上，两股力量结合，就可以创造出两米以上的冥裂鬼刃，这只有已经拥有裂灵瞳眼很久的你才能够做到。"

润暗一听，立刻喜出望外道:"那你为什么现在才说这个办法?"

"因为只有我才能担任这个传导工作，但是如果我用了这个能力，我体内的灵异能力会在瞬间被抽干，未来很长一段时间内就无法再预知到关键词了。我的灵异能力是不稳定的。"

为了救润丽，润暗点头同意了。慕镜也无所谓，反正他也多次涉险了，不在乎多这一次。

"你们两个背对着对方站着，中间留有一个人通过的位置，我就把双手搭在你们的后背上。润暗，你听好，这么做以后，你暂时无法使用冥裂鬼刃了，就连裂灵瞳眼的能力也会严重受限，你要有心理准备。"

润暗坚定地点了点头。

四个人和润丽轮流看守着楼梯口，三小时换岗一次。此时是润丽守着，过一会儿就要换战彪了。

"时间快到了……"润丽看了看表，就听到战彪的大嗓门："好了，换岗！三小时后姓文的来替我！伊小姐，你要是敢骗我们，我可不会因为你是女的就饶过你！"

"好，我知道了。"润丽离开了。

战彪一屁股坐下来，取出一根烟叼上，嘴里含糊不清地说："切，什么妖魔鬼怪，我是出了名的大胆，嗯……打火机呢？难道掉在屋里了？"

战彪的烟瘾很大，没有烟就提不起劲来，他在口袋里摸索了很久，终于把打火机找到了，取出来时却动作太大，居然甩了出去，落到了台阶的最下面。

"真是的……"他取下烟，站起身走下去拿打火机。

他弯下腰把打火机拿起来时，手却在半空中停住了。因为，刚才的一刹那，他感觉到有一个人身边走了过去！

他立刻回过头，台阶上空空如也。

"是错觉吗？"战彪的后背冒出了冷汗。他三步并作两步地跑回楼梯口，看着长长的走廊，也是空无一人。可是，他感到越来越紧张了。

润丽刚回到简意涟的房间里，凶像瞳眼的危险预知就袭来了。

"它上来了，它上来了！"她立刻跑出去，只看到在走廊上呆呆站着的战彪。

"战先生，快叫大家集中到文先生家去！你是怎么看着的？"

阿静把双手分别搭在润暗和慕镜的肩膀上。她开始传导灵异能力，这么做恐怕会加重药物的排斥反应，不过，她无论如何也要把润丽救出来。因为，润丽是润暗的妹妹，是他想守护的人。

路深槐和宗蒿霖清楚地看到，润暗的身体渐渐变成了深红色，深红色逐渐过渡到阿静的手臂上，又延伸到她的另一只手臂，流入慕镜体内。与此同时，慕镜手上冥裂鬼刃的光芒越来越盛了！

"开始变长了！"宗蒿霖注意到剑尖部分开始延伸。她很诧异，过去在诺索兰公司，高层不断投入资金，也没有办法开发出能传导灵异能力的设备，这个女人是如何做到的？这样的体质，过去根本没听说过！

慕镜手上的鬼刃越变越长，而阿静的神情很痛苦，因为排斥反应已经开始了。最后，阿静的手垂了下去，整个人倒了下去。就在她即将倒地时，润暗抱住了她。而慕镜手中的冥裂鬼刃已经变长到了两米五！

"阿静！"润暗轻声呼唤道，"你没事吧？"

慕镜挥动了几下那把刀，满意地说："很好，这样一定可以劈开空间的屏障！我走了，伊润暗，你放心吧，我会把你妹妹救出来的！"他的身上红光大盛，身影消失了。

慕镜一瞬间就来到那座公寓的楼梯上。他一刀向前方砍去，眼前的空间如同玻璃一样碎开一个裂口。他抬起脚，对准裂口狠狠踢了下去……

五个人集中在文邦明的家里，以润丽为中心坐着。

"现在谁也别离开谁，而且别离开这个楼层。现在我们知道那个东西在这一层，我们就有了很大的优势。现在距离午夜零点还有三分钟……"她刚说完这句话，就有了死亡日期的预知。

是在明天！明天所有人都会死！是否也包括自己呢？因为哥哥不在，所以她无法预知下一个会死的人是谁。

润丽立刻告诉了四个人，他们的脸色顿时变得惨白。

战彪感觉到一阵强烈的尿意，连忙说："我去上个厕所！"

"等一下！马先生，你陪他去吧，两个人一起行动比较好。"

慕镜狠狠地踢着空间裂痕，然而，居然一点儿反应都没有，裂痕很快就复原了。他又举起鬼刃，再次砍下去！

战彪一进厕所，马向昼也紧跟了进去。

"你尿得快点儿啊，再过三分钟，就是我们中某一个人的死亡日期了！"

"知道了！"

慕镜不断用鬼刃砍着空间屏障，然而每次都是出现一道裂痕后又立刻复原，这说明两个空间的距离在逐渐扩大！如果两个空间还可以通信，一刀下去绝对可以砍出一个足以通过两个人的大洞！

战彪呼出一口气来，说："好了……"

"我在外面等你啊，快点儿出来！"马向昼走了出去，他想尽快回到润丽身边去，否则鬼从哪里来都不知道。

战彪忽然感觉左脸奇痒，就想用左手去挠。这时，他无意中看了一眼旁边的镜子。

在镜子里……正在搔他的脸的，是一只从他后脑勺伸出来的惨白的手！

润丽打开厕所门的一瞬间，午夜零点到了。里面半个人影也看不到。

"不可能的……"马向昼看着厕所尖叫道，"一个大活人不可能就这样不见的！"

慕镜咬紧牙关，将身体对着台阶下方，想用自身的重量来撞破空间屏障。他又挥下一刀，划出一道等身长的裂缝，接着纵身朝楼梯下一跳，整个人摔到了台阶下方。

他捂着肩膀站起来，眼见楼梯上方的空间裂痕又消失了。"还是不行吗？"这时他听到了马向昼的尖叫声。

慕镜顿时大喜，他已经成功进入了另一个空间！但是他也知道，顶多再过一两个小时，这个楼梯将不再能连接两个空间，他必须在那以前把润丽救出来!

　　马向昼已经丧失了理智,他慌张地想向楼下跑。其他三个人死死地拉住他,可是他像发疯了一样,使出全身力气挣扎,还不断大喊大叫。

　　忽然,马向昼停止了挣扎。

　　正当大家感到奇怪的时候,他捂住喉咙,头不断后仰,含糊不清地说:"不……不……"

　　紧接着,他倒在地上,神情很痛苦,像发羊痫风一样。文邦明蹲下身问道:"你怎么了?"

　　马向昼大张着嘴巴拼命喘气,但是一句话也说不出来。

　　"你哪里不舒服?你如果说不出话,就指一指痛的地方!"

　　马向昼艰难地指向喉咙。这时,匪夷所思的事情发生了。马向昼的嘴巴里居然伸出一只手来,一下掐住了文邦明的脖子!

　　润丽也被吓傻了,她甚至都没有产生任何危险预知!

　　这时,房间的门被砍成两半,一个手持一把巨大红色光刃的男子冲进房间来。

　　马向昼的下巴忽然向下拉长了半米,然后,那只手把文邦明整个人拉进嘴巴里!

　　最为惊恐的人还不是文邦明,而是马向昼!他此刻的表情很惊骇,却一句话也说不出来!

　　慕镜举起冥裂鬼刃,对准那只手就要砍去,那只手却已经没入了马向昼的喉咙里,而文邦明的头部也已经进到嘴里了!

　　"把他拉出来!"

　　慕镜手上的刀一瞬间变没了,和润丽等人一起拼命拉住文邦明的手脚。

　　"阿静!阿静!你醒醒啊!"润暗不停地呼唤着昏迷的阿静,可是她没有任何反应。宗蒿霖走过来把了把脉，又听了听她的心跳，说："没有异常啊……好奇怪。深槐，你来看看她到底怎么了？"

路深槐也很困惑，灵异体质怎么可能传导灵异能力？除非是……突变体质！他过去只看过很少的资料，说突变体质的人比一般灵异体质者有更多的新能力，然而身体负担也更大，有些能力甚至超越了人类能理解的灵异现象。

润暗立刻回忆起，在拂晓之馆事件时，阿静也出现过这种状况。"把她送去医院吧？"润暗提议道。

路深槐摇了摇头说："这恐怕是一种失衡状态。"

"失衡是什么意思？"

"变异种类中有少数人，他们的体质不同于一般突变体质。这种体质已经不能称之为灵异体质了，表面上和物理体质没有区别，却可以使用灵异能力。她的确不是天生灵异体质，但是，她的体质却能够承受住在灵异体质者身边生活而不死去，又能传导灵异能力。那么，答案只有一个，她是超突变体质！"

润暗不耐烦地皱紧眉头追问："你直接说结论！这种体质会对她造成什么伤害，还有……她以后会变得什么样？"

"这种体质的特点，在于灵魂的深层。这种超突变体质意味着，这个女人的灵魂，是联结我们的世界和异度空间的门！"

"阿静是……门？"

"嗯，所以她的物理体质承受不了灵魂深处的门传递过来的恐怖气息。她体内寄宿的不是鬼魂，而是一扇门！她一直在使用药物，恐怕就是压抑这扇门的开启，防止异度空间的不明存在侵入这个世界！她具有灵异能力不是因为她父亲，而是因为这扇门在逐渐侵蚀她的身体。现在，她陷入了失衡状态，再这样下去，她的体内可能就会出来什么可怕的东西。"

诺索兰公司曾经创造了一个类似的突变体质者，就是约翰。最初公司只是想要制造一个不死人类，用以对抗鬼魂，但是，实验进行得并不顺利，最后他的体质变成了和异度空间联结的门！约翰体内的东西是来自异度空间的未知存在！

路深槐忽然脸色一沉，迅速取出一把枪对准润暗的头，说："现在你的鬼眼能力极度衰竭，慕镜也不在。这个女人我必须杀掉！她和约翰一样，都不能留在这个世界上！我并不打算杀你，但是如果你阻止我，就另当别论了。"

"你说什么？"

"你还嫌我们的寿命不够短吗？要是她的身体里出来了什么比鬼魂更可怕的东西，我们该怎么办？杀死她是唯一的办法！这种失衡状态会维持多久，谁也不知道！"

润暗怒火攻心，丝毫不惧怕路深槐的枪，咆哮道："你这个混蛋！你敢动阿静一根汗毛试试看！我一定会把你碎尸万段！"

宗蒿霖吓了一大跳，好半天才回过神，斥责道："你怎么可以这样做？路深槐，我看错你了！"

"我早就和你说过，我和你不同。我这样做也不光为了我，也是为了慕镜。而且，在死亡日期以前杀死她，就可以扭转我和慕镜的命运。"

"你答应过我的！你答应过先试着救人的！"

"那又怎么样？"

"我求你了，不要杀死任小姐！如果救人失败的话，我就答应你……"

路深槐意外地问："你不反对我以后杀人了？"

"不用你杀。我弟弟也是被诅咒者，而我为了他，也是什么事情都可以做的。"

润暗和路深槐立刻反应了过来，异口同声地说："难道，你要……"

"我愿意用我的性命去换弟弟的性命。任小姐的身体不管产生什么异变，只要我在死亡日期以前自杀，你们所有人的诅咒都可以解除。我可以做这个承诺，共事这么多年，你应该了解我的性格。"

路深槐思考着。他的死亡日期应该还有一段时间，否则伊润暗就能够预知到了。今后即使在最坏情况下，只要宗蒿霖信守承诺，慕镜和自己都可以活下来。在愿姬已经死去的这个世界上，慕镜和自己以外任何人的生死，深槐都不关心。

"不用了。"路深槐收起枪，"我知道了，受不了你这个烂好人。以后会有什么事情发生，全部由你们负责了。"

"深槐……"宗蒿霖有些惊讶。

"你不用承诺，你也不许死，我会去救人来改变诅咒的。虽然我是个恶棍，但是还不至于要靠一个女人来救我。"

异度空间的公寓内，文邦明的身体被吞入了马向昼的嘴里！

三个人合力拔河，就在快要把文邦明的身体拔出来的时候，马向昼体内的那只手突然用力，把文邦明的身体彻底拉了进去。随即，马向昼被拉长的嘴巴恢复了原状。

此时，最为痛苦的人就是马向昼本人了。现在他的体内，有一个活生生的人在！

"救我……救我啊……"他扭曲着身体在地上挣扎着，眼神中满是惊惶和绝望，让人很不忍心。

慕镜也不知道该如何帮助他，他没有办法把文邦明取出来啊！现在，他只要挥舞一下冥裂鬼刃，就可以把润丽和简意涟给带出去了，然而，如果把马向昼也带出去的话，是不是就会把他身体里的鬼也带出去？

润丽心急如焚地对一筹莫展的慕镜请求道："你能不能救他？裂灵瞳眼不是可以对鬼魂造成伤害的吗？你救救他吧！"

马向昼捂着肚子哀号道:"不要,文先生,你不要再挣扎了,我好痛啊……"一只血淋淋的手从他的腹部伸了出来,不知道这只手是文邦明的还是那个东西的。

"要帮他止血啊。"润丽俯下身子,忍住恶心查看伤口,对意涟说:"去找药来。"

然而,接下来的一幕彻底粉碎了润丽最后的希望。

一只脚从马向昼的头颅中破出,他脑浆四溅,死得不能再死了。

"为什么……我为什么那么无能?有了这双鬼眼,却还是要眼睁睁地看着一个无辜的人在我面前死去?"润丽此时感到很挫败,她跪在马向昼的尸体前,边哭边说:"他们每个人……都那么害怕,都只能依靠我……可是一旦进入死亡日期,我却一个人也救不了……"

"别把自己当成神了。"慕镜低声安慰着润丽,"我们得尽快离开这里。你哥哥把他的力量给了我,我才能进入这个空间。离开这里就安全了。"

润丽从没有像现在这样憎恨自己的弱小。为什么人类就敌不过鬼魂?为什么人类只能永远恐惧?她要找到答案,要离开这里,然后去问阿静。

她抹了抹眼泪,站起身说:"走吧,慕镜,带我和意涟离开这里!哥哥他还好吧?"

"嗯,他很好。他很惦记你。"

简意涟从刚才就注意到了慕镜的紫色眼睛和他手中的刀,不失时机地问:"这位先生,请问……你认识一个叫愿姬的人吗?"

慕镜注视着她。他认出这个人是唯晶的姐姐,但是,为什么她知道愿姬?隋云希不可能把愿姬的存在告诉任何人的。看来,绝对不能让她死。

"是的,我认识。她是我一生最爱的人。"慕镜坦然地说了实话。简意涟深感意外,还想进一步追问,却见慕镜挥动起那把刀。

"空间的联系越来越弱了，只有在楼梯上才能打开裂痕了吗？"慕镜喃喃自语着。

马向昼的身体忽然移动了起来！而且，是向他们站着的方向移动过来的！紧接着，从他的喉咙里伸出一只手来！紧接着是第二只！那两只手都毫无血色！

慕镜挥下冥裂鬼刃，一瞬间将马向昼的头颅砍飞到天花板上，那双手却毫发无伤地缩回了身体里。

"裂灵瞳眼，粉碎灵魂！"慕镜刚才顾忌伤害到马向昼，所以没用这一招。

马向昼的身体里传出凄厉的号叫声，那种声音骇人得难以形容。

"你们先到楼梯口去等我，我消灭了这家伙就过去！"慕镜为了不让自己有所顾忌，就先让她们离开，继续释放裂灵瞳眼的力量。润暗的鬼眼能力确实帮了他大忙，不过，虽说是"粉碎灵魂"，实际上是粉碎生灵，对鬼魂只能束缚，而且有时间限制。

慕镜把鬼魂封闭在马向昼体内，终于松了口气，快步向楼梯口跑去。哪里知道才跑出不到十米，文邦明的房间里就传来一股异常凶险的气息，几乎让他站不稳了，紧接着，他就听到了什么东西破开血肉出来的声音……

"那是什么鬼啊？居然能那么快就破除裂灵瞳眼的封闭？"慕镜加速飞跑到楼梯口，已经见到了二女，却听后面一阵诡异的笑声传来。

他们一齐朝走廊远处一看，楼道内此时没开灯，只依稀看到一个黑乎乎的东西以惊人的速度跑过来！

此刻他们的脑子里只有一个字——逃！十几级台阶，三个人是五级一跨。慕镜边跑边喊："我要到下面找个楼层，用这把鬼刃破开空间……嗯？"

到了下面一楼，三个人都愣住了。原来在每个楼层都有一个从楼梯间通往楼层的门，可是现在，这个门居然消失了！

楼上已经传来了笑声！那笑声仿佛在说："你们一个也别想逃！"

根据润丽的预知，今天会死很多人，也就是说，慕镜和润丽极有可能在这里送命！

三个人什么也不管了，只顾拼命逃跑。然而，那个笑声还在他们身后！

"我们跑了多少层？"意涟问道。他们从十五楼跑下来，似乎已经有十几分钟了，为什么还没有到一楼？

这时，她瞄了一眼旁边的楼层标志牌，差点儿摔倒。标志牌上居然写着——"地狱第四层"！

这样一直跑下去……不是就要跑到第十八层地狱了吗？这是通往地狱的楼梯啊！

然而，就算这样还是要跑下去！因为不跑就一定会死！

慕镜咬了咬牙，说道："你们先下去！我来挡住它！我是灵异体质，没那么容易死的！"

"那我也留下，我有凶像瞳眼！"

"废什么话，还不快……啊！"

追他们的人终于现身了！那个东西刚到，就冲向慕镜。慕镜挥起冥裂鬼刃，狠狠地削了过去！

意涟眼见慕镜这一刀砍下去，那个东西化为一道黑气，消失了。"他死了？我们活下来了？你好厉害啊！你快点儿让我们离开这儿吧！"

慕镜也是一副极度意外的表情，他自己也难以置信居然胜利了！不过，无论如何，终于把潜伏在这个公寓内的鬼给干掉了！

润丽也松了一口气，刚才跑得太猛，此时才能放松地喘气。

"别高兴得太早，还不知道出不出得去。先回到上面的楼层吧。这里是什么地方啊，还地狱……"慕镜看着标志牌就胆战心惊。他们来到一楼的楼梯上，慕镜说："一出现裂缝，你们就马上跳！"

当裂缝出现并扩大后，三个人一齐跳了进去！

"啊……好痛……"意涟捂着头，看了看四周，这里是真正的公寓一楼了！她跑出楼梯口，看着外面来来往往的人，顿时欢呼起来，大喊道："出来了！我出来了！太好了！"

她马上取出手机，给家里打电话。听到接电话的是父亲，她高兴地说："爸，我今天就回去住，我向你认错，真的对不起……"

"哼，知道回来了？不是翅膀硬了，说没有我也能活吗？那干吗还要回来？"

意涟用出屡试不爽的一招，撒娇道："爸……我那是开玩笑嘛。妈在不在？我想听听她的声音。"

"要听的话，回来听吧。"父亲挂了电话。意涟感叹，父亲真是死要面子。

"太好了，简小姐。"润丽也很兴奋，经历了这样的死里逃生，谁都无法压抑狂喜的。

"嗯，我要去和房东退房，然后回家。你们呢？直接回去吗？要不要去我家坐坐……啊，算了吧，我想你们也不想再上去了。"

"是的。"润丽有些尴尬。

"那好。真的感谢你们。"意涟向他们深鞠一躬，"那么，再见了！"

"嗯，再见！"

意涟感到全身轻松，但是当她等电梯下来时，依旧心有余悸。电梯门开了，她犹豫了一下，还是走了进去。

然而……她一脚踏空了！

等意涟回过神来时，发现自己正在楼梯上！而慕镜和润丽正在她前面狂奔！这是怎么回事？她一下子蒙了，刚才不是回到了现实世界吗？难道是幻觉吗？

那个可怕的笑声居然在她的耳边响起，她战栗着转过头，在她的左边，正站着一个……

慕镜和润丽还在继续向下跑，最终到了一楼，被挡在墙壁前。

"我们该怎么办啊，慕镜？"润丽吓得哭了起来，慕镜脸色铁青。这时听到楼上传来了意涟的惨叫声！

慕镜没有时间思考了，对准墙壁狠狠地用冥裂鬼刃划了下去……

一道巨大的裂痕出现了，不过并不是在墙壁上，而是悬浮在空中。慕镜拉起润丽的手就要钻入裂缝，然而，他刚跨出去，却发现没办法把润丽拉进来。

"慕镜，它拉住我了！"裂缝那头传来润丽凄厉的喊声，慕镜加大力气拉着润丽，喊道："用凶像瞳眼对付它！你能行的！"

但是，裂缝开始迅速闭合，如果在空间恢复以前不放手，慕镜的手臂就会被夹断。裂缝很快缩小到勉强只能一人通过了，现在他也不敢再挥刀，毕竟不能保证绝对不会砍中润丽。

裂缝还在继续缩小。

"润丽……快点儿过来啊！"

慕镜不能让润丽就这样死在那个异度空间里。同样背负着诅咒的宿命，他不想让润丽死！然而，润丽的手松开了！

"不——"

慕镜对着前方挥舞着冥裂鬼刃！他要再进去救润丽！

再次进入裂缝后，慕镜看不见润丽了。但是，他能感应到，润丽现在应该是在十五楼！如果润丽全力释放凶像瞳眼能力，可以撑多久呢？

走到三楼时，他看到了意涟的尸体。她躺在台阶上，双眼翻白，早已断气了。他是不是该把尸体带回去？毕竟她是唯晶的姐姐。

不过，他随即打消了这个念头。现在没有精力把尸体带回去了，光是要带回润丽就已经很辛苦了。

慕镜把意涟的尸体搬到平地上，合上了她的双眼，说道："对不起了，简小姐，我也是没有办法。"他加快步伐朝十五楼跑去。

当年没有能够救愿姬，是他最大的遗憾和痛苦。愿姬是他一生的挚爱，所以，他有守护唯晶的义务。然而，他却让唯晶误会了。深槐的话也没有错，他确实是在利用唯晶，来弥补愿姬死去的悲痛。是不是应该不再和唯晶见面呢？

慕镜来到了十五楼。他的鬼眼能力已经消耗了很多，再使用一次的话，就会对身体造成反噬作用，使用两次以上，恐怕就有可能红瞳化，变成鬼魂。即便如此，他还是想救回润丽。

他走到文邦明家，里面依旧躺着马向昼的尸体，而他确切感觉到润丽就在这里！

客厅内空无一人，他朝着旁边的房间走去，手上紧紧握着冥裂鬼刃。他打开一个房间，去按开关，然而灯没有亮。不过，他能确定，润丽就在这个房间里。那么，这也就是说，"它"也在这个房间里！

慕镜释放出裂灵瞳眼能力，搜索着这个房间。

"润丽，你在哪里？"他现在手上拿着鬼刃，又释放了鬼眼能力，可他却非常恐惧："你给我把润丽放出来！"

这个书房并不大，依稀看到只有靠墙的书架，根本就没有可以藏人的地方。为什么看不到润丽？凶像瞳眼并没有隐身能力啊。

等等！他忽然想到了什么。隐身……难道说……是变色龙液体吗？

不对！他随即又推翻了这个想法。如果是变色龙液体的话，具有鬼眼的他也该看得到润丽才对，何况，看见自己进来，她为什么不出声呢？

时间不等人，空间通道随时会彻底封闭，到那个时候，他和润丽会永远被困在这个异度空间里。

就在这时，慕镜猛地感觉身后有人！

他立刻低下头，回身就是一刀。他明显感觉砍到了什么东西，然而却什么也没有看到。

"润丽……你到底在哪里？"

他又蹲下身子，开始敲击地板，希望能出现暗道之类的，可是，也没有。

这时候，慕镜感到背后站着那个鬼！它正在慢慢接近自己！

他立刻回过头，裂灵瞳眼能力立刻释放，可是，他却大惊失色！

眼前站着的居然是润丽！

润丽被裂灵瞳眼直接攻击，整个人飞出了窗外！慕镜脑海中一片空白，他一个箭步冲上去，跳出窗台，抓住润丽的手，又将冥裂鬼刃狠狠插在公寓的外墙上。

他们的脚下是无底的黑暗深渊。润丽的嘴角已经流出血来，神情也很恍惚。

"润丽，为什么是你？我明明感觉到是那个鬼啊。难道它附在你的身上吗？"

刀刃插入的地方距离窗台有一米，润丽的脚距离下面的窗台虽然很近，可是不知道跳下去后能不能站稳到窗台上。冥裂鬼刃是消耗慕镜的鬼眼能力生成的，一旦能力耗尽，对身体产生反噬的一瞬间，它就会消失！到那个时候，他们都会掉下去！

然而，更加恐怖的事情发生了！

润丽低着头，眼睛半睁半闭，她却看到……在大楼下面，有一个身影正在爬上来！而且正对着她所在的位置！

慕镜也注意到了，然而他却动弹不得，因为稍微动一动，两个人都会摔下去。如果这时候放弃润丽，或许还有一线生机。

但是，他做不到。

那个身影已经爬到三楼了！

这一瞬间，在慕镜的眼前，润丽的脸和愿姬的脸重叠在了一起。当初，他没能救得了愿姬，现在至少要救润丽。

"你不会死的，我绝对不会让你死的！"

一米的高度，在释放裂灵瞳眼时，假如就自己一个人，绝对跳得上去，但是带上润丽的话，万一失败，就会摔下去，而那个鬼也正在爬上来!

要赌一赌吗?胜则生,败则死!

这时,慕镜再往下一看,差点儿惊叫出来,那个鬼已经爬到了十楼!

鬼刃是现在活下去的最大希望,所以,他不能使用裂灵瞳眼,否则刀一定会消失,他对润丽喊道:"能不能用你的凶像瞳眼来对付它?我现在没办法用裂灵瞳眼!"

说话间,那个鬼已经近在咫尺了!它的脸依旧看不清楚,因为散乱的头发遮住了脸。

在爬到十四楼时,它猛地一跃!忽然,它好像被什么撞击了一下,又跌了下去,一连摔下了好几层,在第九层的时候又抓住了外墙,继续攀爬上来。

"润丽,刚才是你吗?"

润丽点了点头。她连说话的力气都没有了,刚才那一击给她的伤害果然太大了吗?

然而,那个鬼这次以更快的速度爬了上来!顶多再过五秒它就能爬到这里!不能犹豫了,横竖是死,只有一搏了!慕镜刚准备拉着润丽一起跳,却看见上面的窗台上,出现了润丽的脸!

"放掉它!慕镜!"

慕镜向下一看,他抓住的……居然就是那个头发蓬乱的鬼!

"啊!"他连忙放开手,然而那个鬼却死死地抓住他,而下面的另外一个鬼也正在爬上来!

就在慕镜绝望时,润丽向下发出了凶像瞳眼,目标是拉住慕镜的那个鬼!被凶像瞳眼击中的鬼终于松开手,往下撞到了另一个鬼,直接进入了它的身体里!然后那个鬼飞身一跃,慕镜这时候已经跳上了窗台,而鬼紧跟着就跳到了他刚才所在的地方。

跳上窗台后,慕镜拉住润丽就往外跑,问道:"你刚才在哪里?为什么我都看不到你?"

"那个时候我看到你,本想叫你的,但是,你进入房间后,我就看到那个鬼在你的背后,把你的眼睛捂住了,你当然就什么也看不到了啊!"

慕镜不禁后怕起来,他刚才⋯⋯居然一直被那个鬼捂住了眼睛去找润丽的?

"你那个时候为什么不回答我?"

"因为那个时候,鬼的分身掐住我的脖子,我根本没办法说话⋯⋯"

慕镜和润丽跑到楼梯口时,那个鬼也迅速追了上来。慕镜和润丽同时释放鬼眼,狠狠地袭向那个鬼,打得它向后飞出好几米远。二人冲进楼梯,慕镜挥舞冥裂鬼刃,这一次,他让润丽先出去。

"你没有鬼刃,如果困在这里肯定出不去,而我一定能想办法的!快点,刚才的袭击伤害不了它多久!"

润丽含着泪点头,迈入了裂缝。慕镜正要跨进去,那个鬼已经进入楼梯口,向他扑了过来。慕镜连忙回手一刀,贯穿了鬼的头颅!然后将残存的所有鬼魂能力全部注入了刀中,他至少要争取时间!

鬼的身上顿时被紫蓝色光芒充斥,这是鬼刃能力强化的征兆,随即它的头颅粉碎了!慕镜一步跨进了那道裂缝!

紧接着,裂缝复原了。

"结束了⋯⋯终于⋯⋯全部结束了⋯⋯"

慕镜和润丽坐在楼梯台阶上,不断喘着粗气。

"太好了⋯⋯"润丽见慕镜毫发无伤,激动得紧紧地抱住他。经历了这番生死考验,她再也不想离开慕镜的怀抱了。

但是,眼前又出现了一道空间裂缝,那只手⋯⋯又伸了出来!

第 07 章
〔血尸舞会〕

安源漫步在一片幽暗的树林里。

浓密的树叶将天空遮蔽住了，周围满是雾气，空气很潮湿。他穿着睡衣和拖鞋，迷糊地搜寻着四周，却找不到他想见的人。

人都去哪里了？他的头痛得似乎要裂开一样。

树影的下面，似乎站着一个人……

"安源，快醒醒吧，大知山就要到了！"

安源睁开眼睛，终于喘出一口长气："好奇怪的梦。"

此刻他正坐在一辆大巴车上，旁边坐着他的同学许丝瑶。他坐在大巴最后的位置，所以他在噩梦中挣扎时，并没有被别人发现。

车上的人都在说说笑笑，有些人谈论着明星的八卦，有些人在打游戏，有些人就着座位打牌。这是他们的大学毕业旅行，参加的一共有四十三个人，要到大知山露宿三天。大知山是高宁市有名的景点，现在接近年末，尽管寒意渐浓，但游客没有减少。

大知山的月冬湖是最佳露宿地点，他们有不少人是第一次到大知山去，所以很兴奋。

"希望这三天的天气能一直像今天这么好。"安源从那个压抑的梦境中醒来，清澈的天空让他的心舒缓了不少。车内的欢声笑语也多少感染了他，他开始和许丝瑶聊了起来。

"丝瑶，毕业后你打算做什么工作呢？"

"父亲的意思是，可以安排我进他的公司做一些基层工作，熟悉业务再逐步提拔我。不过，我并不想在父亲的公司工作，我对自己的能力有信心。"许丝瑶一副自信满满的样子，"你父母还在国外吗？不回来参加你的毕业典礼吗？"

安源长叹了一口气，把双手枕在后脑勺，望着窗外的白云说："最多就是发个电子邮件祝贺吧，我父母还想在国外多待几年，国内有不少亲戚照顾我，他们很放心。"

这时，一个人忽然把头伸到二人中间，大叫了一声，把他们都吓了一跳。这是个很瘦的男生，戴着眼镜，笑道："呵呵，安源，你还真是重色轻友啊，和丝瑶聊得那么尽兴，不管我了？"

"谁管你啊，别来吓人了。"

"我说哦，大知山有不少灵异传说呢，不知道你们听说过没有？"

许丝瑶一听，精神立刻振奋起来，问道："真的？我还不太清楚呢。"

"哈哈，想知道吗？听我说哦……"

"打住打住！"安源说道，"林健，谁不知道你是个恐怖片爱好者啊？家里还搜集了那么多灵异照片，整天阴森森地讲什么鬼怪故事，小心哪天鬼真的来找你了！"

"嘻嘻，我知道了。不过，传说你们要不要听啊？"

安源不屑地猛摇头，说道："丝瑶，我赌一百块，他说的什么灵异传说，绝对是他瞎编的！"

"我的意思已经表达得很清楚，我对路深槐不再信任了，你也不用多说了。从今以后，你可以当我和他的中间人，但是，我不会接受来自他的任何帮助，就是这样。你回去转告他，如果他敢再动伤害阿静的念头，我一定会叫他付出代价！"

这里在润暗的家里，前来寻求合作的人是宗蒿霖。

"深槐的事情我很抱歉。"宗蒿霖很能理解润暗的愤怒，"那么，如果只是交换情报呢？"

"交换情报？"

"为了活下去，有一些关键情报是需要获得的，而且我们缺乏和鬼魂交战的经验。今后，你我都有可能会得到有用的情报，到时候交换情报如何？比如，鬼魂的弱点，或者一些限制、规则之类的。"

润暗感觉还是可以接受的，他用征询的眼光看了看阿静，她自从灵异能力被抽空以来，一直都不舒服，脸色不好。

她看着润暗，思索了一番，微微点了点头："也好，就这样吧。还有，慕镜他还好吧？"

提到慕镜的名字，坐在阿静旁边的润丽也紧张了起来。

他们两个都没有死。那天，鬼手伸出来的瞬间，慕镜和润丽再度陷入了绝望的深渊。

就在那一刻，空间屏障彻底封闭了，那只伸出来的手被空间裂缝夹断，掉在楼梯上，化为黑烟消失了。

从那天以后，润丽就时常关心慕镜的状况，却没有直接联系他的方式，今天宗蒿霖来了，她也想问一问。

"他很好，裂灵瞳眼能力基本恢复了。他也很记挂伊小姐，要我代他向你问好。"

润丽的脸一下红了，她低下头，不想让人发现她的心事。

宗蒿霖离开后，润暗松了一口气，三个人展开了讨论。

"润丽，你会不会觉得我的做法不对？毕竟和慕镜他们合作，能提升我们的力量。"润暗看润丽一直低着头，以为她不满意自己的做法。然而，润丽一直发呆，根本没有听到润暗的问话，好半天才回过神来，问："哥哥，你刚刚说什么？"

阿静知道，润丽在场时，有些问题不能谈，所以只有就今后如何阻止诅咒展开讨论了。"我们三个人的状况很微妙。我目前无法作战，也不能够预知到关键词，而润暗的鬼眼能力极度衰竭，短时间内只能释放灵异能力了。虽然润丽拥有了凶像瞳眼，但是还不够熟练，鬼眼和体质要完全同步还是比较困难的。我主张暂时不管这段时间的死亡预知，以恢复能力为主，否则只会更多消耗灵异能力，得不偿失。况且，也有送命的可能。"经历了这次生死考验，阿静不知道润丽的想法有没有什么改变。救人不是光靠唱高调就能够做到的，还要衡量自己的能力，否则就是匹夫之勇了。

出乎他们的预料，润丽居然答道："我同意阿静的看法。这段时间，我们要专注在恢复灵异能力，我也要尽早适应凶像瞳眼能力。"看来，润丽已经渐渐了解到，这是一场残酷的战斗。

润丽不可能回杂志社上班了，有了鬼眼的人，和固定的人群频繁接触，那些人都会死。她又问道："还有，我和哥哥，是不是一生都要与世隔绝？不能和任何人长期来往？"

"那倒不会，因为我正在研究一种压抑鬼眼能力的药物。"阿静把房间改造成化学实验室，每天都在看书、购买试剂，还在研究童莫炎的眼球，也许可以研制出能够随时变换瞳色的药物。如果能做到那一点，即使和普通人频繁接触也不会害死他们了，只有在必要时才会变为鬼眼。

唯晶越来越惆怅了。

慕镜再也没有出现过，不知道去了哪里。而现在她的身边一直跟着一个保镖，而且面无表情，问他话也不回答。

今天，他拿着一大包衣服放在她的床上，说："小姐，请换衣服，这是夫人为你买的，准备在今晚的舞会上穿。"

"舞会？"

"今天是副市长千金的生日，舞会于今晚八点开始，要先让你试试衣服。"

唯晶把衣服一件件拿起来，都是华贵的礼服。副市长和父亲交情不浅，而其千金的生日舞会自然也会有不少业界名流参加，作为豪门之女，她有义务参加社交活动，这一点，她很小的时候就明白了。

"我知道了，你先出去吧，我要换衣服。"她抬起头时，却发现约翰已经不见了。

"真是怪人，走出去居然一点儿声音都没有！"

约翰离开房间后，就站在门外。他的眼睛一直锁定着这个别墅，即使是厉鬼也休想逃脱他的掌控去伤害唯晶。

电话铃响了起来。

"喂，你是谁？"

"你好，唯晶，我是雪文。嗯，我感觉情况有些怪异……"

"你说的是上次去那个死去的人家里，拿到的那张碟片？"

"嗯，那个案子到现在还是毫无头绪，警察也没有发表声明，据说死者的许多大学同学都失踪或者遇害了，我认为事情不简单。"

"我记得你说过，好像是因为死者生前好几次提过碟片里有鬼？那个死者叫什么名字来着？"

"屠兵宗。"

"啊，没错。可是，他为什么不扔掉那些闹鬼的碟片？"

"我也不知道。万圣节那天他请大学同学一起看过恐怖片以后，就经常打电话给父母，说自己看到了鬼。我去采访的时候就问他父母可不可以拿一张碟片给我，他们挑了一张据屠兵宗说是出现过多出来的灵异镜头的恐怖片，我后来在家反复看了很多次，和网上发布的官方未剪辑版对照过，并没有多出什么镜头啊，但是那个死者的确死得诡异。"

"所以呢？"

"你不是对电影也有一些研究吗？我把那张碟的拷贝寄给你，你帮看看吧。”

“好吧，那部恐怖片叫什么名字？”

“叫做《死离人形》。你害怕吗？”

“少来了，如果这个世界上真的有鬼，我倒还真想见见呢。”

大知山风景秀丽，郁郁葱葱的绿色让人心旷神怡，而且空气清新，一直能听到鸟叫声，处处都是百花齐放。月冬湖贯穿大知山东西，途径许多丛林，是宿营的好地方，那里建造了许多小木屋供游客居住，事先已经预订好了十个小木屋的安源等人来到了月冬湖宿营地。

那些小木屋由一些蜿蜒曲折的小路连接起来，只有一层，门口标着号码，面积也不是特别大，但足够三四人居住，里面有火炉、灶台、烤鱼的架子和一些生活必需品。

他们先到了管理员办公室，也是一座小木屋。管理员是一对六十多岁的老夫妇，看起来很和气。

老伯看着安源，微笑着点头说：“你们就是今天来露宿的大学生？在这里签一下名。你们就叫我孙伯吧，这是我老伴。嗯，这是所有钥匙，上面都贴好了号码。”

许丝瑶代表大家签名后，接过了钥匙。

“祝你们玩得愉快。你们要不要租钓鱼用具？”

许丝瑶答道：“听起来不错，我们问问有没有人想钓鱼。”

离开办公室，许丝瑶点了人数后，分配了房间。大家都很兴奋地拿了钥匙，立刻进到小木屋了。

安源和林健分在一间小木屋，他几乎可以肯定，晚上绝对是要开鬼故事卧谈会了。

木屋里和学校宿舍差不多，两边摆着有上下铺的床位。除了安源和林健，另外两个人是龙燃和王保为。这二人都是喜欢凑热闹的人，看来不到凌晨两三点，是不可能睡得着了。

"大家先休息吧。"安源把东西放在床铺上说道，"今晚七点有篝火晚会，欣赏月冬湖夜景，有没有人想去钓鱼的？"

"钓鱼……没兴趣，"林健随即摇头说，"一动不动在岸边坐几个小时，太无聊了……还是先打牌吧，你来吗？安源？"

"好啊，估计大多数人现在也都在打牌吧……"

就在这时，安源忽然感觉很冷，不禁打了个寒战，他往窗户的方向一看，居然有一面窗户的玻璃碎裂了，地面上还有不少玻璃碴。

"有没有搞错啊！"林健一看就皱起眉头来，"管理员怎么搞的！玻璃碎了也不重新装一块，现在天那么冷，怎么睡觉啊！"

"大概是刚刚碎的吧，玻璃碴都还留在这儿呢，嗯，我去和管理员说一下，你们先等我吧。"

走出小木屋的时候，安源总感觉有点奇怪。那个梦还萦绕在他心头，难以挥去。他不知怎么的，来到小木屋外窗户碎裂的地方，仔细一看，地面的草非常杂乱，似乎是被什么人踏过一般。

"你说玻璃碎了？怎么会呢？我先去看看。"孙伯就和安源一起来到小木屋外面查看，那块玻璃碎了三分之二。足够让一个成年人通过了……安源突然冒出了这个想法。

"嗯，我们没有备用的玻璃，我现在下山去买一块玻璃回来。我先量一下尺寸。这些碎玻璃你别碰，等会儿我来扫掉。"

外面那些仿佛被人踏过的草，让安源的内心很不安。不会有事吧？

许丝瑶住在四号木屋。同住的女生说这个号码有些不吉利，不过她并不在意，反正总会有人来住四号的。

点起火炉后，室内温暖了许多。和许丝瑶住在一起的女生，有一个比较内向，叫刘姗妮，是个父母早逝的孤儿，所以大家都比较关心她。另外两个女生，一个叫唐佩，一个叫冯凤美，她们在班级里出了名的爱八卦。

许丝瑶拿了脸盆到卫生间去洗脸，其他人则拿出扑克牌来。刘姗妮依旧沉默寡言，唐佩和冯凤美已经八卦了起来，说这个明星又甩了谁，那个歌手和谁又有绯闻了。扑克牌发完后，一边看着牌一边还在说，刘姗妮始终没有插话。

"姗妮。"冯凤美说道，"你怎么都不拿牌啊，已经发完了啊。"

刘姗妮这才反应过来，把放在床铺上她的那沓牌拿起来。然而，她立刻大叫一声，把手上的牌全部甩了出去，散落在地板上。

听到叫声，许丝瑶立刻从卫生间出来，她刚要问发生了什么事，然而看到地上的牌，她也惊呆了。

那沓牌上居然沾满了血迹！

"这是怎么回事？"许丝瑶嗔怒地看着那两个八卦女，捡起牌说："是不是你们两个故意要吓唬姗妮？"

两个八卦女看起来也很意外，冯凤美接过牌仔细看了看，发现血迹居然还没有干！

"怎么会这样的？"那副牌一直好好地放在背包里，是冯凤美从家里带出来的，她清楚记得，昨晚把牌放入背包的时候，根本没有血迹。而且，发牌是随机的，为什么发给姗妮的都有血迹，而且还是相连的血迹？这也太诡异了！

唐佩指着刘姗妮说："一定是她！肯定是她想引起大家的注意，搞了这个恶作剧！她一定是把番茄酱预先藏好，刚才抹在扑克牌上！原来牌放在床铺上根本没有血！她一拿起来就说有血，这绝对是她搞的恶作剧！"

"不，这好像是真的血迹，有很浓的腥气。"冯凤美把那沓牌凑到鼻子下闻了闻，确定不是番茄酱。"大概是鸡血或者鸭血什么的。"冯凤美试图找出合理的解释，"否则还能真是人血不成？"

"如果是这样的话……"许丝瑶看着始终一言不发的刘姗妮，"姗妮身上应该有防止血液凝固的药剂才对，否则带着血却又不凝固是不可能的，除非她当场割伤自己把血抹在牌上，但是，她身上没有受伤的地方啊。你们有看到她这样的动作吗?"

"那……那怎么解释呢?"两个八卦女开始有些害怕了。

许丝瑶问道:"姗妮,你说话呀,你知道些什么吗?"

刘姗妮摇了摇头。

"大概是什么魔术吧?"唐佩又瞎扯起来,"扑克牌可是魔术师常用的道具呢,也许姗妮很擅长魔术,比如在我们面前换了一副牌……总之,这副牌本来是没有血迹的!"

"别胡扯了!"许丝瑶喝止道,"我相信姗妮不会做那么无聊的事情的。这件事情到此为止!换一副牌玩吧,我也带了牌来。姗妮,你还要玩吗?"

刘姗妮的表情看起来很呆滞,好半天她才挤出一句话来:"我好像……忘了什么事……"

这句话让大家都很莫名其妙。

"你忘了什么?啊,你是忘记了,是你搞的恶作剧吧?"看来唐佩是一定要把这件事情赖在刘姗妮身上了。

许丝瑶思索了一下,拉着冯凤美说:"你跟我来一下。"

"咦……什么事情?喂,丝瑶,别这么拉着我啊!"

她们离开小木屋,走到附近的密林,许丝瑶厉声问:"现在就我们两个,我问你,到底是不是你们的恶作剧?如果是,就有点儿过分了!"

"切,我才没那么无聊呢!你以为人人都像林健那样,满脑子都是怪力乱神啊。要不要我发誓?"

许丝瑶感觉冯凤美的确不像在撒谎。但是,她有一种不好的感觉,就像会发生什么事情一样。

"虽然已经基本可以确定了,不过,你们真的这么打算吗?"

在宗蒿霖家中,她神色紧张地看着慕镜和深槐,这二人在知道约翰的事情后，变得极其冲动，恨不得立刻跑去杀了他。

"他到底想做什么?"慕镜一得知约翰担任唯晶的保镖，怒火就充满他的眼眸，和他过去的冷漠目光完全不同，而深槐也是眉头紧锁，一脸忧色。

宗嵩霖查看过公司过去的记录，所以她知道简唯晶和公孙愿姬之间的关系。她提出了疑点："我不明白，为什么约翰没有被抹去，反而去当了简小姐的保镖? 这根本说不通啊，他没有那么做的理由。诺索兰公司都消失了，他已经彻底自由了，不是吗?"

"无论是什么理由，他绝对不可能是为了保护唯晶而去她身边的。"慕镜攥紧双拳，紧接着他的身体消失在一片红光中!

"这个白痴……"深槐立刻拉住嵩霖的手说，"我们一起去阻止他。他现在一定是去副市长家了，我坐你的车去!"

宗嵩霖好奇地问："深槐，你推测得出来吗? 约翰也是被诅咒者吗?"

"他应该不是被诅咒者，毕竟他是有着不死瞳眼的人呢，不过，对于不死瞳眼，我们知道得太少了。约翰这个人，本来就是应该注意的，公司肯定不是随便选择了一个人就移植这双眼睛的。他拥有的那双鬼眼，原本的主人就是害死了愿姬的那个鬼，那么，他的目的或许是要杀死唯晶吧。因为……愿姬是用唯晶的基因克隆出来的!"

玻璃窗重新装好了，但是安源依旧感觉不安。

为了安定心绪，安源去租了鱼竿，买了鱼饵，来到月冬湖畔钓鱼。他过去几乎没怎么钓过鱼，所以没有经验，只是默默地看着水面上的浮标。

暮色渐沉，周围有不少人在林边收集木柴，准备晚上的篝火晚会。

湖水很清澈，可以看见底下有不少鱼在游动，偶尔能听到鸟儿的鸣叫，风还不算很冷。心里的不安渐渐散去，安源开始专心地钓鱼。

在某个小木屋里，一个戴眼镜的男生目瞪口呆地看着房间里满地的碎玻璃和水，以及还在跳动的金鱼。

"怎么会……刚才不是还好好的吗?"他讶异地看着这奇怪的场景，随即又发现，墙壁上有几道很深的划痕……

诺索兰公司一直搜集灵异体质者的资料，为了方便进行实验，选择了最佳的对象进行克隆人计划。这个计划目前最成功的实验品，就是铁慕镜。因为克隆人先天的基因缺陷，导致存活率很低。当年公司赞助了一次大型测定超能力的比赛，唯晶年仅十岁，就已经能够读取封在信封里的内容，还可以通过意念力来让物体移动，被公司认为是先天灵异体质者。在和她母亲隋云希协商后，进行了克隆实验，后来隋云希生下了身为克隆人的公孙愿姬，获得了一笔巨额报酬。唯晶就是愿姬的本体。所以，慕镜才认为自己有守护唯晶的义务。

在简家的豪宅内，约翰正守候在唯晶的房间门口，他已经感觉到有什么来到了这个豪宅附近。他的表情没有变化，只是，他的脚底下再度出现了那摊血迹，血迹的面积不断扩大，开始移动到墙壁上，接着延伸到天花板上，逐渐形成了一个人形，迅疾向外移动!

慕镜已经来到简家门口，他本来可以直接进去，但是他知道不死瞳眼的监视范围很大，不能轻易行动，就在他正要迈步进去的时候，忽然发现脚底有一大摊血迹，是一个人的形状!他还没有反应过来，危险的预感立刻袭来，连忙向后跳开，再朝有血迹的地方一看，却什么也没有了。

他再次看向简家别墅，眼前的场景居然变成了一个隧道!有什么东西在黑暗中蠕动着，迅速接近自己。

慕镜知道，依附在约翰体内的鬼开始袭击他了。鬼和灵异体质者之间，并没有任何从属关系，但是，约翰的情况不一样，他虽然不能操纵鬼，但是他本身已经和鬼无异了。

果然，那摊人形血迹再度出现了。借着昏暗的光线，他看到一个满身鲜血的鬼从隧道的墙壁上爬过来！

　　冥裂鬼刃立刻放出。慕镜知道，如果让约翰继续待在唯晶身边，即使他什么也不做，唯晶也会被鬼眼杀害。

　　那个鬼缓缓抬起头来，看起来是个女鬼，披头散发，虽然看不清脸，然而一双红色眼睛却触目惊心！厉鬼！约翰居然是厉鬼体质！

　　一般来说，驱魔师和灵媒师都是类似体质。慕镜开始恐惧了，他知道，即使是任先生，面对厉鬼也只有当场死掉的下场。如果是红瞳化的厉鬼体质者，还可以想办法让其变回来，但是纯粹为鬼魂体的厉鬼，是绝对不可能对付得了的。

　　"不……不要……不要杀我……"慕镜不断后退，连站着都很勉强。而那个厉鬼在步步紧逼！

　　就在慕镜以为自己必死无疑的时刻，一颗子弹射来，一下轰击在厉鬼的头颅上，顿时鲜血飞溅。随即他感到手臂被紧紧拉住，带着他往隧道深处跑去。来人居然是深槐！

　　"你小子真是和以前一样，老是要让我操心！"深槐的额头上满是汗珠，"赌赌看吧，看我们会不会死……"

　　长长的隧道看起来根本没有出口，深槐本来还抱着万分之一的希望，但是，他们居然再度跑回了原来的地方！那个厉鬼一直在原地等待他们！破碎的头颅早已经完好，她再一次向二人爬过来！

　　深槐咬了咬牙，又抖出两把手枪，怒吼着就对着厉鬼射击起来。这手枪对鬼魂体的确能造成一定伤害，但是对厉鬼来说，根本就是玩笑。转瞬间，厉鬼的身体被轰成了马蜂窝，跌落在地上。

　　深槐知道，今天恐怕是死定了，他转过身对慕镜说："你快走啊！我们不可能都离开这里的！"

　　虽然慕镜没有预知到他和深槐会死，但是他的裂灵瞳眼刚刚恢复，难保在预知方面能彻底恢复了，所以，他和深槐没有生存下去的保障。

都市诡话 2

142

然而，当深槐再度回过头看向前方时，那个厉鬼居然不见了！

"不……不要……"深槐的喉咙好像被堵住了，说不出话来。

隧道的上方滴下血迹来，在他周围的隧道墙壁上，血迹开始融合在一起，形成了一个人形。那个血人迅速移动过来！

就在深槐已经完全绝望时，忽然一个身影掠过，把他整个身体往后面一拉，一个很熟悉的声音响起："铁慕镜，用裂灵瞳眼的能力离开这里，去暗道！只有在那里才安全！"

"是你？"慕镜定睛一看，叫了出来："闻紫魅！"他随即想起，这个女人也是厉鬼体质者。

"快走，否则我保证不了你们的性命安全！"

二人哪里还敢停留，他们现在只有把希望全部寄托在闻紫魅身上了。慕镜立刻拉住深槐的手，消失在一片红光中。

"厉鬼……吗？"闻紫魅的双手也有些颤抖。即使拼死一搏，她能活下来的几率也不超过三成，这还是比较乐观的估计。"没办法了，只有赌一赌了，失败的话，我也会变成厉鬼……"

在那个厉鬼逐渐爬向自己的时候，她把体内的灵异能力和鬼眼能力迅速释放至极限，将灵魂支配权全部交给了寄宿在她体内的厉鬼。这个时候，约翰正陪着唯晶上车，忽然眼神略有变化。

"怎么了？约翰？"已经坐上了车的唯晶疑惑地看着在车门前的约翰，"不是要尽快出发吗？"

"嗯，是的。"约翰眼神里的变化一闪即逝，坐上了车。

闻紫魅的双眼在数秒后立刻变得血红！现在，完全是厉鬼在支配着她的肉体！虽然都是厉鬼，但是目前闻紫魅体内的厉鬼受限于人类的血肉之躯，是具备实体的，而约翰已经具有让厉鬼离开肉体、随意行动的能力。

那只厉鬼的爬行速度变快了许多，以不输子弹的速度向闻紫魅扑来。闻紫魅咆哮一声，头发顿时全部竖起，她的头发已经变长到十米以上，把隧道完全封锁了，密密麻麻的头发瞬间裹住了那个厉鬼。紧接着所有头发开始移动，组成一个巨大的类似蜘蛛网的牢笼。

头发越缠越密，将整个隧道的空间都堵塞了。闻紫魅的脸越来越狰狞，她走向被缠成一个茧的厉鬼，然而……头发内部已经空空如也了。

安源忽然注意到，离他十米左右，还有一个男生在垂钓，是班里的生活委员卢卫平。有人做伴自然是好的，他连忙提起水桶、收起吊钩，朝卢卫平走过去，问道："怎么样？钓了几条鱼了？刚才我都没看到你啊，你什么时候来的？"

"安源啊。"卢卫平好像这才注意到了他，指了指水桶说："还没呢，你呢？"

"我也没有……"安源刚把钓竿甩出去，就听到自己的水桶里传来了水声！"怎么会？"他朝水桶里一看，居然有三条颜色各异的鱼在水桶里活蹦乱跳！

"哈，安源，你太谦虚了，已经钓上来三条了，还说没有。"卢卫平很惊喜。可是安源却感到一股寒意。在钓鱼的时候，他一直把水桶放在自己身边，一直在集中精神，为什么水桶里会莫名其妙地多出三条鱼来？这实在太荒唐了！

安源无意中朝卢卫平的水桶里看了一眼，大惑不解地问："卫平，这是什么水啊？"

"嗯？湖水啊。"卢卫平的目光移向水桶，他手中的钓竿顿时掉在地上。

那桶水……居然是鲜红色的！二人凑近水桶，一股浓烈的血腥味立刻扑鼻而来。

水桶内的血，让安源和卢卫平不寒而栗。卢卫平完全没有了钓鱼的心情，头也不回地朝自己住的小木屋走去，临走时，把那个水桶踢进了月冬湖里。然而，安源却一直留在原地。

安源是个做事严谨、思虑缜密的人，对于不解的谜团，绝对不会不了了之。那个古怪的梦境依旧在他的脑海里萦绕，那似乎是一个暗示。

安源决定查出真相。距离篝火晚会开始还有三小时，在那以前一定要弄个水落石出。他先是将钓鱼工具还给了管理处办公室，问道："孙伯，我想问一下，这附近除了我们，还有谁住宿呢？"

"沿着这里往北走，在月冬湖沿岸还能够看到许多游客。"

安源又思考起来，莫非有什么人在暗中搞鬼？其他游客要到这里来花不了多长时间，而且有浓密的树林掩护，也容易藏身。假设是某个人打碎了窗户，又用某种办法在自己的水桶里加进了三条鱼，再把血倒进卢卫平的桶里，目的是为了吓唬他们吗？又是怎么做到不被发现的？

安源登上一个高坡，俯瞰着月冬湖营地。小木屋多数都被树林覆盖住，看得不是很真切。小木屋之间大概有一百米左右，而距离月冬湖最近的小木屋也有两百米以上。

对附近地形熟悉以后，安源又深入了树林内部。树叶将阳光完全遮蔽了，再加上冬天的日光本来就不强，所以很难判断方向。他在各个小木屋之间来回走动，也遇到了不少人。

走着走着，安源忽然看到眼前的一棵树靠着一个男生，似乎正在想什么心事。他叫雷子炎，是从小和安源一起长大的伙伴。

"你在做什么呢？子炎？"安源走过去问道。

雷子炎苦笑一声，看起来好像很烦恼的样子："安源，我刚才想起了我弟弟。"

雷子炎的弟弟在三年前死了，是被谋杀的。凶手至今没有找到，因为他弟弟居然死在自己家里一个和密室无异的房间里。

"弟弟的尸体被发现的时候……"雷子炎的眉头皱得很紧，牙齿紧咬住嘴唇，拼命抑制着情绪："他居然浑身上下都找不到一块好肉！我不能原谅那个凶手……绝对不能！"他弟弟的许多伤口明显为死后所致，加上现场没有遗留凶器，所以不可能是自杀。

"弟弟死之前说过的一句话，我有点儿在意……"

"什么话？"

"他被杀害的那一天，曾经对我说，他感觉好像忘了什么事。因为我弟弟是个很健忘的人，经常丢三落四，如果让他带东西出去，多半会忘记带回来。所以，我那个时候根本没有在意。"

"那和他被杀害有什么关系呢？"

那一天，雷子炎和弟弟都在家，两个人一起玩游戏玩到下午，弟弟突然神色变得有点奇怪，不再玩了，说道："哥哥，我感觉自己好像忘了什么事情。"

雷子炎问道："你忘记了什么啊？我来帮你想想。"

"嗯，可是我就是想不起来忘记了什么。"

雷子炎就去看书了。然而，只看了一会儿，弟弟就又来缠住他说："哥哥，你帮我想想啊，我忘了什么，好像是一件非常重要的事情，是绝对不可以忘记的事情。"

当时雷子炎正看到兴头上，随意地说："没关系啦，过一段时间就会想起来了。"

但是，那时弟弟很反常，他把子炎手上的书扔到地上，拼命摇动子炎的双肩说："求求你，哥哥，求求你帮我想起来！我一定要想起来！"

雷子炎只好说："好好好……那我帮你回忆一下。今天早上起来后，我们烤了面包吃，吃完之后我去复习功课，你上网聊天，我们背靠背坐着。然后我们中午吃了方便面，接下来就一直打游戏，是不是游戏里的什么？"

"不，不是游戏，绝对是非常、非常重要的事情。可是我就是想不起来！"弟弟抓耳挠腮，很着急的样子："我回房间里去想想。"

雷子炎就继续看书。但是，到了吃晚饭时，弟弟还没有从房间里出来，还把房门反锁了，一直叫他也没有反应。雷子炎和父母担心出事，就撞开了房门，然而……出现在他们眼前的，居然是一具浑身鲜血淋漓的尸体！雷子炎总是觉得，弟弟的死，和他忘记的"事情"有很大的关联。

安源尽力安慰着他："我知道你很痛苦，不过想太多也没有意义。你弟弟的死和他忘记的事情，应该是没有关系的。"

"真的没有关系吗？"雷子炎一副自责的样子，他认为，如果那天他帮弟弟回忆起了那件事情，或许弟弟就不会死了。弟弟一定是觉得，如果不回忆起那件事情来，就会有很可怕的后果。

雷子炎在这一年里，拼命地回忆那一天的所有细节，并查过弟弟上网聊天的记录和那天玩游戏的记录。可是，什么都没有查出来。

安源不希望雷子炎钻牛角尖，又劝道："杀害你弟弟的绝对是个变态、疯子，和他忘记的事情没有关系。"

"不，不对！我一定要想起来！"

刘姗妮正在树林里帮忙捡柴火，许丝瑶在旁边跟着她。刚才的扑克牌事件让她一直沉默不语，即使许丝瑶对她说话，她也要好半天才反应过来。

"你到底在想些什么啊，姗妮？"

"没，没有。"

旁边一个男生也注意到姗妮神情不对劲，关切地问道："没事吧？你的脸色很差啊。"

刘姗妮摇了摇头。那个男生摸了摸刘姗妮的额头："没发烧啊。"

就在这时，天上突然掉下一个东西来，把三个人都吓了一大跳。定睛一看，是一根断了的枯树枝。

林健这时已经把房间里所有的灯都关掉，窗帘也拉上，一个人躺在床铺上，拿着 PSP 看恐怖电影。

这部电影他已经看过一次了，叫《死离人形》。这时，剧情正到高潮，被死离人形附体的腐尸第一次出场，就在要放到它吃掉一个龙套角色的时候，忽然镜头切换成了主角在查看尸体。

"哎！那么精彩的一段怎么没了啊，扫兴！唉，这是什么删减版啊，不看了！"他刚把画面关闭，忽然发现 PSP 的屏幕上出现了一道裂痕。

"有没有搞错啊！"他这下可真是非常恼火，买来还不到一个星期呢，屏幕就有了裂痕，什么质量啊！这时，他忽然听到一个女人的尖叫声，吓了一大跳，往下铺一看，才知道是下铺睡着的王保为的手机铃声。

"喂？谁啊？"王保为和林健都是恐怖电影发烧友，所以手机铃声也如此有个性，看林健吓了一大跳，他心里暗喜，接电话时也忘记看号码了，对方居然说："对不起，打错了！"

王保为一听顿时泄了气，他还以为是女朋友打来的，立刻挂了电话。

忽然女人的尖叫声又响起，差点儿让林健从上铺滚下来，王保为看了看号码，这次真的是女朋友打来的了，他立刻喜滋滋地接通了电话。

林健听着下铺在讲情话，气氛完全被破坏了。他只好耐心地等着，过了半个小时，王保为才讲完。

"你们还真是亲热呢。"林健把头伸下去问，"不过就是小别一下，不用那么难舍难分吧？"

"死林健，敢损我啊！我们情比金坚，倒是你，别整天吓唬人了，找个女孩好好交往吧。都快毕业了，你看我们班有几个还是打光棍的？"

林健没理他，又打开了 PSP，他忽然注意到，室内透入了光线，连忙朝窗帘那儿看去，他无比惊讶地看到，窗帘居然被拉开了一半！

"保为，窗帘是你拉开的吗？"

"嗯？没有啊。"

这个小木屋里现在就他们两个人。刚才因为听保为打电话无聊，林健百无聊赖地看着屋子。那么，窗帘是谁拉开的？

　　唯晶开始有些担忧了。她给意涟的手机一再打电话，但始终是"不在服务区"。意涟上次告诉过唯晶，她搬到那里的时候，并没有告诉房东家里的电话，所以即使出了什么事情，也没办法联系到家里。而公寓的电话，意涟也没有告诉唯晶。

　　此刻车子已经到了副市长家，那里停了好几十辆车子，人们进进出出的。然而喧闹的气氛无法驱散唯晶内心的阴霾，她开始自责，会不会是自己疏忽了什么呢？姐姐上次打电话来说的话，难道是真的？

　　走楼梯的时候进入另外一个空间，怎么想都觉得是不可能的，姐姐的话没有理由会是真的。但是姐姐失去联系也是事实，虽然姐姐和父亲意见不合而搬到外面去住，但是她绝对不会那么长时间不联系自己。

　　父母之所以不怎么担心，是因为意涟一向独立自主，很叛逆，过去也多次这样离家出走一两个月，每次都会换手机号码，让父母找不到她，只有发电邮过来才让家里人知道她平安无事，父母都已经习以为常了。唯晶不知道姐姐那次打电话来的事情该不该告诉父母。

　　大厅里响着悠扬的音乐，偌大的房间聚满了人，中间是一个很大的舞池，此刻正有许多男女在跳舞。父母和一些熟人说着话，而唯晶则在担忧着姐姐的安危。她决定明天再到姐姐的公寓去看看，只有亲眼看到她还好好的，自己才能放心。

　　落座后，约翰一直站在身后，这让唯晶感觉有点儿不舒服，可是又不能赶走他。她到现在也不明白，父亲到底得罪了谁。这个叫约翰的人，话实在是太少，如果他一动不动地站着，很容易被误认为是蜡像。唯晶把头转过去一看……约翰不见了！

随即，音乐声戛然而止，整个大厅一下暗下来，空气里充斥着浓重的血腥味！唯晶惊恐地睁大眼睛，发现地上居然全是血肉模糊的尸体！

"爸爸！妈妈！"她扑到距离自己最近的两具尸体身上哭喊起来，她怀疑自己是不是产生了幻觉，这景象太不真实了！

这时，她忽然听到肉体在地面爬行的声音。她的目光投射到舞池的尸体堆中，只见从那里面爬出了一具尸体！

"不……别过来！别过来！"唯晶连站起来的力气都没有了，她脑子里唯一想到的就是慕镜。"救我……慕镜，求你来救我……求求你……"

那具尸体还在爬行着……不，既然还在爬行，那还是尸体吗？那明显是一个女人，长发几乎掩盖住了她的面孔，她爬行的速度很快，逼近了唯晶。一瞬间，她抬起了头来。

"我要你的身体……"那居然是……唯晶自己的脸！

"啊，啊……啊啊……啊啊啊啊啊啊——"

就在唯晶陷入绝望时，眼前这张和自己一模一样的脸忽然模糊起来，随即变成了约翰的脸！

室内依旧亮如白昼，回荡着音乐声，没有人死去，大家都好好的。约翰看见唯晶满头是汗，问道："你没事吧？小姐？"

刚才是……幻觉？唯晶回忆起她之前也见过另一个很像自己的人。那个人说要自己的身体。她现在开始相信姐姐说的话了，如果自己也经历过如此离奇的事情，那么姐姐呢？她已经无法肯定地说，这个世界上没有鬼了。

唯晶抓起外套，对约翰说："麻烦你，我要去一个地方！现在立刻就去！"她对父母说了一声抱歉，就向外冲去。她要马上去确认姐姐的情况！

约翰什么也不问，上了车就直接开往唯晶说的地址。可是，唯晶在车驶入地下隧道时，内心越来越不安，回忆着刚才疯狂的幻觉，问道："约翰，刚才发生了什么？我怎么了？"

"你忽然大叫起来，好在音乐声很响，听到的只有邻桌的几个人而已。"

"约翰，你相信这个世界上有鬼吗？你认为，人死之后，有可能化为厉鬼冤魂来索命吗？"

约翰的回答很耐人寻味："相不相信，只是个人的选择，和事实无关。有些事情，明明知道是假的，照样有人相信，不是吗？"

"请你正面回答我，约翰。"

"我不用相信，我什么也不相信。"

唯晶感觉他的语气有些奇怪，但是也没有多想。然而，她开始感觉奇怪，为什么过了那么久，车还在隧道里，开不出去？

她感到车子猛地震动了一下，紧接着车子顶盖上传来滚动的声音，好像是撞到了一个人！

"停车！"可是约翰反而踩了油门。"我的任务是保护你的生命安全，与此冲突的命令我不会执行。"

"可是，刚才好像撞到人了啊！"

然而约翰完全不理会她的话，不断加速，终于冲出了隧道。

在月冬湖宿营地，篝火晚会正式开始了。四十三人全部围坐在一起，每个人都要上来说一下自己毕业后的志向，说不出来的，就要表演一个节目。虽然被种种怪事弄得有些心神不宁，不过在如此热闹的气氛下，安源的心渐渐放松了下来。

每个人看起来都很激动，明年就要毕业了，很多人都已经和单位签合同了，以后大家基本很难再聚在一起了。安源的志愿是要成为医生，他父母也很赞成这个决定。而许丝瑶的心愿是成为小说家，但她父亲是一名企业家，一心想要把她培养成接班人。所以，轮到许丝瑶说的时候，她言不由衷地说了假话，她也知道自己能成为小说家的可能性并不高。

许丝瑶说完后，坐回到安源身边，眼神看起来很落寞。

"我说谎了。"她对这一点很介怀。

"别这样，丝瑶，本来当职业小说家也很不容易啊。"

"我是因为崇拜恐怖小说家伊润暗，才想要成为小说家的。"她忽然看见坐在她左边的林健精神很恍惚，双手不停发抖。这实在让她怀疑自己是不是看错了，只有林健吓别人，哪儿有他自己被吓到的？

"林健，你怎么了？"这时安源也注意到了他的反常，关切地问道。林健居然毫无反应，安源又叫了他好几声，他才回过神来。明亮的篝火把他的脸照得清清楚楚，他在大口喘着气。

"你到底怎么了？"

"不，没，没什么……"

坐在林健后面的王保为说道："刚才在屋里，窗帘不知道为什么拉开了，我们去查看了一下，发现……发现被拉开的窗帘靠窗的那一面，有一个血手印！"他虽然是压低了声音说的，但还是有不少人听到了，随即纷纷附和。

"你也看见了吗？"

"我的木屋里的金鱼缸莫名其妙地碎了！"

"我刚买的 T 恤被剪碎了！"

"我也是啊，才离开了房间一下，回来的时候，发现枕头被割开了，里面的羽绒在房间里到处都是！"

这一下安源震惊了，居然那么多人身边都发生了匪夷所思的怪事？难以置信！他当机立断地对丝瑶说："情况很不对劲，会不会月冬湖宿营地潜入了某个危险人物？一两件事可能是精神过敏，可是现在有那么多人的小木屋都出现了问题，不能不防范。"

车子终于到达了意涟住的公寓楼下。唯晶急不可耐地打开车门，匆匆跑进公寓。电梯当然已经修理好了，坐电梯来到十五楼后，她迅速寻找着姐姐的房间号，马上擂起门来。

"意涟！是我啊，唯晶！开门啊！"

可是，门敲了很久，却没人来开门。不祥的预感越来越强了⋯⋯

"怎么会这样⋯⋯"

就在这时，对面的房门打开了，一个戴眼镜的中年人问道："你找谁？敲得那么大声？"

"你是⋯⋯"

"找这个房间里的人吗？最近都没见她出过门，不过，这座公寓最近失踪了很多人，搞得人心惶惶的。你们如果是熟人，可以去一楼找管理员拿钥匙。"

"你说什么？"唯晶的心一下提了起来。

大知山的篝火晚会虽然还是很热闹，但是很多人内心都有了阴影。如果真的潜入了什么人，恐怕要报警。但是，现在还没有任何证据证明这一点，也不能确定所有的怪事都是同一个人所为。因为，根据很多人的证词，许多怪事几乎是同一时间发生的。小木屋之间毕竟还有距离，要同时做到这些事情不可能。如果是混进了许多可疑人物，被在小木屋附近活动的人目击到的可能性就要增加许多，但是没有任何人见过可疑人物。

这种情况就算报了警，也解决不了任何问题。这些怪事，只能理解为班级内某些人的恶作剧了。但是，这种说法说服不了任何人。

这时，最为怪异的事情发生了。

在篝火晚会进行到高潮的时候，篝火忽然消失得无影无踪！

之所以说是消失，而不说是熄灭，是因为实在是太突兀了。那么旺盛的火焰，不可能在熄灭前一点征兆也没有，但是篝火仿佛从来不存在过一样，忽然在大家面前消失得无影无踪，地上只留下了一堆烧焦的柴火和缭绕的烟雾，周围立刻变得一片黑暗。

安源想起那个梦境。此刻这个寂寥黑暗的树林，和他的梦境太像了！

唯晶决定下楼去找管理员，约翰一直跟在她身后，两个人重新回到电梯口，唯晶忽然听到液体滴落在地的古怪声音。她回过头一看，开始寻找声音的来源。

约翰随即跑上去拉住她，说："小姐，别去那里。"

"什么？你知道那里有什么吗？"唯晶的话才刚出口，她的眼前就出现了毛骨悚然的一幕。

就在离她十米左右的楼梯口，站着一个满脸是血的女人。楼道的灯很亮，所以她看得很清楚，那是她的姐姐意涟！

"唯……唯晶……"意涟的声音就像是咽喉被灼烧了。

"姐姐！"唯晶立刻要上前去，约翰却死死拉住她，说："别过去！去了的话，她会把你带到'那个地方'去。"

就在意涟即将走进楼梯间时，一只手忽然凭空从她左边伸出来，一下揪住她的头发，把她拉了进去！

"不！"

唯晶回头狠狠打了约翰一个耳光，他立刻放手了。唯晶一个箭步冲到楼梯口，然而……

空荡荡的楼梯上，什么都没有了……

第 08 章
〔死亡宿营地〕

由于出现了种种诡异现象，四十三个人一致决定提前结束原定三天的宿营，立刻打道回府。孙伯也算通情达理，同意退钱给他们。

第二天上午，大家早早起床，步行到山下最近的公车站，坐车回家了。

大知山秀丽的风景，在每个人的心中如同魔境一般不真实。一路上大家都在讨论着那些诡异现象，尤其是篝火的突兀消失。那天晚上根本没有风，而且即使是风吹灭的，也不可能把那么旺盛的篝火在一瞬间刮得无影无踪，除非是龙卷风。

许丝瑶说出了染血扑克牌的事，安源也把卢卫平的水桶突然装满鲜血的事说了出来。越说大家越感觉阴森可怖，要不是现在是大白天，恐怕没有人能够保持冷静。

安源又回忆起那个梦，它会不会是某种灾厄到来的预兆呢？不过，现在离开大知山的话，就不会发生任何事情了吧？

安源身后坐的是龙燃，他是和安源、林健、王保为住在一起的。他本来是个很多话的人，可是现在却一语不发，他一直低着头，别人在讨论的时候叫他，他也不回应。

"奇怪啊……"许丝瑶看着现在龙燃的样子，简直和刘姗妮一模一样。安源也感觉不对劲，大声喊道："龙燃！龙燃！"

龙燃总算有了反应，他抬起头来，一脸苦恼地说："我快要疯了……"

"你到底怎么了？"安源和许丝瑶同时问道。

"我也说不清楚，我感觉很荒谬……可是，我确定我忘记了什么很重要的事情，就在大知山上，我忘记了一件很重要的事情！"

这时，坐在对面的雷子炎顿时来了精神，问道："龙燃，你忘记了什么事？"

"我想不起来了……真的想不起来了，但是，如果不想起来的话，一定会发生可怕的事情！"龙燃此刻的表情和口吻，看在子炎的眼里，和当时的弟弟一模一样！

他当机立断地说："龙燃，你和你父母打过电话说今天提前回去了吗？"

"没有，因为我一直在回忆自己忘了什么，从昨天就开始想，一直想到现在，可还是想不起来……"

旁边的人都感觉龙燃的话莫名其妙，既然想不起来就不用去想了啊，至于从昨天想到现在那么夸张吗？

许丝瑶听着龙燃语无伦次的话，感觉很熟悉，好像有谁也这样说过。

"龙燃，公车到站后，你和我一起回去，既然你父母根本不知道我们提前回家，那么他们当然还以为你在宿营，到我家来，我来帮你回忆起来，一定要回忆起来！"雷子炎说道。

其他人都投来不解的目光，龙燃一个人发神经也就算了，怎么连素来理智冷静的雷子炎也跟着他发疯呢？

可是，知道前因后果的安源却很理解他。他一定是认为，现在的龙燃和他弟弟是一样的，可以从龙燃的身上找出杀害他弟弟的凶手的线索。

安源随即就想到，这么一来，龙燃也会死吗？刚冒出这个念头，他自己也觉得好笑，怎么可能会有那种事情！子炎弟弟的死，虽然是密室案件，但是推理小说里面伪造密室的手法也有很多，所以密室杀人并非没有可能。

但是，既然子炎不死心，安源也不打算阻拦他，完全可以理解他为了弟弟报仇的心态。

安源回到家后，把包往沙发上一甩，就躺在床上。因为他的父母长年在国外，他一个人在家一直都很自由。但是，他很快开始感觉心情烦躁不安，想和谁说说话，驱散一下不舒服的感觉。

不过，最大的原因，是他不想睡觉。因为一旦睡觉，就有可能做那个梦。事实上，昨天晚上，他又做了那个梦。

他打算到子炎家里去。三个人聚集在一起的话，心里的恐惧也能驱散一些。

是的，安源现在很恐惧。

出门的时候，刚才很晴朗的天色骤然大变，大雨随即倾盆而下。安源立刻回房间拿了把伞，然而雨实在是太大，也刮起了大风，伞根本没用。子炎家距离这儿很近，所以安源咬了咬牙，在大雨中狂奔起来。

这时，子炎已经把龙燃带回了家，他还是很神经质地绞尽脑汁思索，不停抓着头发说："就……就要想出来了……我就要回忆起来了……不，我还是想不起来啊……"

子炎的父母看龙燃这副古怪的样子，非常困惑，不过他们对儿子的事一向不干涉，而且二人也正准备出门，没怎么多问就离开了。

进入卧室后，子炎先把门关上，让龙燃坐下，问道："你忘记的这件事情为什么这么重要？"

"当然是很重要的！子炎，你能帮我吗？"

子炎见他已经完全对自己信任了，感觉时机成熟了，开门见山地说："你认不认识我弟弟？他叫雷子良。"

"不认识啊。你弟弟不是死了吗?"

"他和你一样……嗯,我是说,他也曾经像你这样,想不起来一件重要的事情,但是知道自己的确忘了什么。"

龙燃立刻问道:"那他后来想起来没有?"

"这个……"子炎一时不知道该如何应答,总不能说弟弟后来就被杀害了吧?这不是变相在告诉龙燃,他也会死吗?

龙燃却像急疯了一样拼命追问,子炎只好答道:"他没能想起来……"

"天,我到底忘记了什么啊?"

听着龙燃颠三倒四的话语,子炎越来越确定,他现在的样子,和当初的弟弟完全一样!如果他可以回忆起来的话,一定能找到弟弟死去的原因!

这时,雷子炎听到了敲门声,顿时皱起眉头,这个时候来访客,实在很不方便。他跑去开门一看,居然是淋了一身雨、尴尬地傻笑着对自己打招呼的安源。

"先进来吧,你的衣服都湿透了……"

忽然,一个令人心悸的声音从卧室传来,仿佛是什么非常坚硬的东西裂开的声音……

二人立刻飞奔进卧室,不敢置信地看着眼前恐怖的一幕。

龙燃的身体……居然被分为了左右两半!

裂口从头顶开始,一直劈向两腿中间,有一些血肉还粘连着,但是骨头完全断开了,血淋淋的内脏流了下来。

安源和雷子炎无法发出任何声音,都伏在墙边,拼命呕吐起来。对雷子炎来说,这是继他弟弟之后,再度看到有人死在他面前。

不知道过去了多久,二人才冷静了下来,此时外面的雨更大了。

"他跟着我们回来了。"子炎没头没脑地冒出这么一句话来。安源却立刻听明白了。就是潜藏在大知山上的那个……

"我们该怎么办？"

二人已经无法忍受再看着尸体，都回到了客厅。

"我们报警吗？"安源问道。雷子炎摇头说："我们把尸体埋起来，擦掉所有痕迹！"

"什么……你说什么？"安源怀疑他发疯了！

"我一点儿都不相信警察，弟弟死了那么久，什么线索都查不出来！现在，龙燃又死得那么惨……杀害他们两个的凶手是同一个人！而且，他们死前，都说自己忘了一件很重要的事情！不查出遗忘的这件事情，就什么也做不到！安源，你能帮我吗？一定要抓住这个凶手！"

安源还是不同意，说道："你开什么玩笑？这是犯罪！就算你不信任警察，有人死了，你却刻意隐瞒，这是凶手才会做的事情！"

"我问你，在这种状况下，警察第一个会怀疑谁？"

"嗯？你是说……他们会怀疑你是凶手？"

"这个家没有外人闯入的迹象，尸体也没有搏斗过的迹象，他死在我的卧室里！如果就这么报警，我肯定会被带走协助调查，那我就无法自己调查了。"

"但是，龙燃失踪的话，警察一定会来调查你的啊，很多人都听到你说要他来你家的。"

"所以，我要你帮我作证，证明他今天没来这里。我现在不能被警察抓起来。你想想，我弟弟的案子一年都没破，如今我家里又死了一个人，铁定会抓我的！报警根本没有任何意义！安源，你做什么？"他看到安源拿出手机，开始拨号。

"不可以那么做！无论有什么理由都不可以！"

他本想上去阻止，但是安源严肃的表情和语气，让他无法动手。

警察到达现场后，立刻将这一带封锁，设置路障。法医看到如此残忍的杀人手法，也感到不可思议。

警方认为，凶手应该是一名力气很大的男性，凶器应该是斧头。从现场的出血量来看，凶手身上也应该有血迹。然而，屋内的确没有任何外部入侵的迹象。

果然如雷子炎所料，他是第一个被怀疑的。因为二人都说当时没有看到任何人，没有听到任何奇怪的声音，进入卧室的时候也只看见了尸体。

不过，当时雨下得实在太大，也不排除凶手跑到外面、身上的血迹完全被冲刷干净的可能。但是，雷子炎家附近并没有排水沟，如果是这样，地面的积水中应该混杂有血迹才对。

于是，雷子炎和安源因为嫌疑重大，被带到了公安局。

与此同时，在这个城市的一所普通公寓里，一个女孩坐在书房地板上，脸色惨白，她的眼睛大睁着，不断地喘着粗气，地上堆满了书籍。

"我到底……忘记了什么？快想起来，再不想起来的话，再不想起来的话……"

"是谁杀了龙燃？"

"我听说现场很血腥啊，他的身体被分成两半……真的好可怕……"

学校里到处都在谈论这件事情。加上大知山的诡异遭遇，一时间人心惶惶，不少人都去询问安源班级的人。尤其是雷子炎，他被警察怀疑，不少人都联想起一年前他弟弟的死。

这天下午，在教室里，在许丝瑶旁边坐着的唐佩坐立不安。她再也忍不住，问道："丝瑶，有件事情，我一定得问问你……"

"什么事情？"许丝瑶正盯着电脑屏幕进行操作，如果她转头看到现在唐佩的脸色，就会发现唐佩现在极其痛苦焦虑。

"在小木屋里发生了什么事情吗？刚才，我差点儿就要想起来了，可是又……"

许丝瑶立刻想起那沾染血的扑克牌，转头看向唐佩，看到她如此愁眉苦脸的样子，连忙问："你怎么了？和那天的扑克牌有关吗？"

"丝瑶，我……我感觉好像忘了什么很重要的事情……真的，非常重要的事情……我确定我一定忘记了什么，我刚才差一点点就要想起来了，那件事情，和你也有关系……"

"到底是什么事情？"

"我不知道……我在回忆，你也帮我回忆一下，那一天到底发生了什么事情，好不好？"

许丝瑶放下手里的作业，开始帮助她回忆："那天我们到了小木屋，先放下行李，然后你先去了一趟厕所，回来后拿了一本杂志看……"

当许丝瑶提到带血的扑克牌时，唐佩忽然说："等等，我感觉记忆好像清晰了一点儿……对，和扑克牌有关！在发牌的时候，有没有发生过什么事情？告诉我！"

"那个时候我正好去了卫生间，发牌的人应该是你吧？"

"对哦，那个时候好像是我发牌的，是我……"她忽然站了起来，双眼大睁，发出一声惊叫："啊——"

许丝瑶正打算问，然而……一滴血落到了唐佩的眉心。接着，从唐佩的头顶不断流下血来。

"唐佩……你……"

还不到十秒，唐佩的脸被鲜血彻底染红了。所有人都聚集到她身边来。许丝瑶当机立断地打了报警电话。

"振作一点啊！唐佩！"许丝瑶拼命摇着唐佩的身体。然而，她的眼睛里已经没有任何光彩了。许丝瑶拨开她的头发一看，她的头顶居然有一个碗大的口子，已经可以隐约看见头骨了！

这怎么可能？头上有这样一个伤口，她怎么可能一直活着？

来围观的两个男生，忽然同时倒在了地上。他们身下随即也大量涌出鲜血来。

"哇啊啊啊啊——"

"杀人了！杀人了！"

恐怖的阴霾笼罩着校园，校方不得不停课了。同一所大学的学生连续两天相继被杀害，而且有一个惊人的共同点——他们死之前，都说自己忘记了什么事情。

虽然没有人回忆起是什么事情，但是有一点已经确定了。他们遗忘的事情，一定与大知山月冬湖宿营地有关。

"到底是怎么回事！"刘姗妮被几个女生狠狠地摔到墙角。

这是一个无人的僻静巷道，几个女生凶神恶煞地看着害怕得瑟瑟发抖的刘姗妮，恨恨地说："小佩的死是不是和你有关？"

其中一名女生就是冯凤美，她扯住刘姗妮的领口，说："我记得清清楚楚，那个时候你说，'我好像忘了什么'！"

"不……我没说过，你记错了……"

冯凤美狠狠打了她一个耳光，厉声问道："你敢再说谎！你到底做了什么？那副扑克牌上的血迹是怎么回事？我已经把扑克牌交给警察了，我要看看你到底是在搞什么鬼！你现在最好给我坦白说出来，小佩到底是怎么死的！是不是就因为她那天说的话让你不满，所以你就杀了她？"

"不……不是的……"刘姗妮吓得魂飞魄散，但不是因为这些女生，而是因为，她自己也忘了和月冬湖有关的事情。

"你到底忘了什么？"冯凤美拿着一根棍子，"再不说出来，我要你好看！"

一个女生看不下去了，说："算了吧，凤美，做得太过分不好……"

可是冯凤美在气头上，哪里听得进去？她挥起木棍说："快告诉我，你忘了什么？也许这根棍子能让你长点记性？"

就在她即将挥下棍子的时候，一只手紧紧抓住了她。

"小姐，一个女孩子不该拿着这东西吧？"一个紫眼男子突然出现在冯凤美身后，阻止了她的施暴。

冯凤美恨恨地说："和你没关系！你是谁？"

"算了，不和你多扯。"

男子懒得解释，而刘姗妮如同看见救星一样，说道："铁慕镜先生，你来了，太好了……"

深槐和蒿霖正站在昔日的诺索兰公司总部所在地，现在这里是一个足球场。今晚有一场足球比赛，深槐买了票，和蒿霖一起进了场。

球场内欢呼声震耳欲聋，而深槐坐的位置距离球门很近，甚至可以清楚看到每个球员的脸。因为声音太大，他和蒿霖只能用笔谈。

他捏着蒿霖写的便条纸，点了点头。上面写的是："铁慕镜就这样一个人在高宁市没关系吗？"

他写道："没关系，他和我绝对不能继续待在一起了，他有鬼眼，而我和你都不是灵异体质，继续一起行动，我和你迟早有生命危险。即使一定要死，我也不希望是被慕镜杀死的。"

蒿霖又写道："那么你想查证什么？诺索兰公司消失得很彻底，什么痕迹也没有留下。"

深槐当然很清楚这一点。但是，他很确定，公司不会完全消失。也许，他现在是活在另外一个时空中。他曾经考虑过，这里会不会是一个平行时空。

公司多年来在时空技术上进行了许多研究，开发出内部和外部不同的时空领域。胖子龙庭死亡时，就在公司的快时空里，死亡日期也相应提前了。这个技术的发明令公司高层很激动，这证明时空技术对鬼魂也是有效的。

但是，不同时空的流动，会造成怎样的恶果？约翰现在长成了青年，这证明国外的时空技术获得了进一步突破。这件事情会不会和公司的消失有关？而且，身为愿姬克隆源的唯晶还没有消失。出于对愿姬的感情，深槐也绝对不希望唯晶出事。

他忽然想到了什么，取出怀表打开一看，顿时惊呆了。那个已经停止的指针……居然又开始走动了！

"时间将要走到终点……"一个令人心悸在他的耳际响起，"我在凶冥空间等着你！"那个声音是如此恶毒、凶狠，像是有着极大的憎恨。

凶冥空间？那是在哪里？深槐将怀表放回身上，尽管这个足球场里有上万人，可是他却一点儿都没有安全感。就在这时，一个球员将球带到球门，凌空抽射，却踢得太高了，足球恰好落到深槐的膝盖上，把他吓了一大跳。

深槐把球拿起来、再扔出去的一瞬间，那个球……居然变成了一个女人的头颅！

那是表情已经完全扭曲，用憎恶的眼神看着自己的……愿姬的头颅！

"不……不要……"

足球重新弹到绿茵场上，比赛继续进行。蒿霖并没有看到足球变为头颅的恐怖场面，但是从深槐的表情上，她也看出了端倪。

"我们走，立刻离开这里！"深槐紧紧拉住蒿霖的手，离开座位。蒿霖很顺从地跟着他。这时叫喊声更大了，也许是进了球，但是，深槐哪里还敢回头去看。要不是那块怀表有特殊意义，现在这种情况下，他一定会扔掉它。

离开足球场后，深槐和蒿霖逃命一样地上了车，立刻发动车子。他知道，自己的物理体质如果直接面对化为厉鬼的愿姬，几百条命也不够死的。其实，跑到这个足球场来，已经是很疯狂的事了。

那只怀表，他在公司的特殊时空楼层里一直戴着。而到了外界的时空区域，他并没有把时间调整过来。所以，愿姬死的时候，并非外界的午夜零点。而她的确化为了厉鬼，这就意味着……她是另外一个时空的厉鬼！

安源不敢置信地问："你是说……扑克牌上的血迹是唐佩的？"

"没错，公安局的化验结果已经出来了。"雷子炎狠狠地向江里扔了一块石头。因为证据不足，所以警方释放了他。但是，警察一直都在监视他的行动。

"到底是怎么了？为什么会这样……"安源现在很内疚，因为大知山的旅行是他提议的。

不可思议的现象实在是太多了。扑克牌上的血迹当时还没有凝固，那么血应该是刚流出不久，而且以出血量来说伤口绝对不会小，那么为什么唐佩没有疼痛的感觉？她当时没有忍受伤痛的必要啊。

他推测下来有两个可能。第一，某人抽取了唐佩的血，然后用防止血液凝固的试剂处理，装在容器里，在她们没注意到的时候抹在扑克牌上。第二，唐佩患有某种罕见的血液疾病，所以在出血之后，她自己没有感觉，把血抹到了扑克牌上。

无论是哪种情况，怀疑刘姗妮是没有理由的。扑克牌上出现血迹的时候，唐佩明明还活得好好的。

"你能确定吗？子炎，你弟弟从没有去过大知山？"安源忽然想到了这个问题，既然一切的起源都在大知山，那么子炎的弟弟会不会也……

"没有。如果他去过，没有理由瞒着我啊。"说到这里，子炎的心又狠狠揪了起来。他索性拿了根烟叼在嘴里，但是安源阻止了他。

"这已经是第十一根了，别抽了，你父母一定很担心你，你该回家了。"

"别烦我了，不抽我会死！"猛抽了几口烟后，子炎狂暴的眼神渐渐变得迷惘。

他的嘴角开始抽动，不停地吞吐烟雾，额头上也慢慢沁出汗珠。

"怎么会……我也……"

安源看着子炎的样子，不禁掠过一丝不祥的预感，问道："什么事情？你怎么了？"

"好像……真的有，我真的忘记了什么……"这种感觉出现得非常突兀，而一旦产生，再也挥之不去。子炎也感觉自己忘记了什么！忘记了一件性命攸关的事情！

"不……安源，我一定要想起来，我不想起来的话，我会死的！"子炎的表情刚才还是愤怒，才不过几分钟，已经变成了哭丧绝望的脸。

"你……你在说什么啊？子炎？你忘记了什么事情？"这让安源吓得不轻，他几乎可以肯定，所谓的忘记，一定是某种类似诅咒的现象，让人产生这种错觉后，被这种感觉折磨到一定程度，就会死去……

如果是过去，诅咒之类的荒谬说法，他是根本不当一回事的。可是，现在种种诡异的现象，让他无法再对这种可能性置之不理了。

"我……怎么说呢？那天，你和我见面，然后我告诉了你我弟弟的事情。"

"是啊。"

"那个时候我忽然和你提起弟弟的事情，恐怕就是潜意识中也意识到……自己也忘记了什么事情吧。在那之前，我好像经历了一件非常恐怖的事情……"

"恐怖？"

"对，就是像恐怖电影、恐怖小说中的那种感觉，你明白吗？对，我还稍微记得一点点。我好像……遇见了一个鬼。一个鬼！"

"怎么可能……鬼？这个世界怎么会有鬼呢？你开玩笑吧，子炎，求你了，别吓我，别吓我了……"

安源仔细地回忆，确认自己没有任何忘记事情，这才松了一口气。

所有人都感觉自己忘记了一件非想起来不可的事情，有什么办法可以确认那件事情呢？安源知道，催眠是可以让人回忆起忘记的事情的。去哪里找一个催眠师呢？

"子炎，你有想到什么办法？"

子炎痛苦地摇了摇头，说："不……我想不起来了……等等！或许可以去找妙雨！"

文妙雨是他们班里最活跃的女孩子，当初去旅行时，她带了一个DV，以她古灵精怪的性格，很可能会偷偷跟在同学们后面进行拍摄的。假如真的有忘记的事情，即使她本人也忘记了，但是DV绝对会记录下来的！如果可以看到录下来的内容，也许诅咒就有解开的方法！

"快走吧！"

二人立刻去马路上拦下出租车，前往文妙雨家。上车后，安源才拿出手机打电话给文妙雨。

"安源啊？"文妙雨听起来很精神，"你要来吗？好啊，有人说龙燃的死和你有关，我根本不信的，你是想来找我诉苦吗？"

"妙雨，现在死了的那几个同学，你有拍下过他们在月冬湖附近的活动吗？"

"嗯，班级里的人，只要走出小木屋的，我都有拍到。"

"视频还在吗？"

"在啊。你放……你是谁？你从哪里进来的？快出去！喂，你做什么……"紧接着，只听到文妙雨一声惨叫，电话就挂断了。

"怎么回事？"子炎也隐约听到了惨叫声，安源的脸立时变得煞白。

刚才，文妙雨家有人闯入？他毫不犹豫地拨了110。

当他们赶到文妙雨家的时候，警察已经先一步到达了。文妙雨的父母今晚都不在，她昏倒在客厅，已经送去医院了。客厅里没有激烈搏斗过的迹象，只有等文妙雨醒过来才能知道是怎么回事了。幸好她还活着，至少能够知道是谁行凶的。

看到安源和子炎时，警察问道："怎么又是你们啊？"

"警察同志，我想问一下，"安源问道，"有没有找到一个 DV 啊？"

"嗯？没有啊。"

"请仔细找一找，那个东西很重要的！"

然而，DV 在文妙雨家没有了踪影。由此，安源可以确定，袭击她的人拿走了 DV。难道说，这是人的谋杀，并不是虚无的诅咒吗？

但是，安源随即觉得这说不过去。就拿唐佩来说，她的死太可疑了。没有任何人看到谁向她行凶，可是她的头顶就无缘无故地开了一个洞。

与此同时，高宁市街头的一个小电话亭内。

"拿到了，深槐。"慕镜紧握着电话筒，另一只手拿着 DV，说道："我已经看过了，这里面的内容绝对不能让那些还活着的被诅咒者看见！否则的话，所有人都会死的！"

"什么意思？难道不是遗忘了什么事情才死的吗？"刚从足球场出来的深槐接到慕镜的电话，本想立刻告诉他怀表的事情。

"恰好相反，深槐。那些人不是因为遗忘而死的，恰恰是因为他们回忆起来了，才会死的！"

深槐立刻明白了慕镜的意思："难道……他们遗忘的事情其实是……"

"没错！"

深槐浑身颤抖起来，虽然他过去在诺索兰公司工作，类似的状况听说过很多，但是这种匪夷所思的事情还是第一次碰到。

"可是慕镜，你不是明明预知到他们……"

"我现在要去找伊润暗。这件事情我一个人力不从心。必须要商讨一个对策，在死亡日期到来的时候，不能够让被诅咒者回忆起这些视频里的内容！"

"明白了。那你毁掉了吗？"

"不，还没有。因为就算毁掉了，也一样有可能会有人回忆起来，还不如带去给伊润暗看看，让他做个参考。"

"我明白了，祝你好运。"

慕镜挂上电话后，电话亭里闪过一道红光。

安源和子炎走出公安局时，已经过了午夜零点。

"安源，你说，我会不会死？"子炎现在几乎失去理智了，头发抓得乱糟糟的，双眼通红。

安源也不知道该怎么回答，只能安慰子炎道："只要能找到视频，只要妙雨醒过来……"就在这时，手机铃声响了起来，号码是许丝瑶的。

"喂，丝瑶，什么事情？"

"不好了，你们快过来啊！凤美她们要杀了姗妮！她们完全失去理智了！"

"你说什么？"

"她们说姗妮身边有出现过一个紫色眼睛的妖异男子，还说什么查了一些记载，说紫色眼睛是具有鬼魂体质的象征……我也不明白是什么意思，我现在在第七广场，她们要把姗妮从楼上推下去！她们每个人都说自己忘了什么事，只有杀掉姗妮，才能终结诅咒！我现在正在往楼上赶，可是我怕来不及！"

虽然已经精疲力竭，但是，安源和子炎必须立刻赶去。

无论如何，不能再有同学死了！

阿静独自坐在电脑前，查看着关于"遗忘死亡"事件的消息。

她也完全不明白，到底这是一种怎样的死亡状况。不过，如此诡异的现象，比以往更疯狂了。

诺索兰公司的消失，最初她推论是厉鬼的杰作，但是，仔细想想太夸张了，那样的话一次会有多少人死掉？润暗之前却没有任何预知，实在是说不过去。只能理解为超过了他们能力的范围。她正打算去睡觉，但是，她抬起头来时，居然看见慕镜出现在面前！

许丝瑶赶到了楼顶。然而，她看到的，却是刘姗妮一个人惊惧地蹲坐在天台的角落，而在她面前，全是断肢和残缺的身体。

"和我没关系……她们……她们突然像中了邪一样大叫，就……就变成这样了……"

许丝瑶忍不住呕吐起来，不敢再看那个恐怖的场面。许丝瑶相信这不是刘姗妮所为，她不会那么做。而且……她也做不到！

"走……快走……"许丝瑶强忍住恶心的感觉拉着刘姗妮离开楼顶，在楼梯口碰到了火速赶来的安源和雷子炎。

"到底是什么诅咒？为什么她们会死得那么惨？"

四个人觉得现在不能报警，否则刘姗妮会成为最大凶嫌。她身上沾了不少血迹，还好附近的路人不多，三个人围着她，借着夜色的掩护离开。

这次被杀害的女生一共有五个，见过那地狱一般场景的刘姗妮和许丝瑶，此时还无法冷静下来，一到了安源家里就大哭起来。

安源先让刘姗妮去洗澡换衣服，就和其他人开始讨论接下来该怎么办。

"你是说，妙雨的 DV 是关键？"许丝瑶渐渐明白了事情的严重性。如果任由事情发展下去，还不知道会死多少人！

这时，他们也明白了，一旦发现自己遗忘了什么，就很可能会死。

该怎么办呢？无论怎么做，自己的思维是无法受到控制的。

刘姗妮洗完澡换好衣服出来，看起来稍微平静了一些。安源还是忍不住问道："姗妮，你到底忘了什么事情？"

"我也不知道啊……真的好奇怪，这种感觉。"刘姗妮一提到这件事情，就抑制不住地发抖："真的好可怕……我只知道，那段被我遗忘的记忆，真的好可怕……"

就在这时，电话铃又响了起来。安源皱着眉头拿起话筒："喂，是谁啊？"

"安源，救我……快救我！"是卢卫平的声音。

"你出什么事情了？"

"我，我有一点回忆起来了……那一天，钓鱼的时候，我的水桶之所以会染满血……"忽然，电话那头没有声音了。只听到液体在地面流动的声音。

那液体……毫无疑问是血！

安源又叫了好几声，但是，没有任何回应了。

他放下电话说："卫平他……可能已经死了……"

没有人感到意外和惊讶。但是，卢卫平的话引起了安源的注意。

他记得钓鱼时，自己的水桶里莫名其妙地多出了鱼来，但是自己不记得有钓上来鱼过。莫非……是自己也忘记了？其实他钓到过鱼，可是自己却不记得了？

他当时坐了那么久，却完全没有印象，感觉太荒唐了。然而，这么一想，他竟然也产生了那种感觉。

那种似乎遗忘了什么的感觉……

"不会错的……我们绝对遗忘了什么！"他几乎是扯着嗓子吼了出来，"一定要回忆起来！可恶，要是有那些视频的话……"

"对了，姗妮……"许丝瑶忽然想到了什么，"凤美说的，那个跟在你身边的紫眼男子是谁啊？说什么文献记载的……"

"这个……抱歉，我不能说出来。"

从睡梦中被叫醒的润暗，揉着眼睛看着DV屏幕里的画面。

刚开始是那些大学生在月冬湖笑闹的情景，慕镜快进到了关键部分。

先是文妙雨的声音："接下来，我要到安源住的小木屋去拍摄了，呵呵，大家仔细看……"她的声音停住了。

眼前是一座密林中的小木屋，镜头正对着一扇窗户，有一个全身穿黑色衣服、拿着一把大板斧的人正站在窗口！

"你……你是谁！"这还是文妙雨的声音。然而那个黑衣人根本没有理会她，这时，有一个人走过窗口，那个人正是龙燃！

龙燃注意到黑衣人时，还来不及反应，黑衣人就一下打碎了玻璃，又把他整个人揪出窗外，还不等他惊叫起来，就一斧头对准他的脑门劈了下去！

"啊——"这是文妙雨的惨叫声，DV随即掉在了地上。接下来的画面更加惊悚。

那个黑衣人将龙燃被劈成了两半的身体合拢在一起，迅速塞回了被打碎窗户的房间里，匆匆离开了。

文妙雨又拿起了DV，此时，碎掉的窗户玻璃前，安源等人在查看玻璃窗，觉得很奇怪。而地上的血迹，因为身体的合拢而消失得无影无踪了！

文妙雨接下来说了一句话，让润暗等人毛骨悚然。

"我刚才……好像忘了什么事？算了，也不是什么大不了的事情……"

已经过了午夜零点，安源等人坐着出租车，向大知山驶去。这个诅咒起源于大知山，也只有回大知山去才能够解开了。

在润暗家里，看完龙燃被杀害的场面，阿静忽然按下了暂停键，对润暗说："我……我有点儿不舒服，我不想再看了。"

连阿静都如此慌张失措，润暗转过头问道："慕镜，他们的死亡日期到底是在什么时候?"

慕镜也是一脸不解:"在大知山宿营的那一天,和他们后来真正死亡的那一天,都算是死亡日期……其实这一次的情况很简单,让阿静把他们打昏就可以了,到了那个时候……"

如果他们想起自己已经被杀害了,那么肉体就会真的死去。他们完全是凭借相信自己活着而"活着"的,某种意义上类似僵尸,可是他们又有心跳和呼吸。

"润暗,尽快行动吧……嗯,不,怎么会这样!"

润暗不解地看着慕镜,慕镜让他去照镜子。满腹狐疑的润暗走到镜前仔细看着自己,顿时吓了一大跳。

"怎么可能?"他的眼睛变成黑色的了! "我的鬼眼……怎么会这样!"

阿静看着润暗的眼睛,也非常吃惊。鬼眼消失了?

出租车到了大知山,安源急匆匆地从钱包里拿出钱,看也不看就打开车门走了。

安源注视着夜幕下的大知山,尽管心里发毛,可还是尽量在子炎他们面前尽量保持镇定。

山路很不好走,黑暗之中仿佛到处都潜藏着鬼魅。再走一公里,就可以看到月冬湖了。

"安源,到了那里,我们该怎么做?"许丝瑶抱住双肩不住颤抖,一半是因为冷,一半是因为恐惧。

这时,前方树影下忽然冒出两个人来,吓得许丝瑶差点儿惊叫起来。仔细一看,居然是林健和王保为。

"你们也?"

林健一见到安源,扑过来抱住他说:"安源,你一定要救我们啊……我们的确忘记了什么!"

"什么？你怎么确定的？"

王保为拿出手机来，调出通话记录。

"你看……那天我接到一个打错了的电话，时间是下午 3：43，后来又接到了我女朋友的电话。我记得，那个打错的电话我是立刻就挂断了的，然后过了几秒钟，我女朋友就打了过来！可是，你们看，她的来电时间是下午 4：02！"

也就是说……这中间有二十分钟的空白！

任森博和闻紫魅坐在夜色下的海滩上，海浪拍打沙滩的声音不绝于耳。

"果然没有了吗？"她已经不再是厉鬼体质者了，她眼睛里的紫色已经消失了。"任先生，我开始还是半信半疑的，可是现在不得不相信了。"她也知道，怀疑任森博是一件很愚蠢的事情，不过现在必须相信了。

"是的。"任森博的阴阳瞳眼也不复存在了。

"诺索兰公司肆意改变这个世界的自然规律，创造超越时空的领域，这种做法终究会遭到报应。为了提高员工的工作效率，在那家公司工作的人都要携带一块特殊的手表，这样就能够活在和一般人不同的时空里，高效率地为公司工作。只有宗蒿霖、路深槐、铁慕镜等人，因为有明确的死亡日期，才没有立刻消失。"

"那么，我体内的厉鬼和你身上的鬼，都回到凶冥空间去了？"

"嗯，是的。因为那扇门已经暂时关闭了。"

凶冥空间，那是一个连任森博也无法完全了解的地方。

"现在……该怎么办？"阿静失去了冷静，她刚才去润丽的房间看了她的眼睛，也变回了黑色的！

没有了鬼眼，就意味着附在体内的鬼已经离开了。那么，以后就不可能再有预知了，灵异能力和鬼眼能力都无法再使用了。现在的他们，和普通人毫无区别。

最糟糕的是，润暗和润丽的预知能力消失后，今后的被诅咒者和死亡日期就无法知道了，那样一来，即使去救了一个可能是被诅咒的人，也不知道是否算是改变了预言。

鬼眼消失，是莫大的恐怖！

"对了，阿静，你不是还有对付鬼魂的药水吗?"慕镜忽然想到这一点，"那么，你可以……"

"不可能的。那药水不是用科学原理配制出来的，混合了我的血液。如果这种现象是大规模发生的话，我也不可能幸免，所以那种药水也不会有效果了。"

"二十分钟的空白……太不正常了!"安源仔细地盯着手机看了又看，这和他水桶里的鱼突然出现是同样诡异的。

这么说来，他们的确忘记了一些事情。

"还有一件事……"林健取出PSP，播放出来给他们看。那是一部叫《死离人形》的恐怖电影，那天林健正在看时，画面突然跳了过去，中间有一段没有了，但是……他后来又播放了一次，发现那段内容还在! 而且，PSP上面的裂痕也让他坐立不安。

就在这时，一段记忆忽然掠过林健的心头……

那天，他在上铺玩着PSP的时候，窗帘忽然被拉开，他向那边一看，居然是一个拿着刀子的黑衣人，他还来不及惊叫，黑衣人就一下跳到上铺，对准林健的喉咙猛地刺了一刀! 于是，林健手上的PSP摔在墙上，有了一道裂痕。

"我……我已经……死了……"

林健的喉咙出现了一个很大的伤口，血如泉涌。

林健倒在地上。夜幕更深沉了……

与此同时，王保为也回忆起来了。那个时候，他刚刚挂断了打错的电话，那个黑衣人出现并杀害林健，只用了不到两秒钟。那时他立刻光着脚向外面逃去，然而那个黑衣人一下跳过来，一刀刺在他的后背，随后又把他的头割了下来……

当王保为回想起这一切时，他的头颅和脖子已经完全断开了。

尽管已经看过许多这样的场景，安源等人还是吓得够呛，立刻向月冬湖的方向跑去，连头也不敢回，生怕有什么东西会追着他们。

他们跑得气喘吁吁、再也迈不开步子的时候，安源停下来仔细思索了一番，得出了一个可怕的结论。

他们忘记的事情，应该是……他们其实早就已经死了！

"或许我们早就已经死了……难道不是这样吗？"安源颤抖着说出这句话时，其他三个人一脸茫然，无法理解。

"这话是什么意思？安源，你到底想说什么？"

安源回忆起了一些事情。那个时候，自己钓到了几条鱼，而坐在他附近的卢卫平突然发出惨叫声，他循声看去，就见到卢卫平被一个黑衣人刺穿喉咙，紧接着头被摁进了水桶里！

"哇啊啊啊啊啊啊——"

安源紧紧地抱住头，眼光迷茫地看向前方的月冬湖，那平静的湖水，此刻如同一个将要吞噬一切的血盆大口，令人感到无比狰狞！

就在这时，刘姗妮大叫起来。

她也回忆起来了，在小木屋里玩扑克牌时，她刚把自己的那沓牌拿起来，抬起一看，就望见在唐佩的身后有一个高大的黑衣人，拿着一把板斧就朝唐佩的脑袋劈了下去！

这一切发生得太过突然，姗妮还来不及反应，黑衣人已经抽出斧头，斧头上沾着的唐佩的血，飞溅到了她手上拿着的扑克牌上……

然而，更恐怖的记忆还在后面！

那天她在帮忙捡柴的时候，之所以天上会掉下一个枝条，那是因为……杀死唐佩的恐怖黑衣人再度出现在她面前，揪起她的头发，把她扔向空中！她的身体撞断了一根树枝，随后她跌落在地，脑浆飞溅，鲜血不断从她的头部流出来……

刘姗妮倒地后，许丝瑶和雷子炎的恐怖记忆也苏醒了。

那一天，篝火的消失是因为……在那个时候，忽然出现了一个黑衣人，对他们进行了疯狂的屠杀。

当时，所有人都四散奔逃，但是每一个被黑衣人追上的人，都一瞬间死在他的刀下。有些人是被砍去头颅，有些人是被砍去双脚，有些人甚至是被分尸为好多块……仔细回忆起来，当时所有在场的人，应该全部都被那个黑衣人杀死了……

不到十分钟，月冬湖岸边已经躺满支离破碎的尸体。那个黑衣人又走到每一个死去的人身旁，捡起所有残肢碎块，再把它们像橡皮泥一样揉捏起来！在被他重新组装后，人们很快复原如初，血迹也完全消失了。

原来，所有人都死了……只是被杀害的尸体被重新拼合在一起，并且忘记了……自己已经被杀害的事实！

尽管杀人只花了十分钟，但是把所有的尸体重新拼好，黑衣人花了很长时间。长到……篝火都熄灭了！

这时，许丝瑶的脖子上隐约出现一条红色的线。那条线开始很模糊，但很快越来越清晰，并且延伸到整个脖子，最后血慢慢渗了出来。

她本想说什么，但是从她的右肩到左边腰部，又出现了一条红色的线。她只向前跨了一步，身体随即分为两半，同时，头也掉在了地上！

雷子炎的情况更惨。他的脸上出现了千沟万壑的线条，随后，他的脑袋一刹那裂为几十块！

安源只能眼睁睁地看着这血腥的一幕。他还没有回忆起来，他也不敢回忆起来！

安源迎着凛冽的风，向山下狂奔。现在，他唯一的生机就是不要回忆起自己是怎么死的。

他知道，必须远离大知山，否则一旦回忆起来自己的死状，就没有活路了！

到了山脚下，他在公路上等车，然而，时间太晚了，路上根本看不到行人和汽车。

这时，安源忽然感觉那个梦渐渐变得清晰了。

他在树下看到的那个人影……是那个黑衣人！

"不！不能想起来！"他重重拍打自己的脑袋，想把那个回忆从脑子里赶出去。无论如何也不愿想起来！

他拼命在脑子里强行塞入一些需要思考的问题，微积分、矩阵、量子物理、宇宙的起源，什么都好，只要能冲走那个回忆！

但是……没有用。回忆正在变得清晰。

那个黑衣人蹲坐在树下，手里似乎正捏着什么东西。他那时很好奇，走了过去。

那是……黑衣人将一个被削得只剩下一半的脑袋，安在了一个只看得到下巴和鼻子的头上。他轻轻地捏着断开的地方，让那张脸的皮肤凹进去一些，又拉了一拉，那个头就变得完整了。

随即，那个黑衣人回过头，看着安源。他戴着一顶黑色帽子，帽子压得很低，看不清楚脸。

安源只想逃走，可是脚却软得不听使唤。

那个黑衣人没有对他做什么，只是盯着他看了一会儿，转身离开了。

安源几乎要虚脱了。

"太好了……我没有死……"

他又仔细搜索了一下记忆，确定自己没有其他遗忘的事情了。

终于放松下来了，安源取出口袋里的手帕，擦了擦额头上的汗。

擦到一半，他忽然感觉不对劲……刚才拿手帕的时候，在口袋里摸到了其他什么东西。

他连忙将手伸进口袋，拿出来的是一张出租车的发票和几张纸币。

根据上面显示的金额和日期，这是之前坐出租车来时的发票。但是，安源困惑了。他记得，自己到了大知山后立刻就下了出租车，根本没有拿过发票和找零啊！

这个时候，他猛然回忆起，那个时候司机硬是拉住他，要找零钱，并认真地打发票。

他只好无奈地坐着等发票打出来，而当他接过发票、装入口袋后，再抬起头时，只见坐在司机的驾驶座上的，却是一个戴着黑色帽子、脸被帽檐遮住、全身黑衣的人……

第二天，报纸的头版头条都是大知山上发现了好几具尸体的新闻。所有去过大知山的人，全部都死了。

约翰看着新闻报道，挤按着太阳穴。他的眼眸也已经变成了黑色的。

人类已经没有任何和鬼魂厉鬼较量的筹码了。

第 09 章
〔半身人〕

今天是知名的"黑色大地"乐队在高宁市乐莞广场上公演的第一天。这个乐队的五名歌手都是年轻人,他们在其他城市也有过许多演出。

下午三点,演出正式开始了。随着音乐声响起,广场上的人们激动地看着表演。深槐和蒿霖也在观众之中。

路深槐郑重地问道:"你真的决定了?要搬到高宁市来吗?"

"嗯,和伊润暗他们住得近一些会比较安心吧。毕竟,任静小姐她了解很多灵异方面的事情,也有很多经验。"其实,宗蒿霖最担心的还是蒿群。下个星期,她就会带着弟弟搬到这里,但是不知道他是否会习惯这个城市。今天是路深槐陪着她来看房子的装修进度。

"这个世界上,已经没有任何灵异体质者了吗?那么,约翰呢?"宗蒿霖还惦念着那个孩子,"他也没有不死鬼眼了吧?不用再受到煎熬和痛苦,可以幸福地生活了吧?"会那么简单吗?其实宗蒿霖自己也不相信。

路深槐无奈地看了她一眼,叹气道:"你也真的很辛苦。"他对宗蒿霖始终是有些愧疚的。要不是为了不死鬼眼的开发,他也不至于如此利用她。难得她不记恨自己,现在居然还愿意和他做朋友。

"伊润暗他们的鬼眼全都消失了，和我们一样都是普通人了。即使下一秒钟我立刻死去，我也不会感觉奇怪。"现场的欢呼声越来越高，但是路深槐和宗蒿霖根本没有听到。

乐队演出结束后，不少乐迷上前索取签名，多数人都是奔着主唱乐哲去的。

收好乐器，准备回去的时候，吉他手仲健文问道："谁来开车啊？我还是阿哲？"

乐哲正在兴头上，答道："我来开吧！"

"算了吧，要是再像以前那样……"鼓手刘之远摇着头说，"还是我来开吧。"

这时，广场上的人几乎都散了，乐哲恨恨地一把抓住刘之远的衣领，恶狠狠地说："你疯了是不是？我已经说得很清楚了，别再提这件事情了！你还要提，是想做什么？"

刘之远却更恼怒地说："你反应这么大干吗？我说的是事实！真是的，我自己回去了，还有，今晚我不回工作室了，你们不用等我。"

晚上七点多时，蒿霖回到了艾明市的家里，她刚进门就感觉浑身酸软。蒿群正在看电视，一见到姐姐回来，高兴地说："姐姐！你终于回来啦！新房子怎么样？"

"嗯，还不错……蒿群，晚饭有好好吃吗？"

"是啊，当然了……"

"嗯，蒿群，路叔叔也决定搬到高宁市去了哦。"

"真的啊？那太好了！"蒿群的性格开朗了很多，可蒿霖还是察觉到他眼神中的一丝忧郁。没有了诺索兰公司，他的脚也许永远都好不了了。

张雪文的包裹寄过来了。唯晶暂时停止了画画，她想调查事情的真相。

意涟就这样不明不白地失踪了，现在家里为这件事情乱了套。她无法把那天和约翰一起目击到的事情告诉父母，因为没有人会相信她。

或许，张雪文提到的事情会给她一些线索。张雪文是唯晶的一个老朋友，是一家报社的记者。

唯晶把包裹中的碟片取出来的时候，约翰就在她的身旁。

"你是相信我的，对不对？约翰？"

她并没有注意到，约翰的目光始终没有离开碟片。他的那双不死鬼眼，已经失去了具有妖异气息的紫色，而奇怪的是，没有任何人对这一点感到奇怪，似乎他从来都是黑色眼睛一样。

把门锁好，唯晶打开 DVD 机，把碟片放进去，她的心越跳越快。想起生死不明的意涟，她决定要了解这些神秘的事情。

约翰陪着她看碟，一句话也没有说。

看完整部电影以后，唯晶几乎无法呼吸了。

"不……不可能的……"

她早在网上查过这部电影《死离人形》的资料，原作者叫伊润暗，讲述的是一个会在腐尸内寄生的亡灵不断杀人的故事。可是，和她现在所看的这部电影完全……

"还有，还有八天……"她艰难地咽了一口口水。

约翰把碟片退了出来，问道："你愿意相信吗？你看到的一切是真的？"

"我不知道……"

"再过八天，高宁市会发生什么事，你应该清楚。"

唯晶抬起头，直勾勾地看着约翰，问道："你……从一开始就知道我会拿到这张 DVD？"

约翰不置可否，他毕竟曾经是灵异体质者。当初被带到美国的时候，他因为预知到了那件事情，所以使用不死鬼眼的能力逃脱了。他通过时空技术在短时间内成长为一个青年，并且回到国内，来到简唯晶身边。因为他知道，这样他就有机会接触到那张碟片了。

他的死亡日期……是在八天后。

"如果你愿意相信我，我就告诉你所有的事情。"

唯晶重重地点了点头。

"好，我先从诺索兰公司说起吧。"

悠扬的音乐声吵醒了熟睡的刘之远，他揉了揉眼睛，看了看四周，这里是一列正在行驶的地铁，虽然天色比较晚了，但是这里是交通异常堵塞的市中心，所以车厢内依旧人很多，幸好他有座位，否则站着真是累。他不知道自己睡了多久，忙问身旁的一个老太太："老婆婆，请问下一站是哪里？"

"哦，是源风路啊。"

刘之远这才松了一口气，距离他的目的地还有五站，看来自己睡的时间也不算长。他又把眼微微闭上了。

这时，两年前的那件事情不禁浮现在脑海里。这两年来，他一刻也没有忘记那个悲惨的场面。

但是，那件事情并不是自己的错。和自己一点儿关系也没有。

忽然，他感觉车厢里一下安静了。睁开眼睛的一瞬间，他怀疑自己在做梦。

刚才还拥挤得没有一丝空隙的车厢，现在居然变得只有他一个人了！

地铁依旧在疾速行驶。他捏了一下脸，拍了拍脑袋，想让自己清醒过来，可是，再怎么看，还是一个人也没有，除了他自己。

刘之远站起身，一节车厢一节车厢地跑过去。然而还是一个人都没有。就在他即将到达驾驶室的时候，他终于看到了一个人。

他刚松了一口气，可是随即，他全身的汗毛就根根竖起了……那是……那是……

橘黄色的椅子上，坐着……应该可以说是坐着吧……半个身体！那是一个人的上半身！

那半个身体所穿的衣服，是如此熟悉……这两年来他从来没有忘记过。

"不……不，那和我没关系……"他一步步后退，然而那个上半身却跌在地上。血飞速地朝着刘之远的脚下流过来，那个上半身也在地上爬行起来。

刘之远的脑子一片空白，他立刻转头往后面逃去。他知道，地铁如果不停下来，自己就会跑到尽头，可是现在他没有办法。是"他"回来复仇了！

刘之远每跑过一节车厢，就会回头望一眼，那半个身体以同样快的速度爬行着，始终紧跟着刘之远。

他跑到尽头了。刘之远知道自己要完蛋了。然而，当他回过头时，却发现那半个身体不见了。

他紧张地四处环顾，确定那半个身体真的消失了，暂时松了一口气，就去按地铁的紧急制动开关，然而……居然没用！他又想拉开地铁的门，当然是徒劳无功。

地铁还在行驶着，如果是正常状况，至少应该过了两三站才对。可是，当中却一次也没有停下来！直觉告诉他，那半个身体还会出现。

他坐了下来，掏出手机打110，然而地铁里信号不好，半天也没有接通。他的眼光警惕地望着四周，一刻也不敢松懈。

始终打不通电话，他恨恨地把手机放回口袋，打算再去试试紧急制动。然而……他站不起来。

他朝着自己身体下方看去……橘黄色的椅子下面，什么也没有……

"你是说……灵异体质者？鬼眼？"

听约翰说完，唯晶的心情久久不能平静。一旦被诅咒，确定了死亡日期，就绝对逃不过一死。而这个诅咒是一个整体，一旦某个环节被破坏，就会产生连锁反应，诅咒也会消除。

诺索兰公司就这样在这个地球上被莫名其妙地抹掉了，而八天之后，约翰也会消失。而且，偏偏在这个时候，所有的鬼眼能力者都完全失去了能力。约翰的不死鬼眼，是唯一的例外。虽然他不再是厉鬼体质，但是不死鬼眼的能力还保留着。不过，他的结局不会改变。

"之远不在你那里？"乐哲已经给刘之远打了不知道多少次电话，每次都打不通。今天下午还有演出，他不来该怎么办？

乐哲问了乐队的其他三个人，都说不知道他去哪里了。昨天闹了意见以后，他没回工作室。他们在这个城市才刚租好房子，积蓄不是很多，他难道还在外面住宾馆吗？

其他三个人赶到工作室里来，这里堆满了乐器，几乎连坐的地方都没有了。每个人都脸色阴沉，乐哲觉得刘之远太不负责了，怎么可以在这种时候玩失踪呢？

其他三个人分别是仲健文、唐海祥和黎英，他们都感觉，刘之远失踪，是因为他昨天提到了两年前那件事情后，乐哲的冲动反应，他当初是坚决反对那么做的。

"你们说……"性格外向的仲健文说，"会不会是他还对两年前的那件事情耿耿于怀呢？"

"够了，都说过了，那不是我们的错！"乐哲一直想把这件事情淡忘，他咆哮道："你们想想，当时除了之远，你们是不是都同意了我的做法？不管我们当初有没有那么做，结果都是一样的，不是吗？别再多想了，那只是一个意外，意外而已！"

"要不……今天下午的演出取消吧？"仲健文提出了建议。

乐哲坚决不同意："你开什么玩笑？少了一个鼓手又怎么样？我们一样可以唱！不管他了，我们按照原定计划演出，现在先排练一下，要重新安排节目了。"

仲健文看了看手表说:"还有一点时间,我再去找找看吧,我们刚来这个城市不久,之远对这里的环境也不熟悉,多找几个我们去过的地方,应该能找到他的。"

仲健文从小就爱弹吉他,高中时认识了爱好音乐的乐哲,和几个志同道合的人组建了乐队,高中没读完就出来闯荡。期间当然是很辛苦的,不过他们总算是唱出了名声。无论如何,他也不想失去任何一个成员的友情。

两年前的事情,至今他都感觉很不真实,仿佛是一场梦。事情发生的时候,每个人都很惶恐,那个时候乐队刚刚有了一点儿成绩,如果闹出丑闻来,后果不堪设想。

那个时候他们的做法,当然是大错特错的。可是,为乐队的未来着想,又是另外一回事了。想到梦想有可能一瞬间就被毁掉,他就觉得那个时候的做法是唯一的选择。

从今天早上起,雾就很大,大街上能见度非常低,仲健文看不清周围的情况。浓雾之中,他和一个人撞了个满怀,双方都跌倒在地。他连忙忍痛站起来,问道:"你怎么样?还好吗?"

对面出现了一张清晰的面孔,是一个年纪很轻的男子,模样很端正,他摸了摸后脑勺,活动了一下筋骨,答道:"没事,那么大的雾,我们都看不清。"

对方很有礼貌,让仲健文心里轻松了许多。刚准备继续赶路,那个男子问道:"嗯,你是不是'黑色大地'乐队的吉他手仲健文?"

仲健文回过头去仔细打量了一下男子,说道:"对,我是仲健文。你也很眼熟啊,好像在报纸还是电视上见过你……"

"是吗?我的照片是登过几次报纸,但是没上过电视。"

"哦,我想起来了!你是伊润暗,那个恐怖小说家!"

润暗现在已经失去了灵异体质,昨天刘之远的死,他自然没有能够预知到。不过他喜爱音乐，所以对这个乐队略有耳闻。

"真没想到居然碰到你……"二人异口同声说道。

"抱歉，我急着找人……"仲健文要不是想找到刘之远，他是很想和润暗多聊一会儿的，但是现在没办法。

润暗问道："你要找人？"

"嗯，也是乐队的成员，莫名其妙地联系不上了……"

现在的润暗对于"莫名其妙"这四个字很敏感，因为失去了预知能力，只能够靠直觉来判断灵异事件了。

"请问，到底是怎么回事呢？我在这个城市也住了一段时间，你这样漫无目的地找，也不容易找到。"

仲健文就和润暗边走边谈起来。润暗虽然不确定刘之远的失踪是不是灵异事件，但是宁可误会也不能错过任何可能，毕竟人间所有的死亡诅咒都是连锁的，破坏掉任何一环，他、润丽和阿静都可以得救。

"他以前都去过哪些地方？"润暗问道。

"平时大家都忙着练习，基本没什么时间娱乐，我实在想不出他会到哪里去。"

润暗浑身一个激灵。如果真是灵异事件的话，他又该怎么做呢？他和润丽都没有了灵异体质，以一个普通人的血肉之躯去面对这些可怕的诅咒鬼魂，他感到双腿发软。这个世界上最可怕的不是死亡，而是等待死亡。

过去他有鬼眼力量的时候，对未来能够活下来抱有很大信心，尤其是慕镜救出了润丽以后，他更认为，自己也许可以战胜诅咒。可是，他太天真了。现在他之所以能硬撑着不崩溃，就是因为还有阿静和润丽。

雾越来越大了。周围仿佛是一个未知的世界，看什么都是朦朦胧胧的。润暗都不知道自己在哪里了。仲健文也疑惑起来，早上听天气预报的时候，没有说会有大雾啊。

失去鬼眼以后，润暗可以去和别人联系工作了。为了保证日后的生活，他要继续写小说，已经和一家出版社联系了。靠着他的知名度，出版社对他的新书很有兴趣。他刚从出版社回来，就遇到了仲健文。

周围寂静无声。忽然，润暗眼前又变得清晰了，周围的景象一览无余。大雾居然在刹那间消散了！可是，他身边的仲健文却不见了！

仲健文越走越觉得奇怪。这时，他也和润暗一样，眼前一下变清晰了。可是，这哪里是都市？明明是在一座山上！他站在一条公路上！

"这里是……"这里的景色他绝对不会忘记。这正是两年前出事的那座山。那座山距离高宁市非常远啊！为什么会一下子就到了这里？

仲健文惊恐地拼命揉着眼睛，可是，两年前的景象就在眼前。他感觉脚下的公路仿佛随时会将他吞噬。这是……报应吗？鬼魂来索命了？

他开始在公路上飞奔，他知道，平息那个人——不，是那个鬼——的怒火的方法只有一个。必须让"他"的尸体入土为安！

没多久，他就来到了那个断崖旁边，断崖下面十几米处，是一条湍急的河流。这时，雾又开始变浓了，他只能摸索着走路，否则一个不小心就会掉下去。

尸体沉到水底已经两年了，估计现在已经化为骸骨了吧？仲健文开始怀疑，刘之远的失踪也和"他"有关系。

"对不起……对不起……"

他凭着记忆走上当初将尸体抛下的那座吊桥，这座吊桥连接着对面的断崖。吊桥还是很不稳当，稍微走动一下，就猛烈抖动起来。他想着，就算顺着下游去打捞，真的能再把尸体捞上来吗？而且，那就一定能让"他"放过他们吗？

吊桥越来越不稳当了。雾忽然又散开了。当他的眼睛能够看见东西后，立刻映入眼帘的，却是让他双眼充血的一幕。

他看向脚下……在原本应该是吊桥的地方，连接着两边断崖的、让他悬浮在空中的……是用手互相搭在一起的、无数个同一个人的上半身！

这时，他脚下踩着的那半个身体，将手松开了……

"宗小姐，你打算搬到高宁市来？"阿静在电话里问道。

"嗯，我已经和慕镜提过了。我会带着我弟弟过来，离你们家很近的，以后也能够有个照应。深槐也会搬到高宁市来，你放心好了，他不会再伤害你了。"

阿静其实也知道，路深槐不会再对她做什么了，因为她现在是真正的物理体质了。鬼眼消失了，但是阿静并不怎么绝望。她早就已经把最坏的情况都考虑到了，她本来就不指望这种本不属于人类的力量可以长久保持。这也可以说是一个信号，她的死亡日期已经越来越近了。

润暗和润丽也是一样。诺索兰公司的消失、灵异体质的抹灭，说明任何可以向这个诅咒挑战的力量都会被剥夺。阿静早就考虑到这一点，才长期对自己的身体进行药物实验的。药物引起的反应也许可以保留下来一部分。

也就是说，对抗身体内那道"门"的药物，在长期实验后，应该可以在身体里产生出一种抗体。今后邪物如果入侵她的身体，就没有那么容易能够支配她的肉体。至少，她要保证自己不会失去生灵的支配权。

"你们什么时候搬过来？"

"明天。嗯，我家地址是……"

阿静记录下住址，说道："我先声明，尽管你我都受到这个诅咒，但不代表我们就是同伴。润暗和润丽与我有长期信任的合作关系，可你不一样，如果诺索兰公司还在，那我们就是敌我关系，这个你不能否认吧？我知道你是为了你弟弟才帮助那家公司的，不过这也说明了一点，你为了你弟弟，可以做出任何违背你本心的事情。所以，我们之间的关系只能以情报互换为基础，不是同伴，顶多是结盟。明白了吗？如果在我们自身难保的情况下，我不会去管你的死活。我知道这话很难听，但这是事实。"

宗蒿霖完全理解阿静的话，如果站在阿静的立场，她也会作出同样的选择。但是，当知道她和弟弟都是被诅咒者时，她就觉得在这个世界上再也没有依靠了，只有寻求背负同样命运的人，互相支持下去了。她不想死，更不想让蒿群死。

放下话筒后，她发现自己的脸都湿了。蒿群已经睡下了。她抹了抹泪水，走进他的房间，吻了吻他的额头，再次在心里发誓要保护好他。

她现在真的感觉自己随时会崩溃。这时，又一个电话打了过来。

为了不吵醒蒿群，她迅速回到客厅接起电话，一个熟悉的声音传来："你果然还没睡啊……我也是睡不着呢。"

这个声音是深槐的。能够把自己看作同伴的，只有深槐了吗？

"我想见你，我就在你们家楼下。不要拒绝我，好吗？"路深槐的声音透着深切的渴望。

"嗯，好，我就下去！"

现在宗蒿霖不想再考虑任何事情了，她披上衣服匆匆出门。当她赶到楼下，看到路深槐顶着寒风站在门口，刚刚止住的泪又涌出眼眶。

她一下扑入深槐怀中，深槐也紧紧抱住了她。

"就算是要死，我也想和你死在一起。"这是路深槐的真心话。

虽然他一直认为，自己爱着愿姬，但是当他知道慕镜也有相同心意时，他就放下了这份感情。对于愿姬的感情，开始转变成对同伴的情谊。

最初对于蒿霖，他只是单纯地利用。他本以为这个世界不会再有慕镜和愿姬以外的人能让自己在意。可是，那只是他一厢情愿的想法。

他其实知道，自己很在意蒿霖，所以才会在她面前倾吐自己的心事，把没有告诉过任何人的关于愿姬之死的真相，毫无保留地向她倾诉。他一直陪伴在她身边，希望可以一直守护她。

　　现在，他终于清楚这是怎样的感情了。他只想紧紧抱住蒿霖，就这样，一直、一直和她在一起……

　　"明天，我来接你们，我们一起生活，怎么样？房子的钱我们一起付。"

　　"你……你说什么？"蒿霖有些面红耳赤地说，"你……你不会是说同居吧？"

　　"我不想和你分开了……一刻也不想。"

　　"不行啦。我弟弟在，怎么可以……"

　　"如果不是同居呢？"路深槐深情地看着宗蒿霖，她明白了。"难道……"

　　一个精美的戒指盒被深槐打开，一枚闪耀光芒的钻戒，几乎令宗蒿霖睁不开眼了。

　　"我们结婚吧！那样就不用顾忌你弟弟，而我们也能在一起生活了，好吗？"

　　这实在太突然了。前一分钟，蒿霖还在为自己的未来绝望，而现在，深槐居然就向她求婚了。

　　"你知道的，我们……"

　　"知道，所以更要在一起。就是做鬼，也要在一起，这样想不就好了吗？"

　　"可是……太突然了，我没有任何心理准备……"

　　对蒿霖来说，深槐原本是她憎恶的、但也是感激的人。他让自己进入了那家公司，同时也给了蒿群希望。以前她认为深槐是个无情的男人，可是最近和他的感情却越来越好，她在不知不觉中对他如此依赖了。

或许这并不是爱情吧，只是她想要寻找一个可以依赖、能够带给自己温暖的人罢了。这个人，就算不是深槐也没有关系……她原本是那么想的。

　　可是，此刻她忽然明白了，不是这样的。当阿静对她说出那些无情的话以后，她忽然感到，在这个世界上，能体谅她的心情、并能让她真正感到安心、幸福的，只有深槐了。

　　"别告诉我，你不愿意和我在一起。"路深槐真的很紧张。他很怕蒿霖拒绝他。今天去买这枚戒指的时候，他是做好了充分心理准备的。他知道，在未来，他和蒿霖都会面临死亡。可是，现在他觉得，能和蒿霖在一起，死亡也不那么可怕了。蒿霖曾经以性命为担保，请求自己不要杀害任静。那个时候，自己就被她深深感动了。

　　深槐和蒿霖之间，有许多事情是心照不宣的。

　　"我……我……"蒿霖知道，自己没有什么可犹豫的了。

　　但是，未来依旧那么黑暗，她也没有信心保护得了蒿群。也不知道，她和深槐，哪一个会先被诅咒。对他们来说，失去彼此，都是痛不欲生的。而且，她也有一个疑问。她和深槐，真的是因为被诅咒，才逃脱了诺索兰公司消失的灾难吗？

　　"诺索兰公司的消失，是因为他们创造出来的一个空间，开始入侵正常世界。所以，和这家公司有关的一切存在，都被抹掉了。"

　　约翰的话依旧萦绕在唯晶的脑海中。已经很晚了，她还在看那张 DVD。

　　她已经和雪文打电话确认过了，这张刻录盘果然和他那张原盘不同。碟片产生了异变。

　　唯晶也知道，诺索兰公司无意中开启了另外一个时空，而恰好是在那个技术开发出来之后的一年，伊润暗写的《死离人形》里，也出现了类似的异度空间的设定。这是偶然？还是某种无形的力量在操纵着一切？

而在那个空间里长大的孩子，目前还活在这个世界上的有三个人。其中一个当然就是约翰，另外两个是路深槐和铁慕镜。在那个空间长大、并且在那个空间的午夜零点死去并化为厉鬼的公孙愿姬，就是自己的克隆人。为什么自己也没有消失呢？

那个空间的入侵，把整个诺索兰公司拉入了另外一个世界。而且七天之后，那个空间的新一轮入侵又会开始。

把电视机关掉，退出碟片后，唯晶继续凝神思索着。

此刻，距离她两米远处，有一个梳妆台，镜子正对着她。

她并没有注意到，那面镜子里的"她"，正以无比怨毒的眼神，死死地盯着她！

仲健文失踪，乐队只剩下三个人了，下午的演出只能取消了。乐哲也开始担心起来，他很清楚，健文绝对不是一个不负责任的人。

难道健文真的出了什么事情吗？

乐哲一个人待在工作室里，点上一根香烟，考虑着要不要报警。他是乐队的主唱，也是队长，不能不对成员负责。

两个人的手机都无法接通，而且健文是去找之远的时候失踪的，那么……他和之远都出事了？但是，谁会对他们乐队心怀怨恨呢？

两年前的那件事情再度浮上乐哲的心头。

"不……不可能的！"

那天晚上，没有其他人目击那个事件。而且，他相信其他四个人也绝对不会把这件事情说出去。大家都发过誓，绝对不会泄露这个秘密。

他深吸了一口烟，又缓缓地吐出，这时，烟雾的飘动似乎有些不对劲，但是乐哲并没有注意到。

烟雾开始不断飘到空中，并大范围扩散。

过了一会儿，乐哲开始注意到了。

此刻缭绕在房间里的烟雾，似乎很像是一个形状……是一个人……不，准确地说，是一个人的上半身！

近在他眼前的烟雾，轮廓非常清晰。而盘绕在他脖子周围的烟雾，看起来就像是一双向前伸出的手！

那个清晰的轮廓，是……一张脸！

他绝对不会忘记这张脸！

"不……不要！"

乐哲拼命挥动手臂，想把眼前的烟雾挥散，他赶紧把香烟在烟灰缸里摁灭，逃也似的离开了工作室，连门都没有锁。

而工作室里，那根还留在烟灰缸里的香烟，依旧飘散着袅袅轻烟……

第二天，宗蒿霖醒得很早。

昨晚的事情，犹如梦境一般不真实。深槐居然……向她求婚了？而且，是那么迫切地希望和她在一起？

如果没有那段黑暗的未来，此刻的她，应该对生命充满了希望吧？可是，她却得面对一个没有未来的人生。

但是，更让她感到不真实的是……

"我愿意。"她昨天晚上是这样回答的。

她的脑海中，现在是一片混乱。可是，她知道，假如让她再选择一次，她还是会作出同样回答。

"有人吗？"润暗依靠阿静和润丽的情报搜集能力，很轻易就找到了"黑色大地"的工作室，也有了所有成员租住的房子地址。

他现在先是和阿静一起来到黎英的寓所。

昨天在大雾中，活生生的仲健文莫名其妙消失，这让润暗确定，这个乐队遭遇了灵异诅咒，而即使假定这个乐队的每个人都被诅咒了，现在也无法确定死亡日期了。

所以，现在只能假定，每一天都是死亡日期！一般来说，如果是连锁诅咒，每个被诅咒者的死亡日期不会相隔太远，既然是同一个乐队的被诅咒者，诅咒的起源都是相同的。问题在于，对方是否会相信自己的话呢？没有灵异能力的话，就无法证明诅咒的存在，即使对方有些不安，也不至于会相信自己到把每一天都当成死期来看待。

"必须要来硬的了。"这是阿静的结论。

好在多数她制作的药水都还有效，所以目前可以把乐队余下的三个人全部集中起来，来保证他们的生存。换句话说，是要"绑架"他们。

黎英住的公寓有三层楼，他住在底层靠近走廊角落的房间。

润暗按了门铃，阿静退到一边，她和润暗交换了一个眼神，手里拿着一个小瓶子。

然而，迟迟没有人来开门。

"是出去了，还是……"润暗和阿静都感觉到很不安……

"查到了。"唯晶把一张纸递给约翰，"根据你提供的资料，查到了这个人的住址、固定电话和手机号码。"

"果然，蒿霖姐姐没有消失。"约翰顿感欣喜。

蒿霖现在住在艾明市，所以，必须要阻止她来高宁市！

"她是你的姐姐？"唯晶不解地看着拿起话筒的约翰，他说道："嗯，虽然不是亲姐姐，但她是过去公司里对我很好的人……"

"喂，你好。"电话那头传来一个男孩子的声音。

"我想找宗蒿霖小姐说话。"

"我是她弟弟，请你等一会儿……姐姐，找你的电话！"

这时蒿霖正在厨房做早饭，她说道："蒿群，你问问是谁，我正在煎鸡蛋，让他稍等一会儿……"

约翰在电话里听到了蒿霖的声音，看起来她现在还好。蒿群，他想起以前蒿霖曾经和他提到过自己有一个弟弟。

"你好，请问你是谁？姐姐她在做早饭。"

"算了，我过一会儿再打来吧。"

放下电话，约翰总算松了一口气。蒿霖现在过得很好，而且她也不在高宁市。但是，他也很清楚，她一定会到高宁市来的，很可能就在这两三天里。无论用什么办法，都不能让她来到高宁市！

"你要怎么做？"

唯晶已经看过那张碟片里对未来的预告，她很清楚，约翰目前是无法离开高宁市的。就算通过电话让蒿霖不要到这个城市来，她也不会听的。

因为……那个异度空间，会召唤所有被诅咒者聚集到这个城市里来！

"我绝对不能让她到这里来！"

约翰对宗蒿霖的感情是很深的，他从小就是孤儿，生活无依无靠，后来被公司选中成为实验体，宗蒿霖是唯一一个真心对他好的人。

即使自己会面临诅咒，也绝对不能够让蒿霖姐姐也被拖下水！约翰在内心强烈地祈愿着。

蒿群放下电话后，就跑开去玩了。他没有注意到，话筒放歪了，所以电话会一直占线。约翰即使再打电话，铃声也不会响了。这一切就像被安排好的一样。

五分钟后，约翰又打电话过去，这一次是忙音。

"难道又有人打电话过去吗？"如果不马上联络到她的话，她就会到高宁市来了。而一旦她踏入这个城市，就再也无法离开，必须面对几天以后的恐怖诅咒了！

约翰又给蒿霖的手机打电话，而此时她的手机正在充电，是关机状态。

"先发一条短信过去吧，让她开机后立刻打电话给你。"唯晶这样说着，约翰却呼吸急促起来。他有一种不祥的预感，那个异度空间正在不断干涉他的行动，绝对会把蒿霖也给带到这个城市来的！

三个人聚集在乐哲家里，当听乐哲说起昨天晚上的骇人经历时，唐海祥和黎英虽然都感觉不可思议，可是看一向对这件事情讳莫如深的乐哲如此紧张，加上刘之远和仲健文的失踪，也不禁起了鸡皮疙瘩。

"你是……看错了吧？"黎英是个直爽的人，他对鬼神之论嗤之以鼻，但是两年前的那件事情给他心里留下了很大阴影。

"我绝对、绝对没有看错！那些烟雾确实变成了那张脸！不会错的！"

乐哲很激动，昨天晚上的经历他到现在还历历在目，他都不敢再回工作室去。

演出如果再拖延下去，就算是违约了。而如果报警，传出乐队里有两个人失踪，恐怕那些有签约意向的公司也会放弃他们。先不谈有没有鬼神，现在也必须做出一个决定了。

黎英虽然果断，但是他在乐队里一向没有威信，而唐海祥则是比较理智的，会出主意，过去和娱乐公司的接洽都是他负责的。

"如果我们……替他超度亡灵呢？"唐海祥这时也开始对鬼神有一些相信了，应该说是不敢不信。而且，两年前的事情，的确是他们的错。就算没有鬼，做一场法事，也多少可以减少一些自责。

"你是说……办法事吗？"

"嗯，是啊，这附近就有一所寺庙，可以在那里办。"

面对未知的事物，人们会变得盲目。乐哲也感觉这样做有道理，现在保命要紧，如果花一点钱可以消灾，也是值得的。

两个人的失踪，也不能这样置之不理。如果到了明天还是没有任何消息，就只能报警了。

商量好以后，三个人凑了钱，让唐海祥去那座寺庙问问。

他前脚刚离开，乐哲和黎英才坐下，门铃就响了。

"他忘了什么东西吗？"乐哲打开门时，还隔着一道防盗门。门外站着一男一女，都是不认识的人，但是相貌都很出众。

"你们……找谁？"

"是乐哲先生吗？"那个女的打量了一下他，问道。

"嗯，我是，找我有什么事情吗？"

那个女的点了点头，说道："看来没错了。乐先生，你最近……有没有遭遇到什么不可思议的现象呢？"

听到她这么说，乐哲顿时大为骇然，警惕地问："你们是谁？"他心里想，莫非真的有世外高人？

"能够帮助你的人。"

第 10 章
〔地狱录音带〕

蒿霖和深槐将最后一件家具搬上卡车，抹了抹额头上的汗，推着蒿群坐的轮椅到深槐的车上。

"心情真紧张呢……要搬到新的城市去住了……"蒿霖此时不知怎么的，心扑扑直跳，似乎现在要去的……是一个不归之地。

她握紧坐在身边的蒿群的手，对深槐说："开车吧。蒿群，我们就要搬到新的地方去了哦。"

"嗯！"蒿群看起来很兴奋。

车子开动后，蒿霖忽然感到口袋里手机在振动，应该是有人给她发来了短信。她拿出手机刚要打开，忽然车子行驶时正好有一个很大的颠簸，她手上的手机一下子甩出车窗外，紧接着就被后面跟上来的搬家公司的卡车碾碎了。

"还是无法接通吗？"约翰恨恨地放下电话，他不知道该怎么办才好。照这样下去，蒿霖一定会到高宁市来了。有什么办法可以强行阻止她进入高宁市呢？

"你这样着急也没用啊，等会儿我要出门，你跟我一起走吧，约翰，出去走走，放松一下心情。"

唯晶虽然这样劝着，然而约翰焦躁的心态还是平复不了。

"对不起，我现在也不知道该怎么办了。"

他本来是很冷静的，可是现在却如此慌张失措。唯晶觉得，蒿霖对约翰来说的确是非常重要的一个人。她可以理解，就像她对慕镜的感情一样。那种对方的安危时刻牵动着自己的心情，唯晶和约翰是感同身受的。

"嗯，你先出去一下吧，我要换件衣服。我一会儿是肯定要出门的。"

约翰点了点头，走出房间，轻轻地把门带上。

唯晶长长叹了一口气，走到衣柜前，刚准备打开门拿衣服，然而……正对着她的衣柜门上的镜子里，却是……浑身鲜血淋漓的自己！

约翰刚走出门，就听到了一声尖利的惨叫。他连忙又打开门，只见唯晶惊恐地倒在地板上，手直指着眼前衣柜门上的镜子。然而，里面却是正常的映像，没有任何奇怪之处。

"是她……是她……约翰，你说得没错……我的克隆体，愿姬……她的厉鬼还是不肯放过我……"

他感觉一切都很陌生。

从出生时起，他就不知道那道门外是怎样的世界。即使可以从书本、影像中对外部世界有所了解，可是他终究还是想亲眼看看。

用这双"鬼眼"去看看。

"喂喂，慕镜，醒醒啊，你怎么又睡着了？"

慕镜猛的睁开眼睛，看见的是一个女孩的侧脸。女孩大约十几岁，正端坐在慕镜的床前，胸口捧着一本书。女孩的旁边还站着另外一个男孩，年龄也是十几岁。

"嗯，抱歉，我又睡着了。愿姬，深槐。"

"你一想问题想得太深入就容易睡着，这个毛病还真是……"愿姬摇了摇头，然后把书翻开："这一页到这一页的内容，一个小时后我会抽几个问题问你。我们要不断地吸收知识才行，你的学习进度太慢了。"

愿姬太聪明了，最近慕镜越来越深切感受到这一点。她看过的内容绝对不会忘记，深槐也是只花了几天时间，就已经记住了上千个英语单词，而且可以倒背如流。在这个空间里，时间的流动和外面的世界不一样。

慕镜翻开那本书，按照愿姬指出的内容开始看起来。在他凝神思考的时候，忽然……他感觉背脊变得很凉，周围的温度似乎在不断下降。

他疑惑地放下书，走出房间，朝走廊外看了看。

外面一切如常，一条长长的走廊，尽头是一个拐角。

就在慕镜即将把门关上的一瞬间，忽然他的眼角看到从那个拐角处走过了什么！他立刻又将门猛然打开。

一个陌生的男人站在他面前，而男人的左胸……长着一张阴白的女人面孔！

慕镜被吓得魂飞魄散，立刻变出冥裂鬼刃，一下刺穿了那个男人胸口的女人面孔！紧接着，男人的身体就化为灰尘消失得无影无踪。

慕镜浑身瘫软倒在地上。当天，他把情况向公司汇报时，他们居然一脸从容，对他说："不要担心，你的灵异能力很强，不会有事的。"

然而，那件事情只是一个开始……

深槐和蒿霖正在朝高宁市开去，再过两个小时，他们就会踏入高宁市了！而此刻慕镜的不安也达到了顶点。

失去鬼眼之后，他虽然失去了预知能力，但是直觉告诉他，一定会发生什么极其可怕的事情。

就在这时，慕镜忽然感觉左眼非常疼痛，这种疼痛简直可以用钻心剜骨来形容，他咬紧牙关捂住眼睛，跑进厕所。他看到镜子里，自己的左眼居然流血了！

血泪？那些血飞快流到下面的盥洗台上，才不过几秒钟时间，已经有了一摊几十平方厘米的血迹。

而在这时，左眼的疼痛又忽然消失了，血也不再往外流。

"这是怎么回事？"

慕镜强烈地感觉到这一定是什么事情的征兆，他仔细地看着那摊血，上面清晰地映照出他的脸。不一会儿，那摊血居然泛起涟漪，随后……映照出了约翰的脸！

"你听得见吗？铁慕镜？"

约翰此时站在简家的厕所里，对着浴缸里的一摊血迹说话，他和慕镜可以通过那摊血进行交流。这是不死鬼眼的一种能力，可惜现在受到了限制，没有办法超越高宁市的范围起作用，否则就可以直接联络到蒿霖了。而对于现在体内只有生灵的约翰来说，发动这种能力，很有可能会导致自己的灵魂被这双鬼眼彻底吞噬，他几乎是在赌命。这也可以看出，他对蒿霖的感情有多深厚了。

"是你让我的眼睛流血的？"

慕镜看着那摊血迹，正要追问清楚时，约翰迫不及待地说："铁慕镜，听好了，我现在和你不是敌对关系，我们再过几天就会面临灭顶之灾。总之，你要想办法联络到蒿霖姐姐，千万不能让她到高宁市来！无论用什么办法都可以！"

慕镜一下子没反应过来，追问道："到底是怎么回事？告诉我！什么灭顶之灾？"

约翰尽可能长话短说，把他知道的事情都告诉了慕镜。

慕镜完全惊呆了。他原本以为，自己侥幸逃过了那一劫，但是，原来他根本没有脱离那个诅咒！

他立刻拿出手机打蒿霖的手机，却无法接通。再打深槐的手机，却是关机。

"怎么会……"他知道，今天是蒿霖搬到高宁市来的日子，她和深槐随时会进入这个城市。

"我知道了，我一定会阻止他们进来的！"

现在进入这个城市就无法逃脱了……慕镜心急火燎起来，如果是在过去，使用裂灵瞳眼就能轻松地进行空间移动，但是现在他只能做物理身体的移动了。

他抹了一点血，沾到自己的右耳上，这样就随时可以听到约翰的声音了。接着，他仔细考虑如何行动。

现在无法联系到蒿霖和深槐，不过从艾明市进入高宁市最近的两个地方，可以对他们进行拦截。他和约翰约好各自到一个地方守住，通过耳朵上的血迹随时保持联系。

冲出屋子后，慕镜跑到马路上拦下一辆出租车，还好现在交通不算特别拥堵，一小时内应该可以和约翰会合。期间他又不断拨打二人的手机，但是始终无法联系上。

"深槐……"对慕镜来说，在愿姬死后，深槐是最重要的人了。

他默默祈祷着，希望能有奇迹出现，尽管他也不知道，像他们这样的被诅咒者，还有没有会保护自己的神明。

他们是克隆人，不是背负着希望和爱出生的，而是为了人类的欲望和野心制造出来的武器，没有任何人为他们祝福。

"什么……你说我们被诅咒了？"

乐哲对这个看似荒唐的说法很轻易地接受了，毕竟那些烟雾化成的脸是千真万确的。而且这两个人看起来也不像是骗人钱财的江湖术士。

但是，黎英还有些怀疑，他仔细追问道："你们说被诅咒了就一定会死什么的，太夸张了吧？"

"那起集体离奇谋杀案，你们总该知道吧？"阿静拿出一份剪报簿，里面满满收集了许多难以解释的异常死亡事件，包括近期发生的遗忘死亡事件。因为死了太多人，所以在高宁市闹得沸沸扬扬。看到这些资料，黎英也有些相信了。

"那么，你们决定吧。我们现在不能确定你们的死亡日期，但是你们受到了诅咒的可能性很高。"润暗决定先向他们施加压力，"放任不管的话，很可能会出事。告诉我们，你们有没有什么线索？关于那两个人的失踪。"

乐哲和黎英面面相觑，在犹豫要不要把两年前的事情说出来。

"不说吗？"阿静已经看出他们有事情隐瞒，也懒得再和他们废话，对着虚空处使了一个眼色。

"你们不说的话，我也很难办啊。"

黎英苦笑着说："任小姐，我……"

在他张开嘴巴的一瞬间，忽然眼神变得呆滞，然后头渐渐垂了下来。

阿静知道，用变色龙液体隐形的润丽已经把催眠药水滴进了黎英嘴里，就不失时机地问："我再问一遍，你们有没有什么线索？"

"两年以前，我们乐队在一天晚上……"黎英开始机械地说话，乐哲连忙紧张地拉住他说："你疯了？这事怎么能说出来？"

但是，催眠状态下的黎英无法停下来，他就这样把整件事情说了出来。乐哲心里对于诅咒的说法很在意，也就不再阻止。

"原来如此。要是他化作鬼来复仇，我也不觉得奇怪。"阿静的语气明显变得很冷淡，乐哲没有反驳，他也知道，这件事情局外人是无法理解的。

"你们什么也不懂，我们那么做也是迫不得已。"

"办法事还是免了吧。要是那么容易就可以解开诅咒的话，我们也不至于那么辛苦。"

虽然阿静那么说，但是办一场法事总可以心安一些，无论是否有效，乐哲都打算试一试。唐海祥还没回来，他已经出去得太久了。

慕镜已经到达了他的目的地。在高宁市的边界处，他发现自己无法再走出去了，不是遇到了什么障碍，而是他发现自己内心在阻止自己离开。不管怎么想救深槐和蒿霖，他发现自己都无法再向前跨出一步了。

"既然对方是索命的冤魂，表达歉意或许更实际一些。你们不如去公安局自首，这样或许可以平息他的怒火。"阿静提出了一个比办法事更加实际的建议。

乐哲立刻摇头。他对于诅咒一说还没有相信到那种地步，一旦向公安局自首，必定会成为他一生无法抹去的污点，歌手生涯就彻底终结了。

阿静不禁为眼前的人感到可悲，都死到临头了，还对身外之物看得那么重。如果这条命没了的话，名声、前途就没有任何意义了。除非他们愿意去自首，否则那个冤魂恐怕非要杀掉他们才能解恨。

但是，阿静也不能排除他们遭遇的是没有源头的鬼，而且以她和润暗目前的体质来说，想救下被诅咒的人，是根本不可能办得到的。她陷入了深深的迷惘之中。

而这时，深槐和蒿霖、蒿群，距离高宁市越来越近了……

第二天，黎英收到了一盒磁带。随着磁带一起寄过来的，是唐海祥写的信。他昨天没有回来。

润暗没有收到任何有关慕镜的消息。他不知道昨天究竟发生了什么事情，只是手机里收到了一条慕镜发来的短信，说是要他立刻帮忙去市郊帮忙，截住即将到来的深槐和蒿霖，具体原因没有说，只说绝对不要让他们进入高宁市内。

黎英把磁带放入录音机，按下播放键。一开始是一段空白，后来，是一个听起来很阴郁沉闷的声音："黎英，如果你拿到这盘磁带，那我就已经死了。朋友一场，请你好好听我告诉你我的经历。"

黎英几乎屏住了呼吸，等待着后面的内容。

"我们被诅咒了，两年前的那个亡灵回来复仇了。本来这盒磁带是录我们的歌的，我身上一直带着录音机，刚才，我看到了他！你想说我疯了，对不对？不是的，乐哲说得没错，他化为厉鬼回来了！我现在就跟在他后面。还好周围人很多，所以我还不是很害怕。这里是乐莞广场，他表面上看起来和正常人没有两样，身边还有两个人陪着他。虽然我没有看清楚那两个人的长相，不过，似乎都是活人。"

黎英咽了咽口水，乐莞广场不就是前几天他们表演的地方吗？

"他现在看起来和活人没有区别……"唐海祥的声音越压越低了，黎英不得不调大音量才能够听得清楚。

"现在，我穿过了四甲路，来到升月电影院的门口……"

听到这里，黎英拿出地图来，开始根据磁带的内容比照，想象着唐海祥的行动方位。他好不容易找到了四甲路，而唐海祥的音调也变得更加低沉了。

"黎英，我并不是胆子大，而是……我担心就这样逃避下去，会和之远他们有同样的下场。如果能够找出这个诅咒的真相，或许我们就可以活下来……"

磁带里混杂的汽车声和嘈杂人声渐渐消失了。

"这里是……富元桥附近，周围的人变少了……"

虽然黎英并不能亲身体会唐海祥当时的感受，但光是想想就感觉头皮发麻了。估计他之所以还有胆量继续跟下去，除了想要解开诅咒以外，更多的原因是因为还有那两个活人在吧。

有两个活人在的话，即使那个是鬼，但是看他们在一起，心里的恐惧感也能够消除许多。不过，黎英有个问题想不明白。唐海祥为什么确定他们是活人？是因为在太阳底下，他们有影子？

"现在，我正沿着河滩跟着那三个……他们进了一条巷子，但是岔道很多，距离太远可能会跟丢，我对这里的路不熟悉。"

黎英抹着额头上的冷汗，那场面光是想想就让人双腿发软了，亏唐海祥还有胆子一直跟着。如果是他，恐怕已经迈不开步子了。

"好静……这里好安静……"磁带里的说话声几乎小到听不清楚了，反而是唐海祥的喘息声更大一些。

黎英把音量调到最大，但是他又担心听到什么很恐怖的声音，随即又把声音调小了。

"还好，没有跟丢。那两个活人一直在谈话，可是我听不清楚，他们和他好像很熟悉的样子……"

黎英不断猜测那两个活人的身份。要是唐海祥现在站在他面前，他一定会问，那两个人是否长得像黑白无常？他真希望，那两个人能够把他……送回到原来的地方去。

"啊，刚才其中一个人回过头来看了一下，他好像注意到有人在跟踪他们……"

听到这里，黎英的心也揪紧了。接着，磁带里传出另外一个陌生的声音："刚才好像有人在跟着我们啊？"

然后是一个女人的声音："不会吧？我觉得没有啊。你是神经过敏了吧？"

那两个人的声音听起来很正常，黎英想，或许他们真的是活人。

"还好，他们又继续走了。我不知道还该不该继续跟踪……"

黎英知道他一定又跟了过去，否则，这盒磁带就不可能到自己手上了。因为他开头说过，如果自己听到这盒磁带，就代表他已经死了。

"我自己也不知道到底走到哪里了，已经穿过了好几条巷子了，可是，一个人也没有看到……"

忽然，唐海祥的声音停住了，过了十几秒，就连他的喘息声也没有听到。

然而，却有什么东西朝这边移动过来的声音，这声音听起来不像是走路，而是有点像……

接着，黎英听到了飞快奔跑的声音和重重的喘息声。唐海祥……

在逃跑！都跟到这个地步了，突然要跑……那么，他是被发现了吗？

黎英努力想象着当时的情形，唐海祥是如何奔逃的。然而，听了很久，唐海祥都似乎持续在狂奔，话都说不出来。

后面有一个声音在紧紧跟随着他。那个声音，黎英越来越感觉熟悉，可就是想不起来。

"不……不要，别跟着我，别跟着我！"唐海祥的声音很惊恐，估计他是一直把录音机放在衣服口袋里，否则拿着它是跑不快的。

那个声音渐渐盖过了唐海祥的惊恐求救，紧接着，一个异常的声音响了起来，而且越来越响。黎英把录音机的声音开到最小，那个声音还是非常清晰。

那是……类似口哨的声音，不，就是口哨声！

这口哨声，和那天晚上，山路上的那个声音一样！

终于，那个声音忽然变得遥远了，越来越轻，不知道是唐海祥摆脱了追逐，还是……

"呼，呼……"唐海祥似乎停了下来，持续狂奔让他上气不接下气了。

然而，他的喘息声突然停止了。

黎英猜测他又看到了什么令他很震惊的东西，真可惜这不是录像带。这次的空白持续了半分钟左右。

"黎英，这座大楼，刚才明明……"

大楼？黎英仔细看着地图，那一带都是平房，哪里来的什么大楼？唐海祥跑了那么远吗？

"刚才，明明，没有看见啊……"

黎英差点儿从椅子上跌下去。这……这不是鬼故事里才有的情节吗？

这个时候，那个口哨的声音又响了起来！

唐海祥又迈开了步子！黎英估计，这时他是跑进那座大楼里了！

黎英按下了停止键。实际上，到目前为止，还没有发生什么非人类的现象。虽然唐海祥说看到了"他"，但是，人有相似，毕竟事情都过去两年了，记忆也许靠不住。

黎英打算去确认一下。从磁带里唐海祥跟踪的时间来判断，巷道错综复杂，他当时肯定是慌不择路地逃跑，多半是迷路了，也许是离开那一带看到什么大楼了。

润暗和阿静已经跟黎英说好，发生了什么事情的话，一定要打电话给他们。但是他对那两个人终究还是不大相信。

离开住处后，黎英看着地图来到了那一带。

这时是大白天，来往的人很多，这让他放心了不少。黎英左顾右盼了很久，才提心吊胆地走进一条巷子。

从磁带里的声音判断，他现在走的，与昨天唐海祥走的是同一条路线，而他身边的人渐渐变少了。

终于，他来到了一个岔路口，而这里估计就是唐海祥开始逃跑的地方。他开始分析，唐海祥会往哪里逃跑呢？

一般来说，危急状态下应该选距离最近的路。可是，黎英却不知道当时唐海祥具体的位置。毕竟这里有四个岔道，往哪一边逃都是有可能的。

唐海祥之前在磁带里详细描述过走过的路，所以黎英才能顺利找到这儿。可是，唐海祥逃跑时几乎没说过话，对路径就无法确定了。

这时，他忽然想到，唐海祥说过，"刚才"没看到那座大楼。那么，代表着那座大楼在他来的时候走过的路上。

那么，难道是往回走吗？黎英觉得有些诡异了。

这个地方他从来没来过，就算依靠磁带里的讲述，这么复杂的巷道，而他居然一直能够把路走通，而不进入死胡同里……这太不可思议了！

他有一种异样的感觉，他自己也说不清的感觉——好像唐海祥昨天走的就是这条路线！

"奇怪，这太奇怪了……"此刻黎英的身上也带着一个便携式录音机，磁带就放在录音机里。

事实上，还有一件事情，黎英始终没有想明白。

磁带的开场白有一个很大的矛盾。

"如果你拿到这盘磁带，那我就已经死了……"

唐海祥一路随身录制磁带，并跟踪着疑似是冤魂的"那个东西"，唐海祥既然感觉自己也许会死，那么，这盘磁带怎么能够到得了自己手里？唐海祥是如何有把握，就算自己死了，还能寄出信和磁带呢？

但是，磁带的声音和信上的笔迹确实是唐海祥的，这一点毋庸置疑。

黎英忽然停住脚步。

"不……不可能的……"

他进入小巷的地方，那里……伫立着一座刚才还不存在的大楼！

几乎是在同时，他不由自主地又按下了录音机的播放键……

慕镜犯了一个很大的错误。确切地说，他和约翰都犯下了一个很大的错误。

他们居然都忘记了，高宁市最近修建了一条地下隧道，而那条隧道是被他们忽略的进入高宁市的入口！

"你们……说什么？"

简文烁和隋云希目瞪口呆地看着眼前的慕镜和约翰，当听他们说出全部真相后，完全无法相信。

简文烁知道诺索兰公司的研究项目，隋云希当时生下了克隆体愿姬。协助这项研究也是迫不得已，因为当时简文烁在破产边缘，如果没有那家公司的注资，就不可能撑下去。

然而，那家公司莫名其妙消失了，没有留下一丝痕迹，他们却还保留着这段记忆。经过调查，他明白为什么自己还有诺索兰公司的记忆了。

因为……自己住在高宁市！这个城市没有诺索兰公司的研究开发机构。

虽然这个城市的居民也没有了和诺索兰公司有关的记忆，但是，曾经戴过那块手表的人，在这个城市里，记忆会留下来。

一切灾难都是从诺索兰公司在十多年以前，无意中打开了一扇通往禁区的门开始的。而令人费解的是，恐怖小说家伊润暗的小说《死离人形》，居然提到了那个异空间的存在。

事实上，在诺索兰公司，只有类似路深槐这样的高层，才知道这个秘密。诺索兰公司有一部分超时空领域，并非是通过物理技术达到的科学成果，那是……本来就存在着的异度空间！

十多年以前，美国有一批科学家在国内进行超能力现象实验时，发现国内有许多被传有灵异现象的楼房。赞助这批科学家的，是一个叫金·诺索兰的富豪。他狂热地追求永生不死，探索灵魂的奥秘现象。他认为，科学和灵异其实是对同一现象的不同解释，而追求不死是他的最终目的。

搜集了大量情报以后，这批科学家进入国内，暗中资助国内企业家，把那些有问题的楼房全部高价买下，改造成诺索兰公司的实验大楼，经过反复实验，终于能够了解了那些灵异现象的特质。

在那些楼房内部，时空呈现扭曲的跳跃状态，并且有很多人曾经目击过古怪的现象。那些楼房多数都是民居，有许多是建造了很长时间的老房子，但是却查不出房屋竣工时间的记录，而且也从来没有里面住过人的资料。

那些楼房没有业主，而它们所在土地的所有人，也查不到信息。总之，这些异常楼房虽然的确客观存在，却完全隔绝人类社会而独立存在着，没有任何与活人有关联的记录。

而这些现象，全都是科学无法解释的，为了便于搜集情报，探索这个空间的特性，公司开始大量克隆灵异体质者，将他们投入这个空间生活。

　　在那些特殊空间里制作的手表，拿到外面正常空间会以高倍速走动，而戴上手表的人，身体的新陈代谢也会高速进行。所以，后来凡是诺索兰公司的员工，都要携带这块手表，上班的时候要是忘记携带，就会立刻开除。

　　这个实验的参与者因此不断扩大，然而，高宁市却没有出现过任何这种灵异现象。

　　就在这个实验计划启动后不久，一部名为《死离人形》的恐怖小说面世。这部小说讲述的是一个寄生在腐尸身上的亡灵，而那个亡灵就是生活在一个特殊的空间里，能够错乱时间而行动。单单只是这样，其实还没什么，但是，小说里提到会产生死离人形的那几个城市，全部都是实际发生过那些恐怖现象的城市！

　　不仅如此，《死离人形》的具体情节，有许多都是诺索兰公司的机密实验成果。那个时候，小说曾经引起过高层的警惕，调查了一段时间，但是除了查出该书作者伊润暗的父母死因不明之外，他和公司不可能有任何关系。所以，最终只能认为是巧合，直到今年，路深槐发现了润暗的灵异体质，公司才重新对他重视起来。

　　润暗是灵异体质者，有预知能力，还记得诺索兰公司的存在也不奇怪，但问题在于……为什么他能够写出那本小说来呢？

　　"你的意思是说，几天以后，我们也会步诺索兰公司消失的后尘吗？"简文烁见识过约翰的能力，很难不信他的话。

　　"是的，我是首当其冲的。"此刻约翰的表情很平静，一点儿也不像在说自己将死的事情："我的不死鬼眼，是金·诺索兰最为期望的成果，那就是脱离时间的束缚，达到灵魂不灭的状态。不过，现在的我，恐怕也控制不了这双眼睛了。据我估计，这个庞大的连锁诅咒已经疯狂了，人类一丝一毫的抵抗能力都没有。"

"那我……我们该怎么办？"一直沉默的隋云希终于按捺不住了，"唯晶她为什么也会被诅咒？我根本没有让她进入过那家公司，她也没有戴过那块手表啊！从小到大，我一直都对她隐瞒这件事情……"

"这个诅咒并不单单是针对那些直接被诅咒者。那个异度空间里时间错乱，所以，也会扰乱正常空间里的因果。对于愿姬来说，唯晶就是她诞生出来的'因'，如果愿姬的存在被那个空间诅咒而消失的话，那么唯晶也不可能例外。还有，生下了她的你们，包括你们的父母，一直追溯到你们的祖先，在这个世界存在过的痕迹都会被抹得干干净净，因此牵涉到的因果之庞大难以想象。"

这也就是为什么，诺索兰公司消失后，那些职员的家属也一并消失了。

几天之后，所有人都逃不掉了。他们都会从这个世界上消失，被人彻底遗忘，不留下任何痕迹。这种诅咒，比死亡还要恐怖！

黎英不由自主地进入了这座大楼。

录音机里再度传来唐海祥的声音，似乎追逐他的那个"东西"暂时跟丢了他。

看起来这是一座废弃的大楼，地上都是砖块，墙上也是裸露的砖块，有些地方甚至开裂了。可以逃跑的路只有楼梯。而这些楼梯根本没有扶手，好在台阶够宽。

"我现在是在四楼……"

黎英按下暂停键，也走到了四楼。他感觉这个地方有些熟悉。

虽然只是四层楼，可是他每跨一个台阶，都要左顾右盼一番，所以花了半个小时才走到。而四楼看起来只有走廊，到处都看不到门。

再度按下播放键的时候，唐海祥说道："这里怎么都看不到门，我现在向左边走……"

黎英如同是被磁带的声音指示的机器人一样，也向左边走过去。

"穿过前面的走廊后，能够看到一个岔路口。"

果然，前面出现了岔路，左右各通往一条路。

"我决定走右边试试看……"

黎英按照唐海祥当时的路线走过去。他来到右边岔路，前面是一条更长的走廊，连尽头都看不清楚。

"我现在看到的是一条很长的走廊，还是看不到门。"

没错，周围的确没有门，连窗户都没有。不过，那种陌生的熟悉感越来越强烈了。

"墙壁上有古怪的画……看着让人心里很不舒服。"

听到这里，黎英也注意到了唐海祥所说的画。墙上画的……全都是半截身体！

黎英感到头皮发麻。"这到底是怎么回事！"

黎英越往前走，看到画的内容越血腥、越真实。线条越来越熟练，画面越来越逼真，似乎画的人一直在用心练习。到后来，那些画面像真实情景一样血腥可怕！

整面墙壁都被涂得鲜红，一具断裂的身体在正中央。

"怎么会……这画太逼真了……"

唐海祥在磁带里发出的感叹，黎英完全赞同。

这是他们犯下的罪。如果让黎英再选择一次，他宁可放弃乐队，回去读书，就算再辛苦，也比现在这样提心吊胆、朝不保夕要好。

"这颜色实在是用得太好了……怎么会……摸上去怎么会是……"

听到磁带里那么说，黎英的手也不由自主地摸了上去。

怎么可能？这些颜料居然还没有干！

也就是说……这幅画刚刚画好不久！画画的"人"还在附近！

"我，我不想再待下去了……"

就在这时，磁带里忽然传出了古怪的声音。那是……类似肢体撕裂的声音！而且，之前那个古怪声音又传了出来！

黎英感觉自己就要回忆起来了，那个声音到底是什么……还有，这个让他如此熟悉的大楼……

磁带里传出什么东西倒在地上的声音。难道是唐海祥吗？

"不……求你别杀我……我错了，是我错了……"

那个古怪的声音，似乎是什么东西在滚动……那个声音逼近了唐海祥，它越来越清晰了。

口哨声再度响了起来。

"够了……够了！"

黎英把磁带从录音机里拿出来，慌乱地把磁带拉出来扯断。

"求求你……求求你放过我……"

磁带里唐海祥的声音居然还在继续！

黎英已经分不清现实和磁带的区别了。因为，他好像也听到了那个古怪的声音，如同什么东西滚动的声音！

"不，不要啊……不要——"

唐海祥的声音越来越惊恐。

实际上，黎英并没有来过这座大楼，也不可能对这里有熟悉的感觉。但是，高宁市已经被异度空间入侵了。

磁带的声音终于停止了。

黎英半蹲着，忽然鬼使神差地把磁带的另一面放进录音机。按下播放键以后，一个令他毛骨悚然的声音传了出来。

那不是鬼魂的声音……

"乐哲，如果你拿到这盘磁带，那我就已经死了。朋友一场，请你好好听我告诉你我的经历……"

那是他自己的声音！

第 11 章
〔错乱的死咒〕

　　宗蒿霖拉开窗帘，让阳光洒入室内。

　　终于搬进了新家。有深槐帮忙，房子的尾款不是问题了。如果这里可以成为他们以后的家，实在是莫大的幸福了。

　　蒿群见姐姐满脸都是笑容，不禁好奇地问："姐姐，你今天看起来很开心啊。有什么事情呢？"

　　蒿霖回过头，走到蒿群面前，蹲下身子说："蒿群啊，你觉得路叔叔怎么样？如果他做你的姐夫，你觉得怎么样？"

　　蒿群呆了呆，有些不确定地问："真的吗？姐姐，太好了。你终于找到自己喜欢的人了。我原来以为姐姐你会因为我，一直都不谈恋爱呢……"

　　看来蒿群并没有什么不满，这让蒿霖内心宽慰了不少。她的无名指上已经戴上了那枚戒指，她轻轻摸着戒指，回想着过去的日子，非常感慨。公司的科学家们甚至在海外也找到了这个异度空间的入口，她以前没有想到，这差点儿就害自己从这个世界上彻底消失了。

　　"蒿群……"她抚摸着弟弟的脸颊，"今后，就让路叔叔……不，是姐夫和姐姐一起和你生活下去吧。我们都爱你，绝不会放弃你的治疗，一定会让你重新站起来的。"

"你放心吧，姐姐，我没事的。"蒿群看起来很坚强的样子，他拍了拍蒿霖的肩膀说："你放心好了，姐姐！我不会再让你担心的，我都长大了，不能老让你照顾我啊。我现在也不是完全不能走路啊。"

　　"是啊，蒿群是个男子汉了啊。"她忽然想起和深槐约好下午见面，问道："蒿群，现在几点了？"

　　蒿群没有去看他手腕上的表，而是从口袋里取出了一块银白色的手表来看着说："现在是……"

　　蒿霖的眼珠子差点儿瞪出来。她一把抢过那块手表，拼命摇着蒿群的双肩，呼吸变得急促起来。

　　"蒿群，为什么手表会在你这里？我明明扔掉它了啊！这是我过去工作时带的手表，为什么你会拿着它？你有戴过它吗？告诉我！"她最后的几个字几乎是歇斯底里地吼了出来。蒿群表情茫然，支支吾吾地说："姐姐，我不是故意要拿你的表……"

　　"这不是重点！这块手表是诺索兰公司的，你看，这里还刻着'诺索兰'的英文！这块手表我已经扔掉了啊！为什么你会……"

　　"不是的。"蒿群急忙解释道，"那天我看到你放在桌上的这块手表，指针走的速度实在太快了，根本就不准，所以我想你的表坏了，就帮你另外买一块吧。路叔叔到我家来的时候，他也把手表脱下来放在桌子上，也和你的表一样，指针走得很快，所以我就连他的也一起买了。我让保姆带我出去，买了两块走得准确的表，把你们的表换了……"

　　宗蒿霖恍然大悟。她明白为什么自己和深槐没有消失了。

　　慕镜没有消失，是因为他当时待在高宁市，而且他当时也没有戴手表。而自己和深槐，则是因为戴的是普通手表，才逃过一劫。

　　因为这块手表不是显示正常的时间，只是将自己的身体每时每刻都和那个异度空间连在一起，所以平时根本不会有人去看手表，所以她一直没有发现手表被换掉了。

"但是，为什么你拿这块手表来看时间呢？不是不准吗？"

蒿群的回答让她非常意外："最近这块表好像变好了，指针的走动变得正常了。反倒是平时我戴的手表经常出问题呢，不过，因为那是姐姐你送我的礼物，就算走得不准我也是要戴的。"

她接过那块手表一看，果然，指针走动得很正常。

"怎么会这样？"

"对不起啊，姐姐，瞒着你这么做，是因为我担心，如果我买好手表送给你，你不一定会接受，因为你一向很节俭。"

"蒿群，你没有戴过这块手表吧？"

"嗯，没有……"

"回答我，真的没有戴过吗？我不会生气的。"对蒿霖来说，确认这件事情比什么都重要，万一这块手表真的被蒿群戴过，那就意味着他和那个空间建立了联结。这是她绝不愿意看到的。

"没有，我绝对没有戴过这块表。"

宗蒿霖总算放下心来。她说："蒿群，我现在要出门去见一个人，晚上我会回来帮你做饭的。对了，路叔叔的手表也在你这里吗？把它给我。"

宗蒿霖必须确定到底发生了什么事情。这块手表为什么突然变得正常了呢？

路深槐前往蒿霖家时，收到她发来的短信，说她现在要到润暗家去，让他也立刻过去，似乎很紧急的样子。

发生了什么事情？他也开始着急起来。

"怀表？愿姬，你喜欢带怀表？真少见啊。"

深槐回忆起，公司帮他们定做手表时，愿姬坚持不要手表，而要怀表。愿姬和他们一起生活的时候，拿着银色表链，看着怀表时，动作很优雅。她做事很严谨，所以房间里总是很整齐，而且做事很有计划，不会随意安排时间。

愿姬死后，路深槐一直戴着她的怀表。那块联系着愿姬的灵魂和异度空间的怀表，是一个媒介。而这块怀表现在居然开始走动了，而且正常地显示时间。这一点，本身已经很不正常了。

他判断，那个空间一定是又发生了什么异变。表面上看，随着诺索兰公司的消失，那些灵异现象大楼也不见了。但是，灵异恐怕是以另外一种姿态，无孔不入地展开了新一轮诅咒。

愿姬过去就对那个空间有过很多想法和见解。尽管公司最后认定伊润暗的小说《死离人形》只是巧合，愿姬却从不那么认为。

"伊润暗这个人和公司没有关系，这一点我不否认。"愿姬分析道，"我很清楚公司的情报调查手段，结论必然不会有错。但是，他却写出了和现实如此相似的小说，我想，恐怕这个空间没有我们想象的那么简单。之前我们认为，这个空间只是时间的流动和外面不一样而已，但是，恐怕这个空间并不是时间流动得比外界快，而是一个错乱的异度空间。"

愿姬拿着《死离人形》的书，指着书的封面上一个巨大钟表说："这是一个灵异空间。在这个地方，时间并不是自然而然地在同一个领域行进，而是被这个空间吸收了。时间不会无缘无故消失，被我们遗忘的时间，或许会在未来某一刻释放出来。如果我们确实经历过的时间会被吸收的话，这意味着什么，你们明白吗？"

慕镜那时还不明白，深槐却有些懂了："你是说……我们存在过的时间，会不断被吸收，就如同……我们根本没有经历过一样？"

"最坏的情况……"愿姬的神情很阴郁，"错乱的时空会造成因果颠倒，和《死离人形》描述的一样。"

难道，是因为伊润暗写了《死离人形》，这个异度空间才产生出来的吗？可是这个空间的产生，却是在小说写成以前啊！

如今，路深槐已经无法怀疑愿姬的推论了。真实恐怖片事件已经证实了这一点。而且，《死离人形》的因果颠倒现象也的确出现在其中一个被诅咒者的身上。这太可怕了，未来发生的事情，早在过去就产生了结果？

愿姬还得出了一个极为恐怖的结论："伊润暗的父母，也是这种因果颠倒现象的受害者。"

慕镜抢先深槐一步说出了答案："是不是，因为未来的伊润暗写出了这部小说，并因为某种无解现象，在过去就表现出了结果，所以，他的父母才会死？他们被小说里提到的三道爪痕杀害了？那是不是说……如果伊润暗没有写过那本小说，他的父母就不会死？"

"表面上看，伊润暗似乎是根据他父母过去的死亡来构思出《死离人形》的，但是，如果是这样，那么这个空间的存在和他的构思如此相似就说不通了。创意相同还可以理解，但是他没理由会知道那么多现实中发生过的事情。小说里面的情节，几乎没有一个是虚构的。"

路深槐当然不会告诉润暗这个结论。因为这太残忍了，这就等于是告诉他，是他杀害了自己的父母！

润暗所写的《死离人形》，在六年后被屠兵宗收藏的同名恐怖电影，在万圣节时现实化，而这个现实化错乱了时空，在十多年以前就开始表现出了具体现象。

而诺索兰公司的消失，也是因为，和那个空间扯上关系的人存在过的时间都被吸收了，并且会在未来影响更多的人。谁都逃不掉！

抚摸着愿姬的怀表，路深槐在内心祈祷着他们可以度过这场灾难。如果不能战胜这个诅咒，就太悲惨了……

他们，绝对不能被一部小说虚构出来的异度空间，从这个世界上抹杀掉！

"我再给她打个电话试试，现在应该可以联系上她了吧？"

约翰又一次拿起唯晶房间的话筒，然而，他不小心按下了另外一个键。

"这是……"他无意中播放了昨天打电话给宗蒿霖家时的电话录音。听着听着，他的额头冒出冷汗来。一旁的慕镜和唯晶的脸色也很不好看。

"不会吧？"

"不会有错的……"约翰面如死灰，他一把取出电话录音带，说："快，得去见他们……伊润暗、任静、蒿霖姐姐……"

慕镜真恨自己已经没有了裂灵鬼眼，否则就能帮上忙了。

"没办法了，再用一次不死鬼眼吧。"约翰还是无法拨通宗蒿霖家的电话，咬牙做出了决定："就算死了也值了，只要是为了姐姐……"

约翰刚准备使用不死鬼眼，隋云希匆匆走进来说："各位，刚才有一个叫伊润暗的人打电话来说，叫你们都到他家去，说路深槐和宗蒿霖也在。"

润暗拿着话筒，看着阿静平静的神情，心里对她很佩服。根据宗蒿霖的话，她已经判断出约翰不会伤害她，而根据那些手表的异变和慕镜发来的短信，她已经得出这个城市即将发生异变的结论。约翰一定会来把事情说清楚的，他必然知道一些内情，否则不可能活到现在。

这时，话筒里传来约翰的声音："喂，是伊润暗先生吗？"

"是。你是约翰？"

"没错，宗蒿霖小姐在你那里？"

"是的。"

"请你立刻让她听电话，快一点儿！"

润暗有些不解，但他还是把电话给了宗蒿霖。

这个时候，蒿群正独自在家里听音乐。那是"黑色大地"的 CD，那一天，蒿霖从高宁市回来的时候，拿到了限量赠送的乐队 CD，她给了蒿群。

坐在轮椅上的蒿群正闭目养神，他的裤腿下面开始冒出血来。过了一会儿，轮椅下面……不，整个房间的地面全部被鲜血染红了。他的裤子已经变得空荡荡的了。

蒿群的目光变得异常狰狞，他脸色惨白，头不断晃动着，脖子不时传来骨头碎裂的声音。现在坐在这张轮椅上的……只有半个身体！

"蒿霖姐姐吗？我是约翰，你弟弟……宗蒿群已经不是人了！昨天打电话来的人是我，我听了我和他对话的电话录音，可是……可是从头到尾只有我说话的声音，根本没有他的声音！"

此时，在宗蒿霖家的客厅里，空空的轮椅上垂着一条被血浸透的裤子。

宗蒿群早在两年前的车祸中就已经死了。他并不是下肢瘫痪，而是……他只剩下了半个身体。

在唐海祥的磁带里，提到的"两个活人"，就是在宗蒿群身边的路深槐和宗蒿霖。而黎英听到的什么东西在滚动的声音，是推动轮椅的声音。

两年前，宗蒿霖带着蒿群到艾明市著名的风景区普涟山上旅游。那一天，是"黑色大地"乐队第一次公开演出，有许多媒体前来采访，盛况空前，是这个乐队迈出的第一步。

"你……开什么玩笑？约翰，我弟弟，不是人？"

"是的，你必须离开他，否则不知道会发生什么事情！"

宗蒿霖根本不能相信，蒿群明明就活得好好的，约翰怎么会说出那么奇怪的话来？

她的弟弟一直都很乖巧懂事，虽然刚出车祸的那段日子有些自暴自弃，但是他始终……

车祸？宗蒿霖的记忆一瞬间被拉回了两年前。那时，宗蒿霖的博士论文答辩刚通过，她针对诸多城市出现的超自然现象进行研究，从精神和心理上得出了令人信服的解释，对于灵异的说法也没有完全否认。

那一天，她带着蒿群到普涟山上游玩庆祝，本来打算在山上露营两三天的。蒿群当时也很兴奋，虽然他年纪还很小，但是只要姐姐感到高兴，他也会很快乐。她开着向朋友借来的车子，普涟山下有好几条环形公路，她当时莫名其妙地感觉胸口发闷。蒿群则兴奋地玩着游戏机，表情很专注。

这时手机响了。她戴上耳机，接通电话问："喂，请问是哪位？"

"请问是宗蒿霖博士吧？"

"嗯，请问你是……"

"您好！我是诺索兰公司的开发部部长路深槐，我看过你的论文，非常欣赏你的见解，不知道能不能约时间见一面？我想代表我们公司和你谈谈，我们公司很需要你这样的人才。"

宗蒿霖记得诺索兰公司是国内有名的民用科技开发公司，她是研究灵异和怪谈现象的学者，在业务上应该没有什么关系。

"那好吧，明天下午四点，我们见面吧。"

当时宗蒿霖还是以研究工作为主，想做一个自由职业者，她对灵异现象很感兴趣。因为她的才能，也不用担心资金问题，自然有人赞助。

终于到达山顶的时候，天空灰蒙蒙的，人也不多。风卷着地上的落叶，那里的气氛让人不太舒服。

宗蒿霖忽然从记忆中惊醒过来，她立刻向门口冲去。路深槐完全不明白是怎么回事，抓起话筒就问："喂？是约翰吗？出了什么事？"

乐哲咬紧牙关遏制住自己想要抽烟的冲动。他现在一个人也联系不上，只能独自地坐在地板上，苦恼地抓着头，回想着刚才娱乐公司打来的电话。如果还不能够尽早给他们回复，签约就泡汤了。

两年前，乐队好不容易有了可以出名的机会，本来一切都会很顺利的。但是，在普涟山上，一切都终结了。

他可以发誓，那天他绝对滴酒未沾。尽管他很兴奋，其他人都在吃烤肉、喝啤酒，他只是抽烟而已。尽兴以后，大家一起上车，只有他一个人是完全清醒的。

下山的路上，大家还在兴奋地回想着演出时的热烈气氛，又高声唱起歌来。可是……普涟山那该死的下坡路！

山脚下的环形公路很陡。下坡的时候，就算踩下刹车，车子也停不下来。他尽可能开得慢一些。

"那不是我的错……我明明已经踩了刹车了……"

车内响亮的歌声把那个原本可以听到的口哨声盖过去了。第一个注意到口哨声的人是黎英，随即，一个小小的身影出现在车灯前面。那个时候，正在下坡！

那天晚上，宗蒿霖和蒿群吵架了。本来他们很开心地搭好了帐篷，但是，蒿群却因为打游戏不顺利，心情很不好，没事找事地给蒿霖脸色看。

"姐姐，如果上次你帮我买那本游戏杂志的话，我肯定就能通关了，都怪你不好！"这话说一遍也就算了，可是他反反复复地说，蒿霖也恼火了。蒿群看蒿霖一直忍让他，越来越得寸进尺。其实他平时不是那么不懂事的，只是太喜欢打游戏了。

宗蒿霖感觉他有些过分，终于说了一句重话："别说了！你非要我发火吗？"

蒿群恨恨地看了她一眼，喊道："我讨厌你，姐姐！"

"好，你讨厌我，那你也别吃东西了！"

"不吃就不吃！"

蒿群就这样耍小孩子脾气，离开了蒿霖，向山脚下跑去。

那是在宗蒿霖印象中，蒿群唯一一次蛮不讲理。但是，蒿群唯一的一次赌气，却是一个惨痛的结局。

乐哲终于忍耐不住，从干瘪的烟盒里拿出一根烟来。打火机打了三次才冒起火苗来。

在火苗和烟嘴即将接触的一刹那，他的心脏猛跳着，仿佛他不是在点烟，而是在点燃炸药的导火索。

当烟雾飘散出来的时候，那个惨痛的回忆又出现在他的脑海里。

当时，注意到口哨声的黎英立刻喊道："那里有个孩子！"

乐哲可以发任何毒誓，他在看到那个站在路中间吹口哨的男孩时，是立刻踩下了刹车的。但是，那个孩子正好站在下坡口。即使踩下了刹车，车子也不会立刻停下来。孩子吓得跌倒在地，轮胎随即就轧到了他的腿上。

恰好那段坡面很平整，摩擦减小了，男孩的下半身就这样被死死卡在轮胎和路面中间！他无法动弹，车子也停不住，就这样开下坡去！

车子里所有人都惊恐地大叫，而乐哲一直死死地踩着刹车。他的心几乎冻结了。

这段坡面将近一百米。当车子终于停下来的时候，大家立刻下车查看。

那个孩子的嘴边满是鲜血，轮胎下面更是有一股浓烈的血腥味扑鼻而来。

他腹部以下的身体被死死卡在轮胎下面，因为孩子比较矮小，所以双腿被轮胎压住，骨头绝对是彻底压断了。

"你没事吧，喂，喂！"

大家手忙脚乱地把他从轮胎下面抬出来，他的整个下半身已经血肉模糊了。没过多久，他就彻底停止了呼吸。

"乐哲……我，我们撞死人了，我们撞死人了！"最慌张的是刘之远，他抱头痛哭失声，黎英则是一脸呆滞。唐海祥还算冷静，可是眉头皱得很紧。仲健文看着脸色惨白的乐哲，用眼神询问着他，该怎么办？

"健文……"乐哲咬了咬牙，终于下了决定。

"怎么样？"

"后车厢里……有个蛇皮袋，对吧？装这个小孩足够了吧？"

"你……你打算做什么？"

其他四个人很慌乱地看着他，其实大家已经猜到他想做什么了。

"我记得有备用轮胎。"

刘之远第一个反对道："不行，我们要报警。难道要把尸体给埋了吗？"

"报警？你开什么玩笑！"乐哲指着每一个人说，"想想吧，当初我们提出建立乐队，放弃学业的时候，被多少人耻笑？我们没跟家里要一分钱，出来闯荡，看人脸色，在街头和地铁表演，一步步走到今天，终于让媒体注意到我们，可以让'黑色大地'的名声传扬出去！你们知道现在报警意味着什么吗？我们就全完了！别说梦想，以后想抬起头来做人都很难！"

乐哲的话很现实。"黑色大地"的每一个成员，都是放弃了一切来组建这个乐队的。如果这个新闻见报，即使最后他们没有被追究责任，但是绝对要赔钱，而且没有一家娱乐公司会跟一个有污点的乐队签约的。更何况，开车的还是乐哲这个主唱，想赖掉也不可能，因为其他四人全部喝了酒。

考虑了半天，最后所有人都答应了。不，与其说是答应，还不如说是默认了。

于是，大家开始忙起来，换好轮胎，再把孩子的尸体装进蛇皮袋里，塞进后车厢。

根据旅游手册介绍，普涟山西面有两座相隔的断崖，由一条吊桥相连，下面的水流非常急，如果把尸体扔到下面去，恐怕没那么容易被找到。

到达断崖边的时候，每个人心里都有些犹豫。这毕竟是犯罪啊！

刘之远还是反对道："乐哲，算了吧，毕竟不是我们的错，在当时的情况下，实在是没有办法，我们都会帮你作证的。"

乐哲说："这个孩子的家人肯定会和我们打官司要求赔偿的，这个新闻也肯定会见报。到时候没有人会关心事实的真相，那些八卦的人，更喜欢看到的是新闻！"

报警的话，就意味着他们乐队生涯的断送。如果他们已经是很出名的组合，或许还有复出的可能。但他们还只是名不见经传的乐队，今天是第一次接受媒体采访。

"就算我们报警，这个孩子也不可能复活了。他的死不是任何人的错，我们也要生活啊！良心能用来过日子吗？"

就算今后背负着道德的十字架活下去，也比断送梦想、失去生活的经济来源要好。没有人再反驳乐哲的话了，他们何尝又不怕呢？

组建乐队，唱出名声，共同成功，是他们多年来的梦想。为了这个梦想，大家相互扶持，拼命努力，才有了今天的一点点成绩。

乐哲打开后车厢，把蛇皮袋拖了出来，走上吊桥。

"你别怪我，我也是没办法。如果有来生，你再投胎转世为人吧。欠你的，我下辈子再还给你！"

乐哲把蛇皮袋推入吊桥下湍急的水流中……

当宗蒿霖和路深槐赶回家的时候，只看到了客厅里空荡荡的轮椅和血染的裤子。CD盒放在音箱上，封面上清楚地印着那五个人的脸。

"恐怕是因为这个吧。"阿静拿起CD盒，"因为蒿群根本不认识那五个人，在看到这张CD后才知道他们是一个乐队，而且现在就在高宁市！"

宗蒿霖还是无法相信。她发了疯一样拉开衣柜，衣柜里浓烈的血腥味让人不得不捂住鼻子。所有蒿群穿过的裤子，此刻都完全被鲜血浸透了。

"告诉我，宗小姐。"阿静俯下身看着轮椅，"你是一直没有发现，还是已经发现了，却一直在欺骗自己？"

宗蒿霖只记得，两年以前，蒿群赌气跑下山之后，她不放心，下山去找他。结果，在山下的环形公路，见到了在地上爬行的蒿群。

那个时候，他身后拖着一条长长的血痕，脸色白得像纸一样。现在回想起来，他当时的样子确实很奇怪。失血那么厉害，居然还活着？

当时夜色昏暗，她并没有注意那道血痕到底有多长，立刻给120打了求救电话。

蒿群说，是一辆车把他撞成这样的，他没有看清楚车牌号码，但是记住了车上的人的长相。不过，警方一直没有查到肇事者。

衣柜里那些裤子上的血迹，全都没有干，看起来很骇人。

"蒿霖……"阿静知道，现在要阻止蒿群的怨灵，恐怕要借助蒿霖的力量。乐哲如果可以向蒿霖当面道歉，并获得谅解的话，能否减少蒿群的怨恨呢？

如果可以让乐哲活下来的话……阿静很清楚，约翰在电话中提到的事情成为现实的话，会发生什么事情。她和她父亲都进入过诺索兰公司的异度时空地带。如果那个空间会入侵高宁市，那么，他们这些"漏网之鱼"是无法逃脱的。她面临着诅咒！

乐哲终于确定抽烟不会有问题了。他的脚下满是烟蒂。这时，他口袋里的手机振动起来。

"喂……谁啊？"

"乐哲先生吗？我找到了被你们撞死的孩子的家属。你现在立刻过来，请求她的原谅，这样，或许你还有救。其他四个人都死了，你如果不想步他们的后尘，就必须把这件事情公布出去，承担一切后果！保住性命是最重要的！"

"真的？找到那个孩子的家人了？"乐哲立刻来了精神，犹如在一片黑暗中见到了一线曙光。

"你现在就到她的家来，被你撞死的那个孩子名叫宗蒿群，他的姐姐叫宗蒿霖，我现在给你地址。来的时候好好考虑怎么让对方原谅你，态度要诚恳！"

"好的，好的，我知道了！"

其实乐哲也想通了。他一直为自己两年前的行为辩解，但他只是站在自己的立场上考虑，却完全没有想到死者家属的心情。挚爱的人就这样死去，连入土为安都做不到，他越想越感觉惭愧。

无论用什么办法，他都想求得对方的原谅。只要可以求得心安，可以度过这一劫，那他就什么也不求了。

放下电话的那一刻，阿静忽然浑身一个激灵，又再次拨号。她忽略了一件事情，现在让乐哲来这里，他真的可以活着过来吗？现在润丽已经没有了预知死亡日期的能力，无法排除今天就是乐哲的死亡日期啊！她居然把这一点忘得干干净净了！

可是，就在她拨了三个号码时，因为太过激动，把茶几上的一把剪刀碰到了地上。这把剪刀是之前蒿群剪开CD外面包装时用的。剪刀掉到茶几下面，茶几的旁边是一个沙发，从沙发后面伸出了一只沾满血的小手。那只小手拿起剪刀，把电话线狠狠剪断了！随后，那只手又缩了回去。

"奇怪，怎么没声音了？"阿静向电话下方看去，见到了那把剪刀和电话线，立刻明白了过来。她又拿出身上的手机，但是刚把手机打开，屏幕上的背景居然变成了蒿群狰狞的面孔！

阿静一下没拿住手机，跌落在地，她再捡起手机时，屏幕完全黑了，无法再开机。

阿静额头上冒出冷汗来，她知道，蒿群是打算对最后一个人进行复仇了。不杀光那个乐队的人，他是不会停下来的。

"蒿霖，跟我走！"阿静很清楚，蒿霖是最后一线希望了。

阿静不想去面对自己的诅咒！那个疯狂的、必死无疑的诅咒，她不想去面对！阿静对于自己宿命的恐惧，终于被激发了出来。她并没有自己想象中那么坚强。更何况，这个诅咒意味着会从这个世界上彻底抹去，她和父亲都幸免不了。对她来说，如果从润暗的记忆中彻底消失的话……

这种恐惧吞噬着她的心，而这个诅咒的锁链还差一环，就要到达连接自己命运的那个环节了。虽然不知道这个连锁诅咒究竟是怎么形成的，但是每一个被诅咒者在被决定的日子里，被早就注定的各种诡异现象杀害，又成为新的一环，延续这个诅咒……

阿静紧咬着嘴唇，双手不住颤抖，以至于开车门的时候，好几次都没能对准锁孔。

她不想死……确切地说，她不想消失，不想在这个世界上被彻底抹去！

乐哲坐上车的时候，百感交集。自从那件事情之后，再握方向盘，他的手都会颤抖。要说没有一点儿内疚，那是骗人的。将那具尸体沉入水底，他的心却无法忘却这件事情。无论如何，现在终于有了可以请求原谅、获得救赎的机会了。

他在内心默默地对之远他们抱歉。他错了，而现在他必须去正视这个错误了。

"算了，我们现在去找他也没用。"阿静的手接触到方向盘后，又慢慢垂了下来。

她们现在去找乐哲，多半会在路上错过。还不如待在这里，见到他的可能性更大一些。但是，如果乐哲在途中……

"我去吧。"路深槐明白阿静的顾虑，他对蒿霖说："你回家去等乐哲吧。我去找他，蒿群对我没有什么恶意，他应该不会对我怎么样的。"

但是，谁都很清楚，复仇的怨灵是非常凶残的。深槐已经把蒿群当做自己的亲弟弟来看待了，一想到之前还和他说话，深槐的后脊就阵阵发凉。

虽然他身上还带着枪，但是那些子弹已经没有灵念力了，因为那种能力源自于慕镜，而现在他失去了灵异能力，这只是普通的子弹了，对鬼魂根本不可能起任何作用。

此去有多危险，他也很清楚。但是，再过几天，那个空间就会完全入侵这个城市了。所以，他必须在那以前，切断这个连锁诅咒！

乐哲事先已经看过地图，核对了路线。一路上车水马龙，他的心情也放松了很多。

他的车窗玻璃是茶色的，外面的天空看上去灰蒙蒙的，就好像是阴天一样。一路上基本没有堵车。

但是，他渐渐感觉奇怪。与其说是交通很顺畅，倒不如说是……车流量少得有点儿不正常。

宽阔的马路上，只有几辆车同行。现在还是大白天，今天也不是休息日，何况又是主干道，车子怎么这么少？而且，街道上几乎看不到行人，商店全都关着门。

他无意中抬起头来看，眼珠子差点儿瞪出来。

天空中……居然挂着一轮皎洁的明月！现在还不到下午三点啊！怎么会有这么明亮的月亮！

他再朝两旁的车窗看去，居然也是阴暗的天空！

夜幕渐渐低垂，周围开始暗得分辨不清楚景象了。而且，四周的高大建筑物也逐渐减少，出现了荒野的草丛！

乐哲感觉这里像是一条市郊公路，完全不像是在大城市里！阴森的风不断刮来，敲打着车窗。

诡异的景象让乐哲开始明白了。今天，就是润暗说的被诅咒者的死亡日期吗？根据润暗的说法，只要是在死亡日期，人就绝对逃脱不了，必死无疑。

他调转车头想开回去，然而，后面变成了无尽头的公路。天色越来越暗，月亮被乌云遮住了。

他停下车，掏出手机给阿静打电话，却是"不在服务区"。打给润暗也是一样。

乐哲咬着牙，又猛踩油门向前开去，希望能找到一两个行人，或者是有亮光的地方也好。

忽然，前方出现了岔路。岔路一共有三条，而每一个方向似乎都是通往黑暗。

他正犹豫着，一个响亮的声音打破了黑暗的寂静。

那是……口哨的声音！

车灯的前方，有一个模糊的影子正逐渐飘过来。

地面上出现了一大摊鲜血，让他吓了一大跳，一个瘦小的身体……不，是瘦小的半个身体，悬浮在半空中。

那是……那个孩子的上半身！

断开的身体下方，血如同泉水一般洒下。那个孩子低垂着头，始终没有抬起来，但是响亮的口哨声却让乐哲很确定，他就是宗蒿群！

"求你原谅我……原谅我……"

虽然车子离那个悬浮的半个身体有二十多米远，但是乐哲感觉他就在自己面前！

那半个身体就这样悬浮着，一动也不动，口哨声一直在响。这太折磨人了！

乐哲看向一个岔路，立刻加速开了过去！

这条路蜿蜒曲折，但是周围都是完全相同的景色，没有任何参照物。乐哲已经失去了方向感。

公路似乎没有尽头，前方始终是一片黑暗。乐哲已经把速度提到了极限，不时回过头去看有没有黑影追过来。

这个时候，眼前又出现了三条岔路。

乐哲停下车，刚想判断方向，却感觉这里……似乎很熟悉。他还来不及细想，那犹如地狱之音的口哨声再度响起了！

他定睛一看，前方还是悬浮着半个身体！

乐哲终于明白过来……他又回到了原来的那个岔路口！

乐哲的心跌到了谷底。要死了吗？他真的要死了吗？

"求求你……求求你放过我……"他恐惧地哀求着，可是声音却怎么也大不起来。悬浮的半个身体始终一动不动，只是反复吹着凄凉的口哨。

这实在是比死亡更恐怖的折磨，乐哲就这样和蒿群的鬼魂对视着，冷汗不断流出来。终于，他咬了咬牙，又朝另外一条岔路驶去！

"我能逃出去的……我能逃出去的……"

他的内心又涌起求生的欲望，支撑着他再度向着眼前的不归路驶去。

润暗看完了约翰带来的碟片。影片的内容令他很震撼。

当初构思《死离人形》时，他虚构了一个时空错乱的灵异地带，潜藏在许多城市的一些不被人注意的楼房里，而在那些楼房里，就会有诞生寄生腐尸的死离人形。不过，无论小说还是电影，大多数的剧情都是围绕着死离人形本身，对于其诞生的异度空间很少提及。

这个空间……居然在屠兵宗看那部恐怖片以前就已经诞生出来了吗？这复杂的因果让他完全捉摸不透。

而这部被异化了的电影，剧情虽然还是围绕着原本的故事，矛头却指向了高宁市。死离人形诞生的空间已经开始膨胀，以扭曲的姿态向这个城市袭来。

电影就以那个空间彻底覆盖、融合了这个城市为结局，而日期……就在几天以后！

乐哲的车子又回到了那个岔路口，依旧面对着那一动也不动的悬浮的半个身体。只是，这一次似乎有点儿不一样了。

乐哲已经渐渐冷静下来，感觉它似乎不会伤害自己，他开始仔细观察起来。

他明白了不一样的地方在哪里。那半个身体的头……略微抬起来了一些！他已经能依稀看到额头和眉毛！

还剩下最后一条岔道。

要不要走呢？乐哲咽下一口唾沫，他已经不想选择了。

"我……我不想死……"那半个身体还是一动不动。

"我不想死，不想死，不想死啊！"

随着乐哲的一声咆哮，他的脚猛地向油门踩去。求生的欲望在这一刻彻底爆发，他向最后一条没走过的岔道冲去。如果这一次还是会再回到这里的话……他不敢再想下去了。

就在他飞速行驶时，手机振动了。他随即一喜，终于可以和外界联系了！他连忙停下车，取出手机一看，是一个陌生号码。

接通电话后，他还来不及开口，一个男人的声音传来："喂，是乐哲先生吗？"

"是，是我！"

"我叫路深槐，是宗蒿霖的未婚夫。你现在在哪里？我正在找你！"

"我……我也不知道……"

听他这么一说，路深槐完全明白了。他已经遭遇诅咒了！而今天的确就是他的死亡日期！

"详细告诉我，现在是什么情况？"路深槐必须判断乐哲现在的处境。

听完乐哲断断续续地说完他的经历，路深槐飞快地思索着，说道："你先继续开车，我会想办法让蒿群的姐姐和他通话！"

就在即将到达岔道尽头的时候，乐哲原本以为又会回到原来的那个岔路口，然而，这时他感觉车子下面轧着了什么东西！

手机又振动了。他迫不及待地接通手机，还没来得及说话，一只血淋淋的小手已经按在了窗户上！

"乐哲先生吗？"这是宗蒿霖的声音，"我是蒿群的姐姐……"

"是我错了！对不起，真的非常对不起！求求你，求求你让你弟弟放过我吧！"乐哲一把鼻涕一把眼泪地哀求着，因为……另一只小手也按到了窗户上！车子停下来了，再怎么踩油门也动不了了！

"我知道了……蒿群他，你见到他了吗？"

一张幽蓝色的面孔已经贴在了车窗上！

乐哲吼道："是的！他现在就在我的车窗外面！求你，求你帮我说几句好话吧！求你让他放过我！我现在让你和他说话！"

接着，他就按下手机的免提键，把手机正对着窗外那张幽蓝色的面孔！

"蒿群，蒿群，是你吗？"宗蒿霖大叫起来，"是你的话，就住手吧！是姐姐不好……对不起，真的对不起，姐姐会给你买新的游戏杂志，就算你打游戏打得不好，再怎么对我发火，我也不会怪你的，求你回来吧！你是人是鬼我都不在乎，你能不能走路我也不在乎，但是，请你住手吧！让我们恢复以前的宁静生活吧！这两年来，我们不是一起生活得很好吗？即使你死了，我们还是在一起生活，好吗？"

那张幽蓝色的面孔依旧毫无表情地看着车内。

"蒿群，姐姐就要结婚了！你一定要给姐姐做花童啊，就算坐轮椅也没有关系，你一定要祝福我啊！还有，只要你不杀乐先生，这个连锁诅咒就可以终止了，我身上的诅咒也可以消除了！就让一切在这里结束吧，已经死了太多太多人了！"宗蒿霖已经泣不成声了。

电话那一头，她只听得到乐哲急促的呼吸声。

"你原谅乐先生吧，他不是故意撞死你的。以后我们可以一起生活下去，蒿群，难道这样不好吗？姐姐求你了，你的复仇就到此为止吧!"

那张幽蓝色的面孔终于低了下去。随后,那两只手也放了下去。

此时乐哲的心脏几乎要跳到嗓子眼了,听着宗蒿霖的话,他心里实在是惭愧万分。他在丢弃蒿群尸体的时候,只想到了自己和乐队的前途,现在他才意识到自己做了多么不可原谅的事情。

他大着胆子打开了车门,向轮胎下面看了看。一切正常,什么也没有。

这时,手机里的抽泣声还在传来。乐哲连忙说道:"宗小姐,你好,刚才的话,我都听到了。万分抱歉……我知道,我再怎么说,想请求你原谅也是厚颜无耻的。可是,我真的知道自己错了。今后我会用一生的时间来补偿你的,我就是死,也不会忘记的。"

"是这样吗?"

"是的。我一定会登门赔罪。我先挂了,过一会儿见。"

挂上电话后,乐哲感觉轻松了很多。得以死里逃生,并获得心灵的救赎,他感觉此刻如同是脱胎换骨重生了一般。

就在他打算回到车上去的时候,突然感觉有点儿不太对劲。

脚下……怎么有点儿倾斜?这里的路是很平整的,为什么会有坡度?

他朝前方看去,却发现自己正俯瞰着路面……

这里……就和普涟山上的斜坡一样!

他旁边的车开始沿着斜坡向下滑动。倾斜度也变得越来越大!

"不……不要!"乐哲想要抓住什么,可是地面上没有任何凸起的东西,而且他的手机滑落了下去!

倾斜度还在不断加大。他好不容易抓住了旁边一棵树,阻止了身体继续下滑。而这个时候,倾斜度有七十五度了。车子已经滑到坡底,一个翻转后四轮朝天地狠狠砸落在地上。

"不……不要……"乐哲向下看去,一股汽油味飘散上来。

"不要……不要啊……"他距离车子不到十米了。

"放过我……求求你放过我吧……"

终于，汽车在一声巨响之中轰然爆炸。在爆炸的一瞬间，一个车门受到巨大的冲击，猛地弹射出去，飞速朝乐哲冲来。

乐哲根本来不及反应，他的身体就被车门拦腰砍成了两段。

这个疯狂的连锁诅咒不会停止，也无法停止！

第 12 章
〔丧心病狂的父亲〕

大雨在高宁市市中心倾盆而下。

这猝不及防的大雨让许多路人狼狈地用各种东西顶在头上，四散奔跑寻找可以躲雨的地方。

在一家废弃的工厂门口，停着一辆黑色轿车，车里是一个穿黑色西装的中年男子。

"真麻烦啊，没有了全知全能的预知能力，下雨这种小事都无法预知带伞了。"中年男子把手伸进西装口袋，取出打火机和一个烟盒。

他刚把香烟叼上，准备要打火时，从车窗外伸进一只手，那只手上捏着一个打火机。

打火机凑到香烟下方，火苗蹭的蹿了起来。

中年男子看向车窗外面，是一个正撑着雨伞的年轻女人。

"你也开始抽烟了？"中年男子面无表情地问道。

"没有，只是在开降灵会的时候要点蜡烛。"

"你已经没有灵异体质了，降灵会开不了了吧？"

那个女子微微一笑，收起打火机说："没什么。只是习惯了，不带着就感觉少了什么。"她收起伞，坐进车内。

"都安排好了吧？"中年男子似乎要照顾不抽烟的女人，身体略微朝车窗挪了一些，让烟味飘散到车子外面。

"嗯。"女人自信地点了点头说："所有人都相信了我说的话。不过，你有信心吗？切断这个连锁诅咒？"

"我失败过一次。"中年男人的眼神有些凄凉，随即又恢复坚定："但是，这一次我不会输的，我精心准备了那么多年。约翰的不死鬼眼会在关键时刻派上用场的。"

"可是，约翰已经没有灵异体质了。"

"那也没事。只要他的不死鬼眼还在，这个诅咒就不是绝对的。如果这个残酷诅咒要连这双眼睛也一起消灭的话，我倒是很想知道，会采用什么方式。"

不死鬼眼和其他七种鬼眼完全不一样。这一点，他很有信心。是的，他，任森博，对这个计划很有信心。

一切棋子都各司其职，他的最终计划就要启动了——切断这个连锁诅咒的计划。

他还要说些什么，车子前面忽然出现了一个撑着雨伞的男子。男子的眼神锐利，神情很坚毅，配合他原本就俊朗的五官，看起来英姿飒爽。他向车子走过来。

"是你？"中年男子皱了皱眉。

"你就是任森博先生吧？阿静的父亲，初次见面，我是伊润暗……不，我们应该不是初次见面。"

任森博听到这句话，眉头皱得更紧。坐在他身边的闻紫魅也浑身不自在起来。

"紫魅，你先走吧。我要和伊先生单独谈谈。"

"可是……"

"别说了，快走吧。"

闻紫魅见任森博的态度那么坚决，只好打开车门，撑起雨伞来。

"请进吧，伊先生，外面雨太大，到车子里来谈。不过，你怎么找到这里来的？"

"没什么。只是用变色龙液体一直跟着闻小姐而已，虽然花了一些时间。她在一个小时以前出现在我面前，告诫了我几天后展开诅咒的事情就走了。我估计，她可能会来见你。还好她失去了鬼眼，否则我是无法隐藏起来的。"润暗已经坐进了车子。

"是这样吗？"任森博的表情还是不太自然。

"终于到了这个时候。阿静的诅咒降临之时……"润暗眼中闪过一丝异样的目光，但是任森博很坦然。

"你果然想起来了，失去灵异体质的时候，我就担心会发生这件事情。"

"慕镜和我提过，钟子离被你消除掉了他误杀南韧天的记忆，所以你的阴阳瞳眼应该是拥有令人遗忘一部分记忆的能力。不过，现在你已经没有这个能力了。"

"是的，我对灵异能力，多少是有些依赖了。"

"其实我一直有个问题不明白。"润暗话锋一转，"你让阿静来找我们兄妹的事情，我真的想不通。以你的全能预知能力，一定可以预知到很多具有更强灵异体质的人类，把女儿安排到那些人身边，不是更好吗？我和润丽的预知都不完整，是很零碎的信息，即使和阿静的关键词预知结合在一起，也无法得出一个极为确切的信息。如果是慕镜那样的人在阿静身边，不是更好吗？"

任森博叹了一口气："我低估你的智商了。"

"不，只是你对自己太有信心了，任先生。"

润暗说出了他的猜测："你的鬼眼能力，真的是在三年以前，你夫人去世后才觉醒的吗？"

车内一片寂静，窗外的雨声越来越大。

"不说话吗？要不要我来帮你说？"润暗看了那张碟片后，记忆完全复苏了。

那个异度空间具有错乱时空、颠倒因果的能力，这和他对死离人形的诞生空间的描述是一致的。他不相信这是纯粹的巧合。

但是，他不会承认，这个时空是在他的笔下创造出来的。他也不会愚蠢到完全相信这一切都是由这本小说引起的。

这部电影被那个异度空间波及，是在万圣节之夜就开始的，还是在到了简唯晶手上才异化的，已经不重要了。因为，润暗已经回想起来了。

这部小说的所有构思和剧情，并非是他原创的！

那是在七年前，他和润丽搬出原来的城市后不久，日子过得越来越艰难，半工半读根本维持不了日常开支，父母留下的钱也快要花光了，他决定尝试写作。

润暗从小文笔就很好，也在报纸上发表过文章。所以他对这一点很有信心，但他最初并没有打算写灵异小说，而是打算写科幻小说。

《死离人形》本来讲述的是一个进行人类死而复生研究的机构，在一次实验失误中创造出了一个怪物的故事，和灵异并没有关系。有一天，他在图书馆里借阅科幻小说做笔记时，遇到了一个男人。

那个男人大约三十岁，他以润暗借的书为话题和润暗攀谈起来，两个人聊得很投机。他注意到润暗的小说笔记，笑着问道："你打算写科幻小说吗？"

润暗点了点头。

"要不要我提供给你一些剧情构思呢？"

"好啊。"

"一个错乱时空的空间怎么样？就作为死离人形登场的舞台……"男人告诉了润暗许多情节，随后就离开了。

任森博拿烟的手略微有些颤抖。

"那个人就是你吧？虽然过去了那么多年，不过我还是记得很清楚。在你离开以前，使用那双已经觉醒了的阴阳瞳眼，抹掉了我对你的记忆，但是剧情构思还保留在我脑子里。我以为，异度空间的构思完全是我自己想出来的，我还把小说由科幻改成了灵异。"

"在这个年代，一本书能否大卖，关键在于能否满足人们的强烈好奇心。以你全能的预知，可以动用的关系太多了。只要充分宣传，再配合真实灵异现象作为卖点，这本书想不红也难。"

任森博闭上了眼睛。

"这是你计划的第一步，任先生。《死离人形》并不是一个虚构的故事，而是诺索兰公司隐藏的全部真相！这样一本书问世的话，必然会被公司怀疑我是知道内幕的人，或者至少和知道内幕的人有牵扯。让他们把注意力放到我身上，然后再利用我，这就是你的目的。"

润暗说出了结论："诺索兰公司，其实只是你的一个工具吧？其实，这个公司的成立，就是你一手促成的！"

是的，这才是真相。全知全能的任森博，一手操纵着这一切，只是为了切断这个连锁诅咒。

"你这么做，是为了救你太太和阿静吧？因为她们都被诅咒了。你要在她们的死亡日期到来以前，寻找一个可以将这个诅咒解除的方法。而为了达到这个目的，你可以不择手段。"

一把冰冷的枪顶住了润暗的腰。

"选择你……或许是一个错误。"任森博的表情非常平静。

"是啊，你现在才意识到吗？"润暗丝毫不为所动。

"好吧，反正你已经没有利用价值了。公司不存在了，你还在不在阿静身边都不重要了。我知道在诅咒日期到来之前杀不了你，但是让你永远也无法再见到阿静，我还是做得到的。"

"我就把一切都告诉你吧。"任森博开始讲述尘封在他内心深处的那段不堪回首的记忆。

他的鬼眼从他出生那天起，就能够预见大范围内的被诅咒者。只是，距离现在越远的未来，能预知到的信息越少。和诅咒无关的信息，要在第二天发生才能预知到。

他的父母、爷爷奶奶，身边的每一个伙伴和朋友，他全都可以预知到他们的死，却一个人也救不了。他的童年是在血腥和恐惧中度过的。每个时刻，他都会预见到极其恐怖的事情，而自己又无力阻止。他不得不去研究心理学，寻求心灵上的安慰，后来很讽刺地成为了一名心理医生。

这双紫色眼睛带给他的最大痛苦，是在他和阿静的母亲相识以后发生的。她喜欢在树林里漫步，喜欢在葡萄架下欢快奔跑，每个笑容都好像浸透了阳光。她是梦、美好和诗歌，她是任森博这一生最珍贵的瑰宝。

爱情萌发之后，恐惧也随之而来。将来总有一天会失去她，就和小时候一样，到了那个时候，怎么做也留不住她。最终，他只能在孤独地度过余生。

相思的痛苦折磨着他，他预知到她未来会惨死，无论自己今后是否和她在一起，她都是这个连锁诅咒的一个环节，迟早会轮到她面临诅咒死亡。

这个诅咒是谁启动的？既然有如此残酷的诅咒，为什么还要让他能预知到它的来临？

承受着恐惧与痛苦，他和自己最爱的人步入结婚的殿堂。而在妻子肚子微微隆起时，他就知道，这个孩子也逃不过同样的命运。母女二人都会被这个连锁诅咒束缚，在注定的日子死去。

任森博不愿意接受这种宿命。妻子是那么年轻、健康、善良。他想和她一起看夕阳，互相拥抱着数星星。即使是说上几千遍也不会腻的那三个字，想永远对着她说。他还希望，能够养育他们的孩子长大，挽起她的手、带她迈入婚姻的殿堂，注视着她的幸福。

为什么自己的人生不能够是这样的？他怎么可能甘心？如果神明无法听到他的祈祷，如果他干净的灵魂只能换来未来的地狱，那么，他宁可沦为恶魔，牺牲掉多少人都无所谓，只为了拯救最心爱的两个人！

计划的第一步就是在那个时候启动的。

在美国的时候，任森博结识了诺索兰家族，和金·诺索兰有过一面之缘。他还认识了一个叫朱烈斯·欧文的人。欧文的儿子天生眼盲，可是任森博知道，这孩子的体内寄宿着一个厉鬼。这个名叫约翰的孩子，在最初就纳入了他的计划。

朱烈斯家祖上曾经受封过爵位，但现在已经没落了。他们并没有多大势力，残留下来的产业也只能勉强维持生计。有一天，在约翰熟睡的时候，任森博将他堕落的灵魂彻底奉献给了撒旦。

他放火烧毁了朱烈斯家的庄园。他杀害约翰的父母后，帮约翰办妥了进孤儿院的手续。朱烈斯家的产业在大火中付之一炬，在没有财产可图的情况下，也没有哪个亲戚提出领养约翰。他从一开始就决定让约翰成为一个工具，一个可以解开阿静身上诅咒的工具。

任森博还知道，和国内那些灵异楼房有过牵扯的人，他们在那些空间里度过的时间全部会被吞噬，再也没有任何人记得他们。利用这些楼房来作为实验场，是最佳的选择。因为，在那个空间待过的人，迟早会被那个空间吞噬。等研究有了成果，就可以把已经没有利用价值的实验场自动清除了。

最初，他是打算直接建立一家公司，然后在幕后经营。以他的预知能力，全球股市走向都可以轻松预见，钱对他来说只是纯粹的消耗品。但是，他很快发现，他无法那么做。因为，这个诅咒本身会通过各种方式把他建立的公司毁掉，比如注册出现困难、资产被冻结……最后，任森博认识到，他只能够间接地引导这个实验场产生，来达到他的目的。

改变策略后，他先是利用自己的预知能力，故意散播一些信息给美国的一批致力于灵异和超自然神秘现象研究的科学家，再穿针引线，让诺索兰家族赞助这些科学团体。诺索兰家族一直致力于不死不灭的追求，更对古老的东方充满了遐想。

诺索兰公司就这样诞生了。他先是利用阴阳瞳眼保证这个公司短期内不会因为灵异现象倾覆消失，然后他通过诸多途径，把各种和鬼眼、预知有关系的情报透露给这家公司，而他作为幕后主导者，需要这家公司研制出切断连锁诅咒的最终武器。

在他的暗中操纵下，诺索兰公司的研究步入正轨，进行了克隆人实验，培育出能够为公司效力的灵异体质者。而铁慕镜是最被任森博看好的实验体，因为他的裂灵瞳眼幻化的冥裂鬼刀实在太厉害了。

他还把自己预知到会发生灵异现象的时间、地点信息，通过网络透露给诺索兰公司。他也知道，随着培养出新一代具有预知能力的灵异体质者，他的存在总会被发现的。在那之前，必须要准备好一个傀儡来牵制住公司。

而被他选中的那个傀儡，就是伊润暗。

《死离人形》会由小说而现实化为诅咒，也是这个连锁诅咒的一部分，无论它是写成科幻小说，还是恐怖小说，这一点都不会改变。后来电影的诅咒是这个诅咒的升级，而任森博早就预知到这部小说可以诞生出诅咒，于是，那个时候他就决定利用这本书的作者——灵异体质者伊润暗。

任森博利用伊润暗发表了《死离人形》小说，又捧红这本书让诺索兰公司注意到它。然后，通过阴阳瞳眼和公司的高层进行心灵感应对话，说明自己是之前信息的提供者，并且将因果颠倒的理论告诉他们，让所有人误以为一切灵异现象都是从润暗所写的《死离人形》中诞生出来的，让他们相信，润暗是左义那种具有恶魔诅咒能力的怪物。在过去他的那么多预知都说中了的情况下，多数人都会相信他的话，毕竟那些人也都亲身接触了许多因果颠倒的灵异现象。

《死离人形》发行后不久，就屡屡出现读者神秘死亡事件，当然任森博动用他的关系网把这些新闻压制住了，却把消息透露给诺索兰公司进行调查，不难证明《死离人形》具有诅咒能力。

即使有人怀疑他的话，也不敢轻易试探。因为诺索兰公司不可能不忌惮那些灵异现象，对"异度空间制造者"伊润暗，公司就只能监视而无法下手，在公司内只能宣布他的小说和公司的实验无关。公司和任森博的联系，是诺索兰公司的最高机密，即使是最高层，知道的人也不超过十个。

公司的忌惮完全转移到伊润暗身上，而可以预知一切的任森博，成为公司依赖的对象。当任森博确定，铁慕镜作为最佳实验体的成果已经展现出来的时候，他的太太的死亡日期也逼近了。

于是，他通过心灵感应和公司进行情报交换，要求公司让铁慕镜参与实战，实际目的是想在杀死太太的鬼魂动手杀掉她以前，先一步消灭掉它。没想到的是，最后不但没有杀掉那个鬼魂，更没能够保护好被诅咒者公孙愿姬。

而公孙愿姬和妻子的死亡日期是同一天。那一天，他带着妻子和女儿外出，等待着公司的消息。他本来希望可以有个好结局，但是，他的妻子还是悲惨地死去了。

任森博什么也没能阻止，绝望和悲愤让他几乎崩溃了。他那个时候只想把自己的灵魂撕碎，诅咒这个世界。

但是，他还有必须活下去的理由。因为，阿静还活着。

他不得不强忍着生不如死的绝望，离开阿静，然后向公司发出指示，决定动用自己的王牌约翰。

诺索兰家族领养了在孤儿院的约翰后，把杀害了愿姬和他妻子的那个鬼魂的眼睛移植到约翰身上。这个决定虽然危险，但是任森博已经到了疯狂的边缘。而诺索兰公司将其命名为"不死鬼眼"，展开进一步研究。

他给阿静留下那本笔记，让她去找伊润暗。他很清楚，约翰的预知能力将来绝对不会逊色于自己，自己迟早会被公司高层注意到，所以，让阿静和润暗待在一起，公司出于对伊润暗的忌惮，绝对不敢对阿静怎么样。而伊润暗写的小说现实化为诅咒是事实，自己在其中添加创意的事情是过去发生的，预知能力无法知道过去的事情。

之前指挥路深槐的那个抽雪茄的老板，只是实验研究的总负责人，他在得到深槐的情报并下达活捉润暗的命令后不久，真正的老板就下达了禁止与伊润暗和任静进行直接接触的命令。那个在飞机上遭遇雪茄变成蛇、空姐的头掉在身上的那个男子，才是金·诺索兰本人。

如任森博所料，约翰真的把他的存在感应了出来。他之所以不直接让阿静找到润暗，是因为在他太太刚因为灵异现象死去不久，就让阿静和润暗接触，等于是不打自招，承认自己就是那个幕后给公司提供情报的人。而过了那么久以后，即使公司注意到，估计约翰也差不多是时候能感应到他的存在了。

他夺走铁慕镜的目的，在于对诺索兰公司立威，他可以轻易地做到进入公司警备森严的实验大楼放火，将一个那么重要的实验体带走，这样，公司即使想对阿静不利，他和伊润暗的威胁也必须同时考虑到。所以，公司顶多只能对阿静进行监视，绝对不敢对她轻举妄动。对阿静来说，这是上了双重保险，否则，她在死亡日期到来之前，就有可能被公司抓住，当做牵制自己的筹码。

这样一来，他也就和诺索兰公司彻底决裂了。虽然诺索兰公司和他还有着利益关系，但是在约翰的能力日益强大的情况下，他的利用价值也小了。这时，他预知到诺索兰公司被彻底吞噬的日子也进入了倒计时，好在还赶得及让不死瞳眼的能力完全培育了出来。虽然离诺索兰公司的初衷——追求不死不灭还有很大差距，但对任森博来说，已经足够了。

在诺索兰公司被吞噬以前，任森博事先做了安排，让约翰得以逃脱，并且用阴阳瞳眼消除并封印了他预知到自己就是幕后主导者的记忆。润暗之所以无法预知诺索兰公司的消失，是因为他待在高宁市，这个城市是唯一能够躲避那个空间的避风港。不过，路深槐和宗蒿霖却因为手表被换掉而幸免于难。

任森博没想到的是，现在居然所有灵异体质者都变成了物理体质。他猜测，这是由于不死鬼眼已经到达了可以威胁这个连锁诅咒的程度，导致诅咒终于进入了疯狂阶段。

但是，不死鬼眼还是留存了下来。任森博已经做好了打算，在约翰也介入的情况下，一定可以让阿静活下来。他的生灵使用不死鬼眼或许有些勉强，但是应该能够对抗这个诅咒。讽刺的是，阿静却是因为进入了诺索兰公司的异度空间而被诅咒的！

难道，是因为自己，阿静才被诅咒吗？不！他无法接受这个荒诞的逻辑。他不相信，如果他什么也不做，诅咒就可以解除。但是，现在也无法证实这个猜测了。事实上，现在的他，也预知不了阿静确切的死亡日期。

"这就是全部的真相了。伊润暗，你作为我的傀儡的价值，已经不存在了。"任森博目光淡漠，却说出如此残忍的话。他所做的一切，都是为了消除阿静的诅咒。

润暗沉思着，如果换了是自己，他会怎么做？如果可以救阿静的话，他会不会也做出如此疯狂的事情？

任森博是善是恶？他对待妻女是至善，但是对待他人却是极恶。要说有错，错的也是这个连锁诅咒。

"宗蒿群的死，是不是也被你利用了？"

"那个和我没有关系，但是无所谓。反正结果对我有利就行了。估计'黑色大地'的成员已经都被他杀害了。你已经没有灵异体质了，对阿静来说，没有任何价值了。知道了真相的你，不需要继续待在阿静身边了。不过，多谢你一直以来对阿静的照顾。"

"闻小姐知道所有事情吗？"

"当然不知道。她只知道我努力想让阿静的诅咒消除。那么重要的秘密，再信任的人也不可能分享的。"

"你救出慕镜，却因此进入了诺索兰公司的实验大楼，因而也会遭受诅咒。你为什么要那么做？"

"我是一个特例。拥有阴阳瞳眼的我，本身对那个空间就具备一定的支配能力，我可以轻易地在不干涉那个空间的情况下出入实验大楼。但是，阿静没有那种能力，她就连灵异体质都不算。她是注定逃不掉的。而高宁市之所以如此特殊，也是我特意安排的。我知道你和阿静逃到这个城市之后，就用阴阳瞳眼封印了那个空间入侵这个城市的所有通道。但是，现在我的鬼眼消失了，所以，那个空间才能够入侵高宁市。"

润暗提出了他最困惑的问题："我不懂，如果是这样，阿静当初为了带出约翰而进入诺索兰公司的实验大楼，你为什么不阻止她？"

"是的，我本来是应该阻止的。但是，我预知到那件事情，并且让慕镜去那个实验大楼想把阿静带出来的时候，她已经进去了。唯独这件事情，我居然预知得那么晚……"说到这里，任森博的神情终于有了变化，那是深深的悲哀和落寞。

对阿静来说，任森博真的是一个守护天使。但是，对于诺索兰公司绝大多数不知内情的无辜职员来说，他是一个真正的恶魔。

"任先生……"润暗的目光依旧锐利坚定，丝毫没有动摇。

"怎么了？"任森博有了不祥的预感，因为润暗实在镇静得太不正常了。

"你认为，我在推测到你的计划后，有可能不做任何准备，就跟踪闻紫魅到这里来吗？怪只能怪，你失去了那双玩弄和操纵人心的鬼眼。"

任森博猛然抬起头来，只见车顶浮现出一张骇人的脸！

当他清醒过来的时候，已经整个人躺在雨水中，他的面前是一个金发青年。

　　"任森博先生……"这个青年正是约翰，雨水淋透了他全身，他看起来很平静，然而这平静背后却是莫大的恐怖："当初你用阴阳瞳眼帮助我离开公司，让我免受一劫，我答应报答你，救你女儿。但是，现在看来，我选错了报答的方法。"

　　躺在泥泞的地上，任森博却极为平静："随便你，你就算杀死我，我也无所谓，反正……所有的棋子都已经布好了。"

　　约翰将他的右手手掌伸到任森博的双眼前，他的脸和任森博靠得越来越近。

　　"你会害怕吗？会害怕我这双眼睛吗？"

　　任森博的目光没有任何慌乱："我计划了那么长时间，只为了阿静能活下去。只要她可以活着，要我下地狱都无所谓。反正，没有她的世界，对我来说，就和地狱没有区别了。"

　　"我会让你……看到活生生的地狱。在那以前，我会让你好好活着。"约翰的表情没有变化，但是，他的瞳孔就像是连接地狱大门的通道。

　　任森博的嘴角却露出一丝笑意："不……地狱，我会去的，但不是由你让我看到。"

　　约翰还没有反应过来，忽然有一股奇香直往鼻孔里钻，接着，他就感觉头晕目眩，昏倒在地。

　　任森博的手心里捏着一个小瓶子："润暗没有告诉你吗？教阿静研制药剂的，就是我啊！"

　　几天之后，在宗蒿霖的家里。蒿群的遗像端正地摆在供桌中央。将香虔诚地插好后，深槐默默地在内心祈愿蒿群能够安息。宗蒿霖一直跪在地上，泪流不止，她几乎崩溃了。

　　润暗、阿静和慕镜都站在她后面向遗像鞠躬。润暗的内心是最为纠结的。约翰和任森博同时失踪了，他也无法联系上闻紫魅。不过，约翰在死亡日期以前是绝对不会有事的。

润暗大致猜测得到发生了什么事情。那天，他把任森博交给约翰就离开了。接下来发生什么事情，他不想再插手。

因为，他发现……自己的想法和任森博其实是一样的。任森博为了自己所爱的人，不择手段地达到目的，从道德的角度是不可原谅的，但是润暗却无法憎恨他。

任森博在做的，是润暗一直都渴望做到、却始终做不到的事情。尤其是，他想要救的，也是润暗想救的人。渴望阿静活下来的迫切心情，他相信自己不会输给任森博。

形势已经刻不容缓了。这个空间的扩张和入侵已经无人可以阻止，现在，它已经在高宁市张开了一个巨大的笼子。所有进入过那个空间的人，都无法离开这个城市，而不在这个城市的人，会自动进入这个城市。

阿静面临着死亡。任森博的脑海里，全是这件事情。这个计划的最后一步，即将启动。

吸入了他研制的催眠气体之后，除非再吸入解药气体，否则就会沉睡七天。在这段时间里，约翰只能够任他摆布。约翰现在就睡在任森博在高宁市山区的一座别墅内。任森博正静静等候着他的死亡日期——也就是明天——的到来。

现在是下午三点左右，任森博独自坐在书房内，倒了一杯红酒，细细品尝起来。他不会让任何人打乱他的计划。他必须让阿静活下去。

三年前，妻子死去的痛苦和绝望，他不希望再品尝了。他知道他造的罪孽有多大，等到了该偿还的时候，他不会推卸。

现在，诺索兰公司还有一批因为当天没有戴手表，或者恰好在高宁市的人幸存，而那些人也是被诅咒者。闻紫魅将他们被诅咒的事情一一告诉他们，并且正在安顿他们。他已经告诫闻紫魅不要再去见润暗，并且要注意别再被他跟踪，他还让闻紫魅喝下了一种可以看出身上滴了变色龙液体的隐形人的药水。

这些药水，其实有许多也是诺索兰公司研究出来的，只是他拿过来改良后，把配方告诉了阿静，阿静再进行更进一步改良，比如变色龙液体就是她改良后研发的。

"任先生……"闻紫魅端着一杯茶走进来，见任森博正在喝酒，连忙上前制止说："任先生，这么重要的日子，还是尽量保持清醒比较好吧？"

"也是。"任森博放下酒杯，端起闻紫魅递来的茶，只喝了一口，便放下来说："紫魅，我想和你谈谈。现在的生活，你还满意吗？还会憎恨那些人吗？"

"任先生……"闻紫魅被他说中了心事。尽管她现在已经没有了鬼眼，但是过去的伤痛无法释怀。闻紫魅的鬼眼让她身边的人不断死去，也差点儿夺走她的生命。而救了她的人，就是任森博。闻紫魅因此获得了继续活下去的勇气和希望。如今，她终于不再具有灵异体质了，她却高兴不起来，因为，失去的再也回不来了。于是，她决定用自己的下半生报答任森博。

"我……并不憎恨任何人。我唯一憎恨的是那个已经离开我身体的恶灵。"闻紫魅是真心这么想的。

"是吗？"任森博微微叹了一口气，话锋一转道："你知道我为什么要救你，给你活下去的希望吗？"

"什么……这是什么意思？"闻紫魅感觉任森博此刻的眼神和以往不太一样。

"你并不是一个被诅咒者，本来就不会被鬼魂杀死。所以，救不救你，结果都是一样的。那么，为什么我还是要救你呢？为什么我要让你跟随我呢？你虽然协助过我不少事情，但是，可以代替你的人、可以比你做得更好的人，实在是太多了。"

闻紫魅简直不敢相信这是任森博说出来的话。他……真的是任森博吗？

"我一开始就知道你是个厉鬼体质者。而具有你这样体质的人，即使像现在这样变回了物理体质，在午夜零点死去的话，不但会变成厉鬼，而且必定会选择一个具有同等体质的人作为宿主。"

闻紫魅不由自主地向门口退去。

"就算你变回了物理体质也没关系，灵异体质本来就和遗传基因没有关系，随时随地都可以再次创造出来。我要让约翰度过他的死亡日期，那样，阿静就可以活下来。但是，以他生灵的物理体质，不死鬼眼的能力难以完全发挥。所以……我必须要让你，成为约翰体内新的厉鬼。"

闻紫魅确定了任森博不是在开玩笑，她立刻向门口逃去，然而，一股奇异的香味开始在空气中飘散，她立刻就不省人事了。

闻紫魅再度睁开眼睛时，眼前晃动着一团灯光。这是一个狭小的黑暗房间，周围都是砖墙，空气中弥漫着大量灰尘。而在阴暗的灯光下，她看到旁边一张石床上躺着约翰。

任森博就站在灯光前面，他的表情还是那么淡漠和平静。

"快到午夜零点了。所以，你必须死，在午夜零点死去，然后附体到约翰身上。"

"不！任先生，你到底怎么了？"闻紫魅的双手双脚都被锁链锁住，完全无法动弹。她惊恐不已地看到，任森博手上有枪。

"尽管没有预知到，但是我早就把约翰会失去灵异体质的可能性考虑在我的计划里。"任森博看着手腕上的荧光表，十一点四十五分。距离午夜零点只剩十五分钟了，他的心跳得很快。

如果约翰会在明天死去的话，那他所有的计算和研究就都失败了，阿静的死就再也无法扭转了。

"求你……求你别那么做，任先生……你知道后果吧？如果杀死我，把我变成厉鬼的话，那么你……"

"我无所谓。你要杀死我也行，把我打入十八层地狱也行。只要阿静可以活下来，什么结果我都愿意接受。我知道我的罪孽有多深重。早在我烧毁欧文家的庄园时，我就已经弄脏了双手。"任森博看还有时间，索性把一切真相都告诉了闻紫魅。

"怎么可能……"闻紫魅无法想象任森博居然做出了那么多极其残忍的事情，为了让女儿活过诅咒之日，不惜制造出一个巨大的实验场，造成了那么多悲剧。而约翰，是任森博最大的牺牲品。

"你应该明白了吧？我选择约翰，并且让他拥有不死鬼眼，就是为了这一刻。你要恨我就尽管恨吧，我会背负所有罪孽的。但是，阿静要活下去，这个连锁诅咒，我一定要切断！"

任森博注视着手表的秒针。最后的几分钟，对闻紫魅来说，如同几个世纪。

"不要……不要……我不要变成厉鬼，求求你，任先生，不要杀死我，求你放过我吧……"闻紫魅知道自己必死无疑了，但还是拼命哀求着。

但是，这打动不了任森博。

"求求你……你要我做什么都可以……哪怕要我去杀人也没关系，但是请你别杀我……我不想死，不想变成厉鬼啊！"

"时间到了。"当时针和分针终于在零点重合时，任森博抬起了手枪。

第一枪打中了闻紫魅的腹部。他故意避开要害，因为不能立刻杀死她，要让她在极度痛苦中死去，才能变为最恐怖的厉鬼。

紧接着他又连射四枪，分别打中了耳朵、肩膀、胳膊、大腿。

闻紫魅发出凄厉的惨叫，可是任森博没有丝毫动摇。

"那么……永别了，紫魅。"

其实任森博本来还可以用更残忍的方法杀掉闻紫魅，不过，考虑到时间有限，所以才选择了这个有效率的方法。

枪口对准了闻紫魅的心脏。

"求——"闻紫魅只来得及说出这一个字，她的左胸就溅出鲜血。

"阿静……我用这双脏了的手来救你，非我所愿。只是，我真的很想让你活下去。"

任森博放下枪，看着闻紫魅的尸体。他估计，厉鬼已经诞生出来了。只是，他还没有看到。

"你果然……是真正的恶魔。"

任森博一惊，猛然回头一看。约翰醒过来了！

"怎么会……药效不会那么快就过了的……原来如此，不死鬼眼对危险的感应能力让你自动醒过来了啊。"

约翰冷冷地凝视着任森博。他并没有特别愤怒，而是用一种藐视的眼神看着任森博，冷冷地说："难道你不明白吗？你也不过是这个连锁诅咒的一环而已。"

午夜零点过了。任森博开始感觉不对劲了。

约翰的眼睛依旧是乌黑的。

"不对……为什么会这样呢？"

"你在这个连锁中的任务已经完成了。你会看到活生生的地狱的！"约翰站起身来，沿着台阶向上走去。

"不……我的计算不可能出差错的，不可能的！"

"你真的那么认为吗？"约翰边走边说道，"计算？不，人类是无法计算出这个诅咒的尽头的。事实上，一直在被计算和利用的人，就是你自己！任森博先生，你杀害我父母，制造出诺索兰公司这个实验场，把我作为你的最终武器……这全部都是这个诅咒的一环而已！我早就已经看到了，对我们来说，这个世界就是真正的地狱！"

"不可能的……"任森博还是无法接受。他飞快地跟着约翰跑上去，很快到了一楼。约翰默默地站在外面等他。

"如果这个诅咒是绝对的，那为什么我可以预知到一切？你又为什么可以拥有这双不死鬼眼？"任森博还在做最后的挣扎。

　　"因为需要完成这个诅咒，带给我们无法逃脱的终极恐怖。"约翰的口气很奇怪。

　　"我不明白……你怎么好像完全不在乎自己的死活？你不是很关心宗蒿霖吗？难道你对打破这个诅咒，不打算做出任何努力吗？"

　　"我不会死的，但是，也不会接受你的安排。"

　　"你这话是什么意思？"

　　"你有让你女儿活下去的计划，而我也有让蒿霖姐姐活下去的计划。和你一样，我也是这个连锁诅咒的挑战者。"

　　任森博正要说什么，忽然一声枪响，他的胸口被子弹瞬间贯穿了。

　　地下室内，还被锁链捆绑着的闻紫魅身上的血如同喷泉一般，源源不断地涌出，她的手开始不自然地扭曲摆动起来……

第 13 章
〔打破连环诅咒！〕

那颗子弹是从后面射来的。

任森博回过头一看，向他开枪的，居然是唯晶的亲生母亲，隋云希！

隋云希正拿着一把枪，目光像是要喷出火来一样看着他，她转向约翰说："因为我一直对你不放心，所以当初聘用你做唯晶的私人保镖后，就在你的衣服里装了窃听器。最初只是为了防备你而采取的措施，没想到，居然知道了这样的真相！"

任森博还来不及说话，隋云希又射出一发子弹。

"我绝对不会原谅你……任森博！"

约翰默默地站着，冷眼旁观。

"愿姬是被你害死的！她也是我的女儿啊！虽然是唯晶的克隆人，但她也是我怀胎十月生下的孩子！"隋云希难以抑制悲愤的心情，对着任森博又狠狠地开了三枪。

任森博终于倒了下来，他先是双膝跪倒在地，接着头重重撞到地上，他大量失血，已经是弥留状态了。

"还有唯晶……她也是因为这样才受到诅咒的！任森博，我绝对不会原谅你！"

任森博无法看到，阿静能否得救了。

就在任森博合上双眼时，远在润暗家里的阿静忽然从噩梦中惊醒。

"怎么回事……"身边的润丽依旧在熟睡，周围是一片黑暗和静谧。阿静心里有强烈的不安，这种感觉从来没有过。

隋云希缓缓放下枪，来到任森博的尸体前，轻轻地踢了踢他的脑袋，确定了他没有呼吸之后，整个人瘫软在地，泪流不止。

"都是我的错……"隋云希把愿姬交给诺索兰公司之后，就后悔了。

因为这种痛苦和悔恨，她无法接受这样的结局，她一直沉浸在悲伤中。这种心情，就像愿姬是唯晶的双胞胎妹妹一样。但是，她现在才明白，从头到尾，这一切只是为了一个人——任森博的女儿——而造成的牺牲。

她抬起头看着约翰，发现他有些奇怪。为什么他一点儿反应也没有？

"约翰……你，你怎么了？为什么一动不动？"

约翰的脸颊忽然以惊人的速度腐烂起来，原本完好的皮肤一下子变得干巴巴的，随后整个身体都失去了水分，变成一具干尸，倒在地上。

这是不死鬼眼创造出来的僵尸。约翰的灵魂能够不断转移到新的身体上，也可以创造出没有灵魂的僵尸。他本人早就已经离开这里了。

隋云希自然不知道是怎么回事，见约翰突然变为干尸，还以为他是受到了鬼魂袭击才变成这样的，一下惊慌失措起来。

而这个时候，地下室入口忽然传来了诡异的喘息声。

隋云希吓了一跳，还来不及反应，地下室的大门就被重重撞开，她还没看清楚是怎么回事，一只血红的手将她的头整个贯穿，接着高举起来，她的身体瞬间被撕成了两半！

约翰知道，他绝对不能直接面对闻紫魅变成的厉鬼。

这一带山区他实在是不熟悉，又没有任何通讯工具。他已经造出了很多僵尸在这一带活动，使用不死鬼眼的能力，即使他的本体被杀害，灵魂也可以转移到他的其中一个僵尸身上，然后再制造出更多僵尸来。这就是这种鬼眼被称为不死鬼眼的原因。

任森博能够对这种鬼眼如此有信心，不是没有道理的。但是，在只有生灵的情况下，能够制造出的僵尸数量也是有限的。

这个时候，约翰明显感觉到，距离自己大约三千米的某个僵尸被杀害了！能够杀死僵尸的，绝对不可能是人类！

紧接着，又接二连三地有僵尸被杀害，有什么东西正在迅速接近他，这一点确切无疑！

约翰在考虑要不要把周围行动的僵尸全部召集到自己身边来，但是很快打消了这个念头。因为这么一来，化为厉鬼的闻紫魅必定能够知道哪一个才是真正的他。

她的死和自己有间接关系，现在她成了厉鬼，当然不会放过自己。

进入一片漆黑的树林中，约翰尽力飞奔，只求能尽快离开这里。即使有这双不死鬼眼，但是在进入死亡日期的时候，他根本没有可以活下来的信心。

他在这座山上制造出来的僵尸有三十个，现在已经死了超过十个。

还在逼近……还在逼近……距离他最近的僵尸也死了。那个厉鬼在逼近！

约翰感到一阵心悸从身后袭来，他立刻转移了自己的灵体。

两三秒钟以后，他的身体被一个突然闪出的身影抓住，紧接着，约翰的身体被撕扯得四分五裂，地上只剩下一堆碎肉。

约翰把自己的灵魂移入了距离这里四千米的一个僵尸身上。

"怎么会那么恐怖……"约翰扶住一棵树喘了几口气，就感觉又有三个僵尸被杀害了。

尽管他早就知道厉鬼很可怕，过去自己体内也有一个厉鬼，但还是没想到居然会恐怖到这种程度，让他防不胜防。

"刚才我转移灵魂再慢一秒钟，现在就已经死了……"约翰本以为，依靠不死鬼眼的能力，应该不至于如此狼狈，但是现在，他连一秒钟都无法安心，只有尽可能地多造出僵尸了。

依靠生灵驱动不死鬼眼，制造出来的僵尸极限数量是五十个。他大睁着眼睛，半边面孔渐渐变得狰狞扭曲，周围冒出一大群和约翰长得一模一样、却如同行尸走肉一般的人来。

约翰让这二十个僵尸向不同方向逃跑，并在他们身上注入一定的生灵气息，这样，闻紫魅的厉鬼就不容易分辨出谁是真正的他了。接着，他将不死鬼眼的视觉神经和其他僵尸的灵体结合在一起，监控厉鬼的动向。

虽然还无法知道下山的路，但至少可以防备厉鬼了。但是，他很快就感觉不对劲了。

他发现不管走到哪里，周围的景象都没有太大变化。虽然树木看起来都差不多，但是这种诡异的感觉，就好像他一直在原地打转。

约翰不禁紧张起来。

他决定进入释放不死鬼眼的状态，虽然这会让他的生灵气息迅速消耗，但是他觉得，如果不这么做，他随时都会死。

他还没来得及释放鬼眼能力，一种幽异的感觉从脚底升起。又一个僵尸遭遇到厉鬼了！

他闭上眼睛，连接视觉神经去看那个僵尸眼中看到的景象。

最初入眼的，是一片树林。然后就看到一只白色的手将另一个僵尸的身体提了起来。看不清楚手的主人，但是那个僵尸被提到了至少三米高，随后又有一只手进入视野，把提在空中的僵尸如同撕纸片一样，完全撕碎了！

约翰还没来得及惊讶，眼前就是一黑，和他视觉神经相连的那个僵尸也被提了起来，紧接着，联结就断开了！

一片空地，地上是一堆腐烂的碎肉，那些肉没有流血，是肉干。僵尸死去后，就会变为干尸。

这时，周围的密林里出来许多身影。一群长得一模一样的僵尸聚集到一起，有十五个。约翰决定孤注一掷，用十五个僵尸去面对闻紫魅的厉鬼，他不敢再大意了。

但是，除了地上的那些肉干以外，什么也没有。十五个僵尸徘徊着，四处搜寻。

约翰本人在五千米以外进行远程操控，他的额头上都是汗。

当初宗蒿霖在进行技术分析的时候已经确定，僵尸可以徒手把一头牛肢解，弄碎钢筋水泥的墙壁如同捏碎泡沫塑料一样。僵尸肌肉的坚硬程度，子弹射不进去就不用说了，公司曾经用最新研制的超强力炸弹绑在他们身上引爆，这种炸弹足以将一个山头炸平，但是炸这些僵尸却无法造成任何伤痕！

可如今，他们却那么容易地就被……

约翰还来不及思索对策，恐怖已经悄然而至。视觉神经突然被切断了！

他无法再看到那些僵尸所看到的画面了，只感觉到那些僵尸一个个地被杀死，几乎是一秒死一个！

约翰被恐惧彻底压倒了。他的脑子里只剩下一个字——逃！

然而，他刚跑了几步，眼前的场面就让他惊呆了。

地上是一大堆死了的干尸，正是那些死去的僵尸！

"怎么可能？"那些僵尸明明在五千米以外啊！

那么，闻紫魅现在应该也……约翰感觉眼睛被什么东西挡住了，他一摸前额……是长长的头发！

他再往身后一摸，在后背也摸到了一头长发！这是闻紫魅的头发！

他还来不及转过身，那些莫名其妙长到他头顶的头发就死死勒住了他的脖子。

约翰抓着那些头发，想扯下来，然而越扯就勒得越紧！

他只好再次移动灵体。而在他的灵体离开这具躯体后，还不等躯体变成僵尸，脖子就被勒成了香肠……

约翰进行了一次远距离的灵体跳跃。

当他再次醒来的时候，他的身体正待在一个大约二十五立方米的大玻璃箱里。

"把你的灵体牵引过来耗费了我不少精力呢，约翰。"路深槐站在玻璃箱外笑嘻嘻地看着他，"成功了呢，我设计制造的灵体牵引箱。而且，事先保存下来的你的僵尸也派上用场了。"

"你说什么？"

"我早就预料到会发生这样的事情，所以预先把你用不死鬼眼造出的一个僵尸放在这个玻璃箱里。不过，这个箱子还是不太稳定，花了那么长时间才把你的灵体牵引过来。"

这个房间不大，箱子内的灯光很亮，但是外面完全没有任何光线。除了路深槐以外，宗蒿霖也陪伴在他身边。

"蒿霖姐姐？"

"你真的很让人担心啊！"她隔着玻璃箱对约翰说，"不过总算及时把你带回来了，太好了。"

此时约翰还是心有余悸。那些僵尸在厉鬼面前，如同婴儿一般无力，他的命好几次差点儿就交代在那座山里。

"好了，你先出来吧。不用太担心，你的不死鬼眼没有那么脆弱。"

路深槐虽然嘴上那么说，可是心里也实在没底。约翰是阻挡这个诅咒的最大希望，只要他可以成功，那么自己和蒿霖的诅咒也就可以解除了。

约翰走出玻璃箱后，路深槐对他解释道："这里是我们家，这个房间本来是客厅，这个玻璃箱也是临时做好的。你觉得我的发明怎么样?"

"不敢恭维……"

路深槐开始询问事情的详细经过,约翰就把和任森博有关的事情全部说了出来。

二人自然是大为骇然。他们无论如何也想不到,诺索兰公司只是一个疯狂的父亲为了实验杀害鬼魂的方法建立起来的!

"那……该怎么办呢?"宗蒿霖开始担心起约翰来,"那个厉鬼还会来找你啊。"

"今天,是我的死亡日期。"约翰很清楚,这双不死鬼眼是最后的、唯一的希望了。

"明白了,你必须提升这双鬼眼的能力。"

其实过去路深槐在研究不死鬼眼的过程中,就提出过一个强化方案,但是被公司否决了。

"约翰,这是唯一的办法,但是非常危险。"

路深槐一脸的严肃让约翰明白,这个办法绝对会让他付出很大的代价。可是,现在保命是最要紧的,其他的事都无法考虑了。

"说说看吧,反正我也没有别的生路了。目前的不死鬼眼根本救不了我。"

"分割灵体,现在你应该做得到吧?"

约翰顿时心里一紧。这是裂灵瞳眼具备的一种能力,而不死鬼眼在前期实验中已经证明可以将灵体分割,最大极限是分割成九份。

约翰明白了路深槐的意思。他是想将自己的灵体分割为九个,然后分别附在九个僵尸身上。这样就能提高生存的几率,即使其中一个被杀害了,还有另外八个。

当然,灵体一旦分割为九份,再融合就没有那么容易了。这是很危险的赌博。

"的确,是唯一的,也是最好的办法了……"

约翰突然感觉一阵心悸，那个厉鬼已经进入这个公寓，正在上楼！

"我得先走了，不能连累你们！"

可是他刚说完，就响起了敲门声！而且敲门声极为急促，仿佛不把大门敲穿，就誓不罢休！

"天，没有那么快吧？"在他犹豫的时候，敲门声变成了撞门声！

"我先走了！"约翰拉开窗户就向下跳去！这里可是七楼啊！

约翰在下坠的过程中，迅速在楼下制造出一个僵尸，然后移动灵体。好在这个步骤他很熟练，灵体移动出来时，他距离地面还有五米。

变成干尸的身体重重撞在水泥地上，附在新僵尸体内的约翰又开始行动了！

因为在那座山上造出的僵尸几乎都被杀光了，现在他又能造出新的僵尸来。随着他的心念一动，附近又多出了十几个僵尸，然后，他把自己的灵体分割成九份，各自附到了不同的僵尸体内。

有九个自己的话，即使会被厉鬼追杀，也总会有一半的数量能够和厉鬼周旋到午夜零点吧？这是和时间赛跑的战斗！

深槐和蒿霖跑到窗户前，看着楼下的尸体，不禁摇了摇头。现在，除了为约翰祈祷，他们做不了任何事情。他们都是血肉之躯的凡人，面对厉鬼，有多少条命都不够。

虽然将灵体分为九份，但是主要的人格和意志还是集中在某一个僵尸身上。这个约翰撒腿飞奔起来。

天渐渐亮了。城市东区，一家小杂货店的老板刚把卷帘门打开，却见一个气喘吁吁的金发青年倒在店门前，他看起来很惊恐。

"小伙子，你怎么了？"

老板刚问出这句话，却见那个年轻人猛然站起身，又狠狠地跳起来，一跃就是几十米高，老板看得眼珠子都差点儿瞪出来。

"太阳出来了……那个厉鬼不至于在大白天现身吧？"

约翰跳到一座高楼上，站在阳光下休息起来。

在这几个小时里，他除了跑就是跑，要不是身体素质很好，他绝对要累趴下了。

一直保持着高度注意力，他的精神极度疲惫。而且什么东西也没吃，他几乎没有力气了。此刻的阳光还不是最盛的，因此不能大意。

又是几个小时过去了，厉鬼暂时没有踪影了，阳光越来越盛，她不可能再出来了。

约翰坐在一家意大利餐厅里吃早餐。在阳光充足而且人多的地方，他可以安心一些。而且周围还有几个僵尸在巡视，要死也是他们先死，他如果感觉到危险，就会立刻离开。

现在周围还算平静。约翰紧张的心情略微放松了一些。

能活下去吗？从小他就生活在黑暗世界里，见不到光明的他始终恐慌。但是得到这双鬼眼后，他却看到了一个更加黑暗的世界。还来不及感慨自己身世凄凉，又陷入了这种无路可走的绝望。

如果可以选择，他真希望自己回到以前，什么也看不见。什么也预知不了的话，至少不用面对知道自己会死于诅咒的恐惧。这双鬼眼，并没有带给他任何幸福。

忽然，他听到背后传来一阵阵重重的撕扯声。回过头一看，距离他三米左右的桌子旁，坐着一个长头发的女人，他只能看到背影。但是，他很清楚地看到，那个女人正在用手撕着一块鲜血淋漓的牛排，看起来牛排顶多两三分熟。女人似乎是在撕咬牛排。

那个女人应该不会是闻紫魅。否则，他不可能没有任何感觉。而且，如果真是她，没有道理还在这里吃牛排啊。

身后撕扯牛排的声音越来越大，那个女人咀嚼着牛排，如同猛兽在进食，听起来一点儿不像是人类会发出的声音。

约翰的目光扫过那个女人的桌子，上面的餐点几乎全部是肉类。除了牛排以外，还有猪排、羊排。

更让他奇怪的是，这个女人如此恐怖的吃相，周围居然没有任何人表现出不满和不屑，就好像……没有人能看到她、听到她吃东西的声音一样。

他开始想象那个女人的样子。她此刻一定是满嘴鲜血吧？她是谁？真的是人类吗？

约翰不敢走过去看那个女人的长相。他害怕真的看到……

"服务员！结账！"

约翰哪里还吃得下东西，干脆结账走人。但是令他起鸡皮疙瘩的是，离开餐厅时必须经过那个女人的餐桌。

服务生走过来，还不等他报出价格，约翰就拿出钞票放在他手上，说："不用找了。"他抓起放在椅背上的衣服，披上就准备离开。他尽可能别过头，不去看那个女人。但是……

那张餐桌上……已经没有人了！

桌子上只摆放着几个盘子，盘子里都是干干净净的骨头，上面连一点儿肉渣都没有剩下。

那个女人居然吃得那么快？约翰在心里努力说服自己，她不可能是闻紫魅，接着就大步流星地朝门口走去。

但是……他居然走不到门口！

明明只有十米不到的距离，可是他一直疾步如飞，不断向前走，大门就在眼前，却怎么也到不了！

更诡异的是，他确实肯定自己在向前走，并没有原地踏步！

最后他索性飞奔起来，经过了不知道多少张桌子，还是怎么也到不了大门。

他再朝旁边一看……餐厅内的情景让他犹如跌入冰窖！

每张桌子上都端坐着一具完整的人体骨架，看起来……就和那盘子里被吃得干干净净的骨头一样！

餐厅外的阳光变得黯淡起来……

约翰背后，那个拼命撕咬食物的声音又传了过来……

午夜零点正在逼近。

约翰看了看手表，再过不到一个小时，他的死亡日期就要过去了。

这是最后一个约翰了。另外八个灵体都死了。

在这个生死瞬间，他回忆起了以前在诺索兰公司的一个恐怖夜晚。那是他还作为第四号实验体时发生的一件事情。

"约翰，今天的药吃了吗?"

那天，蒿霖照常来到他的房间，对他进行例行的身体检查。

"嗯，吃了哦，蒿霖姐姐!"那个时候，他刚移植了不死鬼眼，体质一直需要靠药物来稳定。不过，他的身体很健康，也没有对这双鬼眼产生太大的排斥反应。

蒿霖离开以后，约翰看了看钟，快要午夜零点了。他的眼皮有些打架，打了几个呵欠后，就躺到了床上。

就在他把房间的灯关上的一刹那，在房间的一个角落忽然出现了一个人影!

当约翰注意到的时候，灯已经关上了。他急忙又把灯打开，可是，此刻房间里只有他一个人。

公司为他安排的房间，像总统套房那么豪华，面积相当大。这么大的房间里只有自己一个人，他无法不紧张。

他本打算叫公司的人来看看，可是忽然想起自己有不死鬼眼，不如造出自己的僵尸去其他房间查看一下更保险。

于是，他开始释放不死鬼眼。不一会儿，他面前站了五个和自己长得一模一样的男孩。

"去其他房间看看。"五个男孩点了点头，面无表情地走了出去。

约翰把僵尸们派出去之后，就用被子紧紧蒙住头，心惊胆战地等待僵尸们归来。

不幸的事情发生了。随着一声惨叫，他猛然掀开被子，开始用不死鬼眼连接每一个僵尸的视觉神经。

其中一个僵尸的身体被撕扯得四分五裂，已经变为干尸倒在地上。而从其他四个僵尸的眼里看去，各个房间都没有人。

约翰害怕了，忍不住抓起床头的话筒，叫开发部的人立刻到这里来。

但是，电话另一头却是死一般的寂静。明明电话线插得好好的啊！

约翰越来越恐惧，索性造出许多新的僵尸来，并且把另外四个僵尸也召回来。他让僵尸们团团围住自己。

他作为一个实验体，外部的大门自然是上锁的，而且是特制锁，只有公司职员的 ID 卡才能打开。

就这样，那些僵尸陪了他一个晚上。直到天亮，都没有再发生任何事情。

不知道怎么的，现在约翰突然想起了这件事情。

他已经知道，公司实验大楼内部之所以时间流动和外界不同，是因为公司的大楼原本就是在灵异楼房的基础上改建的。那些扭曲的时空中，很可能本来就存在着什么恐怖的东西。

他那个时候，会不会就已经成为了那个东西的死亡名单中的一员了呢？

从过去的资料来看，那些被诅咒的人多数是看到了一些不该看到的东西，或者是进入了不该进入的地方，因此陷入万劫不复的境地。像"黑色大地"乐队那样，是因为鬼魂复仇而死的被诅咒者，其实不是很多。

那么，自己的诅咒，是从那个时候就开始了吗？还是，自己在跨入实验大楼的那一刻起，就已经被诅咒了呢？

此刻，约翰的身边还有两个僵尸。这里是一个建筑工地，而他躲在一个钢筋水泥管里面。

反正逃到人多人少的地方都是一样的，索性就待在这里吧。在这个狭窄的水泥管里，没有鬼魂可以埋伏的空间，前后又各有一个僵尸把守，至少不会被暗算。

这个时候，他感觉到，那个厉鬼来了！

距离午夜零点还有半个小时！

与此同时，深槐、蒿霖、慕镜、唯晶等人聚在润暗家里。

所有人都守候在电话机旁，等待午夜零点过后，约翰打来报平安的电话。只要能够确认他平安无事，那么，在场的每一个人都可以得救了！

"约翰，他会没事吗？"他们很清楚，如果连拥有不死鬼眼的约翰都逃不过这一劫，那么，就没有人可以活下去了。

约翰此时大气也不敢出。虽然还不确定那个厉鬼现在的具体位置，但是他知道，她正在逼近！而自己已经无法再分割灵体了。

一股阴风吹进水泥管里。蜷缩在水泥管口的一个僵尸居然脱离他的控制走了出去。

约翰几乎不敢相信自己的眼睛，不死鬼眼没有理由操纵不了僵尸啊！

这时，他身后的另一个僵尸也走开了！

如果被厉鬼看到他们的话……约翰咬了咬牙，使用不死鬼眼将他们召回了自己的双眼中。但愿没有被她发现……

还剩二十五分钟！

"神啊，请你保佑约翰吧。"润丽在胸口划起十字来，祈祷约翰平安。每个人都在用他们各自的信仰来祈祷。

约翰每隔几秒钟就要看一次表，紧张得快要窒息了。

这时候，水泥管口赫然冒出了一张扭曲的面孔！

约翰尽管早有心理准备，还是吓了一大跳，立刻朝后面逃去。这附近堆放着好几十个相通的水泥管，约翰在其间飞快穿梭着，不断注意后方，并全力释放不死鬼眼，心中不断祷告。

他已经无法再造出新的僵尸了。

当他累得气喘吁吁时，忽然意识到了一件事情。

为什么穿过了那么多水泥管，却始终出不去？每一根水泥管接着另外一根水泥管，根本看不到尽头。

约翰冒出冷汗来。当他回过头时，骇然的一幕出现了。那个厉鬼正在以惊人的速度爬过来！

厉鬼已经进入约翰的不死鬼眼释放范围，却毫发无伤！

约翰又抬起手腕看表，还有五分钟！

他咬了咬牙，继续向前跑去！就算到不了出口，也要活过这五分钟！和死神赛跑的五分钟！

奇怪的是，厉鬼始终和约翰保持五米以上的距离。

约翰终于看到了前方水泥管的尽头。那是生的希望！

还有三分钟！

他就要爬出水泥管的一刹那，一只脚被死死抓住了！

"闻紫魅！冤有头债有主！杀你的是任森博，你去阴间找他报仇吧，求你放过我吧！我不想死！"

但是那股力量没有丝毫松懈。约翰死死抓着水泥管口的边缘，目光一刻也没有离开手上的表。

两分钟！另一只脚也被抓住了！

约翰感觉自己的体力要到达极限了。两只手虽然还拼命抓住管口边缘，可是已经磨出血来了。

还有一分钟！这时，他的手松开了！整个人被厉鬼抓回了水泥管内，眼看着前方的管口离自己越来越远……

"不，我不要死！"约翰终于下了狠心，对着自己的手腕狠狠咬了下去！可以提升鬼眼能力的方法，就是吃人肉。但是，约翰不知道这对于不死鬼眼有没有用。

他将自己手腕上的一块肉狠狠咬了下来，立刻吞进肚子里！他拼命地全力释放出不死鬼眼！

还有三十秒！

抓住他的脚的那股力量渐渐松开了。身后传来厉鬼含糊不清的号叫。

尽管手上的剧痛令他几乎要晕过去，他还是不停止释放不死鬼眼。一只手松开了。

还有十秒！另一只手还是不肯松开！

约翰咬着牙，扒着水泥管拼命向前爬。他感觉被抓住的另外一只脚，似乎被厉鬼的指甲深深嵌入了肉里！

还有七秒！

"不要死……我不要死！"

还有五秒！

"我要活下去，活下去！"

厉鬼的指甲似乎无法再继续掐下去了。

还有三秒！

"零点！零点！"

另一只手终于松开了！还有两秒！

约翰回头一看，只见厉鬼的头颅就悬浮在他身后，狠狠地咬住了他的脖子！

还有一秒！

午夜零点的钟声，在润暗家里敲响了。

第 14 章
〔尸 斗〕

阿静记得那扇门。

她从很早以前就知道那扇门的存在了。在她的灵魂里，有着和那扇门有关联的东西。她死守着那扇门，不想再让更多的异类来到这个世界。

可是，现在她把守那扇门的能力已经消失了。毕竟，她不是真正的守门人。

鬼眼消失的时候，她感觉到，她和那扇门的联系被切断了。

那扇通往凶冥空间的门。

阿静查过古代文献典籍，紫色眼睛的人一直被视为禁忌，但是这个传说最早的起源，已经无法考证。而拥有鬼眼后，脑海里就会涌入一段信息和一个男人的声音。

那个男人是谁？这绝对和灵异体质有关系。本不该出现在这个连锁诅咒中的人类鬼魂能力，却真实存在着。这个矛盾不仅体现在灵异体质上，更体现在她过去所拥有的突变体质上，她甚至可以传导灵异能力。

阿静得出了一个结论：那些寄宿在人类体内、构成灵异体质的冤魂厉鬼……全部是从那扇门后面出来的！而她，是这个时代负责看守那扇门的人类。

现在，那扇门暂时关闭了。这意味着什么？

阿静的思绪被急促的电话铃声打断了。

几乎每个人的手都立刻伸向电话，同时握住话筒。润暗按下了免提键。

"喂，是约翰吗？"

"墨东……路……"

"啊，什么，你说大声一点儿……"

"脖子出……出了太多血了……我现在快晕过去了……快来墨东路建筑工地……"

"约翰，是你吗？"润暗的心几乎提到了嗓子眼，他现在就要兴奋得狂吼了。

"对……是我……"

"我们胜利了——"所有人爆发出激动得无法言喻的狂吼。

约翰活下来了！现在已经过了午夜零点！他们终于战胜这个诅咒了！

阿静被这个结果震惊了，一时之间竟然大脑一片空白。

赢了？这个连锁诅咒被切断了？她感觉眼前一黑，晕了过去。

阿静做了一个怪梦。

她走在一条很长的走廊上。前面是一扇黑色的门。而在门前，有许多婴儿。

但是，阿静更想称他们为怪物。那些婴儿大多畸形得恐怖，一点儿也不像人类的婴儿！阿静根本不敢走上前去。

这时，一个人走过她身边，向那扇门跨越过去。那个人回过头来。

阿静愕然问道："爸爸？"

任森博微微对她笑着说："阿静，一切都结束了。这个连锁诅咒不会继续在人间继续下去了。终于来得及救你。我已经没有任何遗憾了。

别继续走过去了，那扇门……不是人类应该踏入的。"

"爸爸，你……"

"你回去吧。你还有大好人生呢。我已经承诺过，只要你可以活下来，即使是下地狱我也完全接受。我犯下了太多罪孽，但是你不同。你和你母亲一样纯洁善良，你应该得到幸福。"

就在任森博还想说什么时，那些畸形的婴儿忽然发出怪叫声来，有许多甚至爬到任森博脚下，拽他的裤腿。

"没办法，我必须走了。回去吧，阿静。这条走廊的另一头，才是你应该生活的世界。我绝对不会让这扇门，在你面前开启的。"

任森博说话的时候很安详，而那些畸形的婴儿已经爬满他的全身，不断地把他往后拉。

"爸爸！爸爸！"阿静跪在了地上。

她眼睁睁地看着那些婴儿把父亲拉到那扇黑色的门前，紧接着，那扇门打开了。父亲被那些婴儿丢入门内。门又关闭了。

那些畸形婴儿，最让她恐惧的，并非他们的身躯和脸。而是，他们都有一双紫色眼睛！

"阿静！阿静！"

润暗熟悉的声音响在耳边，阿静微微睁开眼，刺眼的阳光让她不禁拿手挡住眼睛。她正躺在家里的床上，只有润暗坐在她身边。

"一切都结束了。我们可以活下来了！还有，你把治疗药水藏得真是隐蔽，要不是我们在家里到处找，拿去给约翰治伤，他恐怕活不下来。我们到那里的时候，约翰已经昏迷了。还好他现在情况已经稳定了。"

阿静把手拿开，润暗立刻注意到，她的眼角挂着泪痕。

"你怎么了？阿静？"

"润暗，爸爸他，恐怕已经死了。他被那扇门的守门人，带到那扇门后面去了。"

“你说什么？”

“我的灵魂，原本是那扇门和这个人类生活的世界之间的媒介。他们想通过我来到这个世界。那些寄宿在灵异体质者身上的鬼魂，也是因为这扇门才……”

“别说了，阿静！”润暗紧紧地抱住她。

如果润暗是一株植物，那么阿静就是他植根的大地，他无法离开她。

“你能活下来……就足够了。再也没有比能够继续活下去更好的事情了，不是吗？”

二人四目相对，一切尽在不言中。

阿静闭上了眼睛。润暗深深地吻住了她。

约翰和一个美丽的少女坐在公园的草坪上，看着远处追逐嬉闹的孩子们。

“你之前说要做的事情，终于都做完了？”少女一头短发，眼睛很清亮。

“嗯，琉璃，我都办完了。下个月我可以和你一起走了。”

名叫琉璃的少女嫣然一笑：“算了吧，看你那不舍的样子。我知道你的心思，你喜欢她，对吧？”

约翰沉默不语。

“干吗那么轻易放弃？你别告诉我，你只是把她当姐姐，人家还没有结婚，你不是还可以去争取吗？我不会勉强你做任何事情的。”

“你还真是……在孤儿院第一次看见你的时候，我就知道，我的心事你都能看透。不过，两个星期以前，你出现在我面前时，我真的很惊讶，你居然也到国内来了。”

“自从三年前你莫名其妙地从孤儿院失踪，我就没放弃过找你。几个月前在孤儿院再看见你的时候，我也很惊讶，你居然长大了那么多，但我还是一眼认出你来了，然后就跟着你到国内了。你的眼睛居然能够复明，真的太好了。我一直相信，这个世界上的灵异现象多数是真实的。你说你小时候身上附着一个厉鬼，我也没有怀疑过，所以，就算你一夜之间变成一个大人，我也不会感觉奇怪。"

约翰被诺索兰公司带去美国后，他特意回了一趟孤儿院。这个名叫琉璃的少女今年十六岁，她是美籍华人，因为父母去世，从小在孤儿院长大，她一直把约翰当弟弟一样照顾。

"你还是不肯告诉我，这三年来发生了什么事情吗？"

"嗯。我不能说，真的很抱歉。"

"既然你打算继续住在这里，那我也待在国内好了。"

"嗯？你说什么啊？"约翰立刻反对道，"你在美国不是还要上学吗？现在是圣诞假期，但是你可别告诉我你打算放弃学业啊！"

"无所谓，我觉得和你在一起的话，一定能遇到很多有趣的事情。我最大的志愿，就是拍摄一部灵异纪实电影，所以，怎么能不跟着你呢？"

约翰知道，琉璃决定的事情，是没有任何人能够改变的。

"随便你吧。"反正，她也不可能再拍到什么东西了。

这个世界上，不会再有连锁诅咒了。

"真的吗？诅咒解除了？"当唯晶的父亲简文烁听到这个喜讯，总算有了一丝安慰。虽然女儿的诅咒解除了，他应该高兴，但是，妻子已经死了。

约翰并没有把有关任森博的真相全部说出来，因为他考虑再三，为了阿静，也不能说出这件事情来。但是，隋云希的死是隐瞒不了的。

他说，隋云希在他身上安装了窃听器，赶来救自己时，被厉鬼所杀。他说的也基本符合事实，只是省略了她枪杀任森博的部分，而他已经把任森博的尸体埋葬了。

约翰虽然憎恨任森博，但是，他能活下来，却也的确是因为这双不死鬼眼。而且，也因为他的缘故，这个诅咒被打破了，今后不会再有新的牺牲者了。

而已经习惯了恐惧的慕镜，还是不太习惯。他发现自己并没有想象中那么轻松和高兴。

这个一直纠缠着他们、令人胆战心惊的诅咒，终于因为约翰而得以解除。尽管很不可思议，却是不争的事实。

慕镜站在愿姬的墓前。愿姬死后，她的遗体一直下落不明。对于公司来说，这些克隆人无论死活都有实验价值吧。所以，慕镜只能给她立一个连名字也没有的墓冢。之所以把墓冢立在高宁市，也是因为这个城市还没有公司的势力渗透，他想让愿姬在这样平静的地方长眠。不能找到她的遗体，终究是一件遗憾的事情。

虽然诅咒解除了，可是愿姬的亡魂还是没有得到真正的安息。如果愿姬的死亡日期在约翰之后的话，她就可以活下来了。慕镜的内心被这个想法折磨着。回忆又开始展开……

"漫画？"

"嗯！"愿姬抖着手上的漫画稿纸说道："我打算画一部少女漫画，是关于魔法和异世界的，不过我希望内容有些深度……"

"那个……"慕镜和深槐看着兴奋的愿姬，都提出了一个问题："就算画出来，你打算去哪里投稿？这里连电脑也没有啊！公司不会让我们出去的。"

"无所谓，反正日子也很无聊。"愿姬笑呵呵地说，"我的梦想就是成为一个人气漫画家，现在就先练练笔吧，以后的事情，以后再说吧。"

那个时候的愿姬，和现在的唯晶很像。他看过唯晶的漫画，看起来和愿姬的画风一模一样，看来连绘画的才能也克隆得分毫不差。

这时，他的手机收到了一条短信，是唯晶发来的。

"慕镜：我想见你，想你想得都快要发疯了。在得知诅咒解除的同时，又知道妈妈死了，我真的很难过。求你快来见我。"

　　慕镜知道自己不该去。正如深槐说的那样，长久以来，他把唯晶当成愿姬的替代品。他不想再让唯晶加深这样的错觉了。然而，他满脑子充斥着的，都是和愿姬有关的回忆。

　　那个晚上，他半夜里忽然醒来。看见愿姬点着蜡烛站在自己的床头，看起来很有些鬼气森森的感觉。

　　"慕镜，快起来，有点儿不对劲。"

　　"什么不对劲？"慕镜不明白她为什么点着蜡烛，难道停电了？

　　他还来不及问，愿姬手中的蜡烛一下就灭了。

　　慕镜立刻在黑暗中摸索着去找开关，找到之后按下去，果然灯没有亮。

　　"愿姬……愿姬……"

　　他下床去找愿姬，可是呼唤了很久，她都没有回答。

　　黑暗中忽然传来一声巨响，随即慕镜感到温热的液体溅到他的脸上。

　　"啊——"那是愿姬的叫声。

　　"愿姬！愿姬！"

　　灯亮了。慕镜目瞪口呆地看见，愿姬紧紧捂着左臂，一脸痛苦。她的左臂正不断渗出血来。

　　"怪物……刚才有个怪物咬我……"

　　慕镜不寒而栗。愿姬……他无论如何也无法把这个名字从脑海中赶走。为什么，杀死她的人是深槐呢？他无法责怪深槐，因为他也是受害者。

　　到底是为什么，愿姬无法活到今天呢？

　　这时候，在他的心中，唯晶和愿姬的身影开始重叠起来……

　　他重新打开手机，看着那条短信，噙着泪水说："愿姬……唯晶，她是另外一个你吧？你的生命和唯晶是相连的……"

唯晶站在家里的阳台上，一直紧紧盯着大门。她在等待慕镜到来。

这时，一个熟悉的身影出现在门口。

约翰坐在一辆公共汽车上，他打算先去找一份工作，如果要继续待在国内，得先解决经济问题。他在报纸上看到招聘广告，打算去试一试。

现在是上午十点三十一分。远方忽然传来了剧烈的爆炸声。

爆炸声把车上的人都吓得面如土色，约翰回头一看，是距离这里大概一公里的一个大厦发生了爆炸，浓烟迅速弥漫。

在这之后，只过了半个小时，附近又发生了一起重大事故。在一个十字路口，一辆大卡车因为刹车失灵，导致了连环车祸，这场事故造成六人死亡、三十多人受伤。而且，地点离发生爆炸的大厦很近。那座大厦的爆炸，听说是有人故意投放炸弹。

约翰看着浓烟，有了一个可怕的猜测。

下午三点，高宁市某大学的女生宿舍里。七个漂亮的女生聚集在一起，每个人的手里都拿着一把美工刀。

一个女生含着泪说："大家都是没有办法才这么做的。我们都暗恋着同一个男生，但是他拒绝了我们所有人。我已经生无可恋了，既然同病相怜，我们就一起踏上黄泉路吧。"

这时，一个戴眼镜的女生握着美工刀的手有些颤抖，想了半天摇了摇头说："算了吧，我不想死，我怕……"

接着她就要向门口跑去，却被另外六个女生按倒在地上。

"你想背叛我们吗？说好了七个人一起上路的！"

"我明白了！她一定是觉得，如果我们都死了，那她就可以得到他的心了！想得美！"

那个戴眼镜女生刚要开口呼救，一个女生已经拿美工刀在她的脖子上狠狠地划了下去！然后，其他几名女生相继拿着美工刀抹脖子……

七名大学女生集体自杀的新闻，加上早上的爆炸案和连环车祸，已经引起市政府的重视，市民们都觉得高宁市如同被诅咒了一般，议论纷纷。

灾难事故还不止这些。此时，约翰的手上正拿着一张报纸。除了大厦爆炸案、连环车祸和女大学生集体自杀外，还有好几个醒目的大标题。

"瑞丰商厦大楼第三层发生火灾，造成三人死亡，十多人受伤。"

"通奇银行遭遇歹徒抢劫，三名银行职员被害。"

"四岁男童不慎坠湖身亡，安全问题再度引人反思。"

一天之内，在同一个城市，居然发生了那么多起重大事故！

约翰恨恨地把报纸揉成了一团！

"没有消失……这个诅咒并没有消失！"

难道，是因为对被诅咒者的诅咒失灵，所以诅咒以新的形式转移到了另一群人身上？那些无辜的人，是代替他们被这个诅咒杀害的吗？而且是以这种看起来不像灵异事件的方式？

如果再这样发展下去，高宁市还会不断出现牺牲者吗？直到……他们愿意妥协为止？

第二天一早，润暗被电话铃声吵醒。

他睡眼惺忪地摸到电话筒，还来不及说出"喂"字，就听到约翰说："润暗！今天十二点半的时候，跃风路的一座大厦第三层会发生大爆炸！我现在向你详细描述犯人的长相和特征……"

润暗大惊失色地问："你的预知能力恢复了？"

"就算是吧。到时候你就用任小姐的药水去对付他们，犯人是一男一女……"约翰挂断电话，又拨通了另外一个号码。

"喂，蒿霖姐姐吗？深槐先生在吧？今天十二点半左右，在明兆路和辉伦路的路口会发生一起连环车祸……"

"喂，慕镜吗？美祥公园今天会有三名男童落水身亡。下午三点，在一所大学里会有七名女生集体自杀……"

"喂，简先生吗？瑞丰商厦今天下午会发生一起火灾，请你动用关系预先安排警力。还有，通奇银行今天会被抢劫，有三名职员被杀害……"

约翰把电话放下，绝望涌上心头。已经是第二次了。这个连锁诅咒果然没有终结！

他早就该想到的。对他们而言，那个来自异度空间的诅咒是时空错乱的，然而，他根本没有遭遇到和时间错乱有关的诅咒。

这就意味着……他根本没有从这个连锁诅咒中逃脱！

今天早上他一觉醒来，发现自己居然躺在冰冷的水泥管里，手脚、脖子都传来剧痛。幸好他身上带有一些阿静给他的药水，才愈合了伤口。

时间在倒流，他的死亡日期会在明天……再度降临！

约翰抬起头，凝视着墙壁上的钟，时间正逐渐接近午夜零点。

"来吧，再来一次又怎样？以为这样我就会害怕了吗？"

再经历一次死亡日期……他不知道，这一次自己还能不能逃得过。

这时，一阵奇特的晕眩感觉突然袭来，约翰眼前一片漆黑。

再度看见亮光时，他发现自己躺在任森博家的地下室里，而任森博正站在已经被他杀害的闻紫魅的尸体面前。

约翰猛然跃起，朝地下室的台阶奔去。他事后已经研究过这座山的地形，所以这一次很有信心可以逃出去。

离开别墅后，他根据预先计划好的路线，朝山脚下飞奔而去。这时，剧烈的心悸感袭来。

不能死……他立刻造出五个僵尸，对他们吼道："三个去拦住那个厉鬼，两个跟我走！"

虽然约翰知道，僵尸根本挡不住厉鬼，可是，他还是希望至少能够拖延一段时间。

跟自己的两个僵尸在一起，约翰咬了咬牙，拼命压下内心的恐惧，不断提升奔跑速度。

快啊……再快一点儿！

他把自己的视觉神经和去挡住厉鬼的其中一个僵尸连在一起。那三个留在原地的僵尸，很快就感受到前方袭来的一股恐怖阴气，地上的草一片片枯萎，黑暗中有一个跳动而来、浑身是血的女人！

一个僵尸大吼起来，以迅雷不及掩耳之势向厉鬼冲去，但是他还没有接近厉鬼，厉鬼就已经用手死死捏住他的头颅，把他的身体撕成了两半！

剩下的两个僵尸没有退缩，继续向厉鬼扑去。厉鬼先是抓住最先冲来的僵尸的脸，然后一手插入他的胸膛，把心脏硬生生掏了出来！另一个僵尸一把掐住厉鬼的脖子，狠狠咬了下去！厉鬼发出痛苦的号叫，不断挣扎着。

就在僵尸即将彻底咬断厉鬼的脖子时，厉鬼居然化作一阵风消失了。

僵尸四处张望着，却找不到厉鬼。这时，从僵尸背后的一棵树后面，伸出了一只血淋淋的手，一把将僵尸的头发扯住！厉鬼又跳了出来，骑在僵尸脖子上，想把僵尸的头撕成两半。

但是，这个僵尸没有那么容易被杀。他和一般僵尸不同，他是约翰制造出的最强僵尸！

最强僵尸发出一声嘶吼，把厉鬼狠狠掷在地上，两手的指甲一下变得很尖利，朝厉鬼狠狠刺了下去！

谁知道，厉鬼的嘴巴居然一下张得极大，把僵尸的整个头颅吞了进去！

僵尸还是不死，尖利的指甲直刺厉鬼的喉咙！厉鬼的脖子被划出了好几道深深的伤口。即便如此，厉鬼还是死死地咬着僵尸的头颅。

约翰进一步释放不死鬼眼的力量，他无论如何也要让这个僵尸多坚持一会儿。

这个僵尸终于找到了反击的机会，他死死扯住厉鬼的双手，然后狠狠地拔了下来！

厉鬼还是不松口！

僵尸的脖子不断渗出血来，这意味着他还没有变成干尸。

终于，厉鬼先撑不住了。僵尸在厉鬼脖子上划下的最深的伤口，终于让她的脖子和身体完全断开了。

厉鬼的头被僵尸狠狠扯下来，他把自己的头拿了出来，又把厉鬼的头扔到地上。

已经没有了头的厉鬼，却还在原地站着，并且继续向僵尸走去！

约翰的额头开始冒汗。

就在厉鬼逼近那个僵尸时，地上的那颗头颅开始滚动起来。紧接着，头颅悬浮到空中，朝僵尸扑去！

僵尸居然一只手抓住了厉鬼的头颅，然后把头颅捏得粉碎！

看到这一幕的约翰，简直不敢相信自己的眼睛。

"怎么可能？那个僵尸……怎么可能那么强？"

虽然这的确是自己造出的最强僵尸，但是约翰认为顶多能拖延厉鬼一段时间，没想到，居然能够和厉鬼打得不分上下！难道，真的是上天眷顾他们这些被诅咒者吗？

原本已经破灭的希望，又在约翰的心中燃烧起来。

厉鬼没有了头，却依旧无比凶残，又向僵尸扑来。而僵尸手上的利爪，一下就刺穿了厉鬼的胸口，随后又是几爪下去，居然把厉鬼碎尸万段！

那些碎裂的血肉掉落在地上，很快就消失了。

僵尸赢了？这么容易？

约翰怀疑自己是不是在做梦。那么恐怖的厉鬼，之前僵尸在她面前就像毫无抵抗力的婴儿一样，现在厉鬼怎么会变得那么弱？

不对劲！约翰立刻猜想，莫非是那个厉鬼在玩弄他？故意在他面前装死，然后再找新的机会，带给他更大的绝望？

约翰认为这个可能性非常高。所以，他没有停下脚步，还是拼命地向山下跑去。

的确，消失了的厉鬼并没有彻底死绝。厉鬼是人在午夜零点死去时的强烈怨念，徘徊于阴阳夹缝的恐怖鬼魂，只要怨念还在，就不会因为实体的消失而消散。

僵尸还没有反应过来，周围黑暗的森林中，居然又爬出许多厉鬼来！全都是闻紫魅的鬼魂！

僵尸却毫无惧色。最先接近僵尸的一个厉鬼猛扑了上来，还不等抓住僵尸，厉鬼的脖子就被僵尸紧紧掐住，僵尸用利爪把厉鬼的身体一分为二！

其他厉鬼继续向僵尸扑来。几分钟后，地上躺满了厉鬼的尸体。僵尸浑身是血，站在原地不动了。

约翰惊呆了。他开始明白任森博为什么对不死鬼眼如此有信心。

有了这个最强僵尸，就算诅咒还会持续，又有什么可怕的？

于是，约翰决定附体到这个最强僵尸身上。他闭上眼睛，灵体已经移动到了最强僵尸体内。

"不用害怕了，我一定可以活下去！一定可以！"

这时，那些倒在地上的厉鬼尸体又站了起来。

"还想垂死挣扎吗？没用的！"

约翰对准首当其冲的厉鬼的头一脚踢去，瞬间就把她的头颅踢碎。随后，他的利爪一阵猛挥，那些厉鬼都被撕碎了。

所有厉鬼索性一齐向约翰冲来。约翰驱动不死鬼眼的力量，全部注入了这个最强僵尸的身体，在身体周围形成了一个阴气场，凡是接近他的厉鬼，都会瞬时粉碎！

终于，那些厉鬼再也无法攻击约翰了。

看着那些碎裂的厉鬼尸体，约翰的脑海里忽然掠过一个画面。

在诺索兰公司的那个晚上，他在关灯前看到鬼影，就派僵尸出去查看。最后有一个僵尸被杀害了，那个僵尸头都没有了，只留下了身体。

他总感觉有些奇怪，到底是什么地方不自然呢？

对了……是肉量！

因为当时死去的僵尸变为干尸，整个身体萎缩，又被撕得七零八落的，所以，他没注意到，那些肉量似乎并不只是一个僵尸的！

约翰突然明白了什么。

如果，那一天，他派遣出去的五个僵尸，实际上死了两个呢？

那么，后来回来的四个僵尸里，必定有一个不是他造出来的，而是……那个鬼影伪装的！

一股寒意袭上约翰的心头。

那么……自己现在寄宿着的这个最强僵尸……真的是……自己造出来的僵尸吗？

约翰想立刻移动灵体，却发现……他无法离开了！

他被禁锢在了这个僵尸体内！

不……这不是僵尸！这是……

约翰还来不及思考，他的手——不，是自己寄宿的这个"东西"的手——慢慢举了起来，然后，伸到了眼前。

"不——"约翰现在还能够凭自己的意志说话。

手狠狠地对着自己的眼眶抠了进去！

两只不死鬼眼的眼球，在一瞬间被挖出了眼眶！

约翰的这双不死鬼眼，是可以随着灵体的转移，移动到僵尸的身上的。

这个僵尸抬起脚，对准在地上滚动的两颗眼球，狠狠地踩了下去！

任森博一手缔造的不死鬼眼，就这样彻底毁灭了。

约翰的生灵，在那双鬼眼被毁掉的同时，也被这个"僵尸"完全吞噬了……

玲把最后一个盘子擦干，放回了碗橱。

快到晚上八点了，平时这个时候，她都会惬意地躺在沙发上听音乐。

关上碗柜的门，她看着挂在厨房墙壁上的钟。现在是七点五十五分。她又想起了曾经在诺索兰公司工作的经历。

玲在三年前是诺索兰公司的会计。公司有一条很奇怪的制度，要戴上一块指针速度比一般钟表快得多的手表上班，只要在公司里，无论何时都不可以取下，一旦被发现没有戴手表，就会立刻被开除。她就是因为有一次表带松了，不小心把表掉在了地上，部门主管立刻就开除了她。

后来，她就搬到了高宁市。最近，她百思不得其解，为什么诺索兰公司突然之间彻底消失了呢？这让她很不安。

她过去就听过传闻，公司的大楼是用有闹鬼传说的楼房改建的。以前还以为是为了吓唬新人而编造的，但是现在想想，感觉很骇人。

玲走回客厅，躺在沙发上，刚拿起放在茶几上的MP3耳机，就听到卧室里传来玻璃破碎的声音！

她心里顿时一惊：莫非有小偷进来了？

她浑身起了鸡皮疙瘩，立刻拿起一把椅子，战战兢兢地朝卧室走去。来到卧室门口，她深呼吸了一下，慢慢拧开门把手。

风立刻扑面而来，东面的窗户玻璃碎了一地。不过，卧室里并没有人。玲松了一口气，心想也许是风太大了吧……

放下椅子，她去取来扫帚和簸箕，走到窗台下准备打扫的时候，刚要蹲下身，一只手赫然出现在窗台上！

心猛然一震，玲感觉喉咙像被堵住了，浑身都被凉意包围了！

她一连倒退了好几步，过了好一会儿才反应过来，喊道："谁……是谁！"

还等不到回答，窗台上又出现了另外一只手！

玲跌倒在地，她的腿发麻了。一团黑乎乎的东西开始冒了上来。

那是……头发！

一个完全被浓密头发遮盖住的头颅……伸进了被打碎玻璃的窗户！

就在窗台上的手即将伸进房间的时候，卧室墙壁上的钟忽然发生了奇怪的变化。

此刻是八点整，钟的指针忽然逆时针旋转起来，而且转得飞快。钟的时间回到了七点五十五分。

玲关上碗柜的门。她抬头看了一眼厨房墙壁上的钟，然后走到客厅，拿起 MP3 听音乐。

八点过了。什么事情也没有发生。

玲用耳机听着音乐，感觉胸口堵得慌。尽管耳边回荡着悠扬美妙的旋律，她却觉得……那如同是地狱之音！

她从来没有这么心烦意乱过。她一把扯下耳机，打开了电视机。

这时，新闻里正在报道七名大学女生自杀的惨案。一看到这样的新闻，玲心里更不舒服。她越来越焦躁不安了。

"我到底是怎么了？"

玲认为自己一向是个很开朗的人，从来不会这样莫名其妙地情绪不稳。可是，她真的觉得有什么恐怖的东西在这个房间里蔓延。

她和丈夫新婚三个月，最近才搬进这个高级公寓。但是，这个属于自己和丈夫的新家，却让她感觉像是什么猛兽的巢穴一般，哪怕只是坐在这里，都会随时遭遇危险。

玲终于无法忍受这种窒息的感觉，给丈夫打了电话。

"喂，老公，你能不能尽快回来啊？我一个人在家，觉得有点害怕……你快点儿回来吧。我们才结婚多久啊，你老是加班，我太寂寞了！"玲撒娇道，她现在只盼丈夫早一点儿回来。

"对不起啊，玲，你也知道，我是公司经理，现在又到年底了，实在是太忙了。你放心吧，到了过年放假时，我一定一直陪着你。"

丈夫都那么说了，玲还能怎么样呢？她悻悻地挂了电话。

放下电话，那种不安的感觉又浮上心头了。而且，她清晰地感觉到，不安感觉的源头……是卧室！

玲也觉得自己很荒唐，可是这种想法就是挥之不去。她终于鼓起勇气，决定去卧室看一看。

推开门后，她做的第一件事就是把灯打开，整个卧室立刻亮堂了。房间里一切正常。

玲松了一口气，自嘲地说："我这是怎么了……不就是老公回来得晚了一点儿吗？居然这么疑神疑鬼的。"

她又重新回到客厅去听音乐，这时，她的心情逐渐平复下来，不知不觉睡着了。

玲醒过来的时候，丈夫已经回家了。她身上还盖着被子。她一看钟，已经十点多了。

"你啊。"笑容可掬的丈夫倒了杯水，递给她说："居然就这样睡着了？对不起啊，老婆。我争取早点儿完成工作，就可以按时下班了。"

"好啦，我又没有怪你。"玲见到丈夫回来，就安心了许多："不过，你要好好补偿我哦。"玲带着甜甜的笑容，闭上眼睛，凑近丈夫的脸。丈夫深深地吻上她的唇。

玲的丈夫名叫峰，是一家进出口贸易公司的总经理，玲结婚后在家做全职太太，她也是一个网络写手，写的是悬疑小说。

"对了，你最近没有再胡思乱想了吧？"峰忽然问道，"不会再幻想着有那个什么公司的存在了吧？"

"诺索兰公司？"

"是啊，别再想了。都是过去的事情了，重要的是我们的将来嘛。"

峰的话让玲安心了许多。她想：也是啊，不管诺索兰公司的消失是不是灵异现象，都已经和自己没有关系了。

深夜，阿静还在书房里翻阅一大堆发黄的书册。这些书是她从古玩市场淘来的，花了很多工夫，终于找到了一些和鬼眼有关的记载。

润暗一直陪伴在她身边，跟着她一起查找资料。

"找到了……"阿静拿着一本卷册，指着其中一篇故事说："你看，这是一段神怪志异的故事，提到过紫瞳，可惜记载得不详细。可是，年代很确定，是在五代十国时期。"

"五代十国？"有关鬼眼的记载，在那么久远以前就有了？

阿静想找出鬼眼消失的原因。约翰死后，就再也没有任何人有能力对抗鬼魂了。阿静在梦境中看见，父亲被那群紫瞳畸形婴儿拉进一道门后，她可以肯定，那些婴儿和那扇门，都和鬼眼、和她过去具备的突变体质有关系。

她不认为鬼眼会无缘无故消失。如果鬼眼也是这个连锁诅咒的一个环节，那鬼眼的存在究竟有什么意义？这个诅咒，绝对不会把多余的东西创造出来。存在的东西，就意味着是绝对必要的。

显然，诅咒的目的是杀害人类，让他们无法逃脱绝望和恐怖。那么，就完全没有理由让他们可以使用鬼魂力量，这是非常矛盾的。

鬼眼消失的那一天，正好是遗忘诅咒事件中所有人全部死去之时，她不知道这两者之间有没有关联，但是，那一天绝对发生过什么事情。

眼皮越来越沉重，但是阿静还想继续翻阅下去，润暗劝道："你先去睡吧。剩下的我来看。"

阿静看着润暗关怀的眼神，不忍拒绝他的好意，她也实在是太累了，于是点了点头说："好吧，我先去睡了。"

阿静来到书房门口，刚打开门，就和润丽撞了个满怀。

阿静疑惑地问："你不睡吗？都快十二点了。"

"我睡不着……所以想干脆来陪你们一起找资料。"

润丽的眼睛有点儿红。阿静知道，她肯定是有什么事情想对哥哥倾诉，所以也不再打扰兄妹俩。阿静走出书房，轻轻带上了门。

润暗也注意到润丽的脸色不太好。

"润丽，你……"

"哥哥。"润丽急切地来到书桌前，"有什么我可以做的事吗？无论如何，我都希望恢复鬼眼能力。"

润丽并不知道她和哥哥也是被诅咒者，所以，润暗已经明白她是在担心谁了。

"是铁慕镜，对不对？你想救他？"

润丽愣了一下，慢慢垂下头，默认了。

润暗叹了一口气说："润丽，我早就看出来了。自从你被他从那个异次元公寓救出来后，你就经常发呆，一听到他的名字或者见到他，眼睛都会放出光来。可是，他现在不是和简唯晶在一起吗？你知道吧，他真正爱的是公孙愿姬，而简唯晶是……"

"我知道！"润丽的泪水又决堤了，她在润暗面前用不着掩饰自己的情感。

"我知道……他和简小姐是真心相爱，我也愿意祝福他们，所以，我想解除他们身上的诅咒，这样，对我来说，也是一种幸福……"

润暗看着妹妹如此伤心，也很难过。但是当务之急是考虑如何解除诅咒、重新恢复鬼眼能力，这些情情爱爱的事情，实在不足为道了。

在二十多年前，阿静出生前的一个月。任森博在睡梦中忽然惊醒，他记得自己明明盖着被子，却感觉异常寒冷。他看向身边的妻子，立刻瞪大了眼睛。

怎么可能？居然有无数畸形婴儿趴在妻子隆起的肚子上！

任森博想去拉开那些畸形婴儿，却一动也动不了！明明和妻子只有咫尺之隔，却只能眼睁睁地看着。

那些婴儿的眼睛，全部都是紫色的！

他想叫醒妻子，却感觉喉咙被堵住了，就连他的阴阳鬼眼也无法发动。

最让他震撼的是，他居然没能预知到这个恐怖的情景！

那些婴儿实在是太丑陋了，五官扭曲得令人不寒而栗。但是，他们并没有做什么。

任森博忽然抬起头，看到有一个黑色的身影悬浮在他的头顶。他的阴阳鬼眼渐渐看清楚了那个身影。

那是个穿着古代华贵丝绸衣服的人，但是脸已经溃烂得不成形。而在天花板上，有一扇黑色的门扉。

那扇门扉渐渐地从墙壁移动到床头。紧接着它扭曲成一个漩涡的形状，又变成一个黑色的环。这个环开始扩大，延伸到床上，把任森博的妻子睡的半边床完全覆盖住了。接着，那个环又移到她的肚子上，大小和隆起的肚子差不多。

黑色的环急速旋转起来，不断变小、变小，变成了一个小黑点，最后看不见了。那些畸形婴儿和悬浮在空中的鬼也无影无踪了。

但是，任森博知道，那扇黑色门扉所变成的环，已经进入了妻子体内。这一件事情，他在留给阿静的笔记里记了下来。

阿静据此推断，她觉得，那扇黑色门扉已经不在她的体内，但是，过去她却因此获得了预知能力，甚至可以传导灵异能力。而她也一直在用药物来抑制那扇门扉再度开启。

从那个鬼穿着古代衣服来看，鬼眼的诅咒果然是来源于很久远的古代吗？现在的文献记载确定是在五代十国时期。

第二天醒来，阿静发现润丽没有睡在身边。而此时才不过是早上六点。

润丽最近又在准备找工作，因为她没了鬼眼，大可以放心地和人们接触了。但是，阿静认为她最近并不是为了找工作才那么早出晚归的。

润丽一早起来，就打了慕镜的手机，听他说，他正在和唯晶一起寻找可以恢复鬼眼的方法。

和唯晶"一起"。听到这里，润丽的心就感到一阵绞痛，但是，她什么也不能说。她想见慕镜，所以，提出要跟他们一起调查。哪怕要眼睁睁看着慕镜和唯晶在一起，她也愿意。

润丽对于慕镜的思念和爱慕，其实在第一次见到他的时候，就已经不可自拔地在内心萌芽了。解除慕镜身上的诅咒，是润丽现在最大的心愿。

玲伸了个懒腰，掀开被子，披上外衣，把窗帘拉开，迎接朝阳。昨天晚上那种莫名其妙的心悸已经消失得无影无踪了。

峰已经去上班了，不过他做好了早餐，还给玲写了留言条。早餐是三明治和一杯牛奶，都是玲爱吃的。虽然不能和丈夫一起吃早餐有点儿遗憾，但是玲也知道他工作很忙。

匆匆吃完早餐，玲又坐到电脑前，准备写今天的文章。她照例先去看自己的连载小说点击和推荐增加了多少。

"你是说，那天晚上，约翰见过一个陌生的女孩？"

"是的。"唯晶坐在副驾驶座上，对正在开车的慕镜说："那一天，应该就是安源他们去大知山的晚上吧。深夜的时候，我被噩梦惊醒，感觉房间里有什么东西存在。我就披上衣服，叫醒睡在隔壁房间的约翰。因为害怕得不想睡了，我决定出去走走。到了外面，约翰注意到有一辆黑色轿车停在我们家门口，车上坐着一个十五六岁的女孩。我当时还惊讶她还那么小居然就能开车了。她一看到约翰就立刻下车，跟他打招呼。"

"然后呢?"慕镜紧张地问。

"当时约翰也一愣，问：'你是哪一位?'她笑了笑说：'真是的，居然把老朋友都忘了?'约翰才恍然大悟地说：'琉璃！你是琉璃!'"

"琉璃?"慕镜对这个名字毫无印象。

"是啊，我当时在想，他们是旧识吧。那个叫琉璃的女孩又说：'我可是一直等在这里的呢。你好吗，约翰?'"

就在这时，车已经到了润暗家楼下，远远地看见了等在那里的润丽。

润丽见到慕镜和唯晶坐在一起的时候，心里泛起一阵酸楚。

"上车吧，润丽。"慕镜把车门打开，他那双不再是紫色的眼睛，却依旧让润丽心醉。

润丽无法遏制自己的念头：如果，这双眼睛凝视的人，永远都是我，那该有多好……

"我们要去哪里?"坐到车的后座上，润丽用提问来掩饰内心的惆怅。

"我来给你解释一下吧，伊小姐。"唯晶说起刚才提到的约翰见过的神秘女孩。

"十五六岁的女孩?"润丽思索了一下问道，"会不会是约翰在美国孤儿院认识的人呢?"

唯晶点点头说："我也是这么想的。接下来的事情才是重点。那个时候，借着月光，我终于看清了那位琉璃小姐的脸，但几乎就在同时，我注意到约翰那双紫色眼睛忽然发生了变化。他的眼睛一瞬间发出光芒来，两只瞳孔中央都有一个漩涡，像是黑色的环。而那个环，不久就变成了……好像一扇紧闭的大门。接下来，那扇门打开了，很快又变成黑色的环，覆盖了整个眼睛。最后，约翰的眼睛就变成黑色的了！"

看来，鬼眼的消失，和那个叫琉璃的女孩有莫大的关系！

"那么，我们要去哪里找她？"润丽心急地问道。

"当时我没有问她的地址。现在约翰也死了。"唯晶看起来很忧伤，"不过，我记得她的长相，托我父亲去调查美国的孤儿院了。如果有消息会立刻通知我们的。现在我们要去路深槐家，把这个消息告诉他们，或许他们知道一些和约翰有关的事情。"

"怎么不用电话立刻联系他们呢？"

"我想谨慎一些。"唯晶说道，"毕竟高宁市已经完全陷入了那个异度空间的封锁，用电话联系的话，很可能得到假情报，这种情况，伊小姐你过去也遇到过吧？"

润丽不禁感叹唯晶思虑得很周到，当初的鬼画事件，哥哥和阿静被女鬼封锁在不存在的楼层里，她却接到了"哥哥"打来的电话向她保平安。电话实在是不能相信了。

"不过，我还有个更好的建议。"润丽说道，"阿静收集情报的能力很强，让她查查美国孤儿院资料怎么样？"

"哦？是吗？"唯晶一听很高兴，"那也去拜托她一下。"

"琉璃？不认识。"

宗蒿霖听慕镜说明来意后，摇了摇头。

"不过，约翰住的孤儿院的名字和地址我都知道。"路深槐拿出纸笔写了下来，"简小姐，可以让你父亲去查一查。那个女孩如果真的是鬼眼消失的关键，找到她，也许就可以找到恢复鬼眼的线索。"

夜晚再度降临了。

玲早早吃完晚饭，也懒得洗碗，都泡在洗碗池里。

她今天一天闷在家里写网络小说，感觉有些累了。她打算明天出去走走，哪怕是在小区里逛逛，也得出去透透气了。

八点快到了。玲照例准备去听音乐时，卧室里忽然传来了打碎玻璃的声音。

她吓了一大跳，家里只有她一个人啊……她拿起一个花瓶，蹑手蹑脚地走到卧室门前，隔着门听着里面的动静。

屋里很安静。她拿出手机，先拨好了"110"，打算开门时如果看到了人，就立刻按下拨号键。

玲心跳得很快，她慢慢把门打开了。

窗户的玻璃碎了一地。

玲忽然有一种奇怪的感觉。这种事情好像不是第一次发生了。

不过，房间里没有人，她还是松了一口气。她拿来扫帚和簸箕，打算扫碎玻璃的时候……

窗台上突兀地出现了两只手和一个被浓密头发遮住的脑袋！

玲的腿一下发软了，整个人瘫倒在地！

窗台上的一只手已经伸进了房间，碰到了地板！

玲举起花瓶对着那只手砸过去，却没有砸中，摔在了墙上。

另一只手也伸进来了！

"啊——不，不要啊——"

玲明明拿着手机，手指却怎么也按不下去。

就在那个脑袋即将伸进来的时候，墙壁上的钟又发生了变化。时间再次倒回了七点五十五分。

玲把碗都放在洗碗池里，无聊地在客厅里踱着步。

到了八点整，强烈的心悸袭来，玲感到……房间里好像进来了什么人！

这种感觉的源头，还是在卧室！她三步并作两步跑进卧室。里面一切如常，什么东西也没有发生异常变化。

"不对……一定有什么事情发生了……"

玲也不明白这种心悸是怎么回事，她两腿一软，坐在地上，号啕大哭起来。

哭了很久，她抹了抹眼泪，一个房间一个房间地查看，床底下、柜子里，所有可能藏人的地方都找了一遍。还是什么异常情况都没有。

她又抓起电话给丈夫打过去，刚接通她就哭着说："老公，你快点儿回来，有东西……有东西进到家里来了……"

"什么?! 有小偷吗?"

"不……不是的，你快回来! 我好害怕，我真的好害怕!"

玲无法解释这个荒谬的念头是怎么产生的，但是，似乎一到晚上八点，她就会感到家里有一个入侵者!

深夜的书房里，润暗看着正聚精会神翻阅资料的阿静，不禁有些感慨。

"早知道会这样，当初你不应该进入诺索兰公司去找约翰的。风辉他们，最后还是一个人都没有活下来。"

"是啊，我也很后悔。"阿静翻动书页的手停了下来。

当时，润暗为了救陆园秀，将噬魂鬼眼的能力发挥到极限，受了严重内伤。就是因为这样，阿静才决定铤而走险，把约翰作为风辉他们活下去的最后筹码。但是，她却因此踏入了死亡禁地。

就在这时，阿静的脑海中忽然掠过一段记忆。

"进入特殊时空楼层的时候，只需要 ID 卡认证，居然不需要核对指纹……我那个时候就感觉很奇怪，后来我问了宗蒿霖，她说，之前爸爸带走慕镜时放了一把火，导致公司首脑的手被烧伤，失去了指纹，所以把原本安装的指纹认证取消了，我才能够上得去。所以，应该是父亲为了让我顺利进入那两个楼层才放的火。"

润暗打了一个寒战。任森博提到过，当他预知到阿静为了夺回约翰而进入诺索兰公司时，为时已晚，所以才会来不及让慕镜把她带离那里。所以，如果是任森博刻意利用那场火灾，来让阿静顺利进入那个异度空间楼层，就说不过去了。

润暗不得不有了一个恐怖的结论。并不是因为任森博放了那把火造成首脑失去指纹，而是那个空间本身导致了那场火灾烧掉首脑的指纹！从那时候开始，那个空间就在引诱阿静进入！而且，也是任森博将诺索兰家族的注意力转移到国内的。国外也有灵异楼房，诺索兰公司在国外也建有秘密实验基地。是任森博一手把自己的女儿推入了连锁诅咒中，他却以为自己是在救她！

这个诅咒，实在是太恐怖了！居然可以通过这些看似偶然、无关的现象，制造出一个必然的死亡陷阱！

玲的哭诉，让峰也开始担心起来。

"玲，你别哭，告诉我，到底是什么东西进到家里来了？你不说清楚的话，我实在是走不开啊！"

"求你，求你回来陪我啊！峰，求求你……"

电话那头沉默了片刻。

"对不起，玲。我最早也只能凌晨一点回去。最近公司出了一些问题，损失金额很大，正在调查原因……真的很对不起，我要忙的事情实在太多，如果你不给我一个确切的理由，我是不可能现在回去的。"

玲此时已经恐惧得连颤抖的力气都没有了，房间里虽然很平静，但是她确信一定有什么东西入侵了，可是偏偏丈夫回不来！

"峰……这是我第一次求你……我真的好害怕，真的……"

"好吧，我尽量争取早点儿回去，你别担心，先睡一会儿，好吗？对不起，再见了。"

玲听到电话"嘟"的一声挂断，心一下坠入了谷底。她狠狠地摔下电话，心里埋怨着丈夫。她把所有房间的灯都打开，又把收音机的声音调到最大，钻进被窝里，哆哆嗦嗦地环顾着卧室。

她也感觉自己的行为太疯狂、太荒唐了。明明什么也没有，可是为什么一到八点，她就感到那么恐慌呢？

当第二天的阳光又洒进屋子的时候，醒来的玲松了一口气，她感觉昨天晚上自己的焦虑实在是太滑稽了，现在，她的紧张缓和了许多。

她朝着卧室的衣架看去，峰的西装挂在那里。他还没有去上班？

玲顿时兴奋地起床，来不及套上衣服就跑出去，看到丈夫正在往餐桌上放她爱吃的三明治。

"峰，你可回来了，昨晚吓死我了……"

玲娇嗔地扑入峰的怀抱，峰笑了笑，说："你才真的把我吓坏了，害得我连开会都没有心情了。你到底怎么了啊？有什么东西进到我们家里？"

"唉，大概……是因为你一直都那么晚回来吧。"玲看起来楚楚可怜，峰抚摸着她的头发，吻了吻她的脸颊，说："亲爱的，真是让你受委屈了。蜜月旅行之后，我都没有时间陪你。不过，过年的时候，我一定会好好补偿你。你想去什么地方玩？"

看到峰诚恳的态度，玲的怨气和不满顿时烟消云散了。

"好了，我也要去上班了，你慢慢吃早餐吧。"

峰出门后，玲又一个人待在空荡荡的屋子里了。

吃完早餐，她决定出去走走。穿上外套，围上围巾，她又在镜子前梳了梳头，让自己看起来精神一些。

经过楼下管理员办公室时，王老伯微笑着向玲打招呼："玲小姐啊，早上好！"

"嗯，早上好！"

呼吸着新鲜空气，玲的心情一下舒畅了许多。她打算去附近的超市买一些东西。经过一家图书馆的时候，又想进去看看书。

玲先到了二楼图书室，经过一张书桌时，看见一个女人正在拿着她写的一本小说。

看到那个女人看自己的小说看得聚精会神，玲很高兴，坐在女人的身边，问道："这位小姐，我想问一下……"

那个女人抬起头来："什么？"

"你喜欢这部小说吗？"

"嗯，写得还可以。"

玲很高兴地说："太好了，我是这本书的作者。"

玲本以为这个女人会大吃一惊，然后会一脸兴奋地和她探讨书中的情节，没想到对方只是淡漠地"哦"了一声，就把目光移回到书上。

玲顿时有些扫兴，又有些尴尬，留也不是，走也不是。

这时，那个女人把书合上，问道："你最近……是不是遇到过什么奇怪的事情？"

玲立刻心里一紧，还来不及回答，那个女人的目光变得古怪了，说道："你被诅咒了。"

玲的身体立刻不由自主地向后一倾，离女人远了一些："你……"

"你在诺索兰公司工作过，对吧？"

玲更是大感骇然："你是谁……诅咒又是什么意思？"她仔细打量起这个女人来。对方长得很漂亮，可是似乎有一种阴郁沉重的感觉。

"你的家里，现在有了一个入侵者。"女人说话的时候，口气很平和，玲却听得后背都凉了。

女人站起身，把书放回书架，回头看了玲一眼，什么也没说，就朝图书室门外走去。

玲哪里会让她就这么离开，连忙跑过去拉住她的手，恳求道："请你告诉我！你是谁？诅咒又是什么意思？还有，诺索兰公司真的存在过的，对不对？"

女人冷冷地看了她一眼，开始阴笑起来。这种笑声让玲不寒而栗。

"你还是想办法把那个入侵者找出来吧。否则……"她扯开玲的手，加快步伐向门口走去。

玲又追过去问道："最起码，请告诉我，你叫什么名字？"

那个女人这时已经跨出了门外。"我的名字叫……闻紫魅。"

玲追出门去，却再也见不到那个女人的身影了！玲跑出图书馆，四处搜寻着闻紫魅的身影。但是，人来人往的街道上，根本找不到她了。

诅咒？到底是怎么回事！

"闻紫魅！你在哪里，你给我出来啊！"玲不顾一切地在大街上拼命喊叫。

这时，一只手搭在玲的肩膀上。

玲吓得猛然回头一看，一个穿西装的帅气男子正一脸惊疑地看着她，问道："你认识闻紫魅？"

玲瞪大眼睛，点了点头。西装男子又问道："你和她是什么关系？"

"我和她刚刚才见面……"

西装男子脸色发白，手发抖，他环顾左右，拉起玲的手就狂奔起来。

"你到我家来！我有很多话要问你！"

玲感觉这个男人有些眼熟，她拼命在大脑的记忆中搜索，很快说出了他的名字："你……你不是路深槐部长吗？诺索兰公司的开发部部长！"

路深槐立刻停下脚步，仔细打量着玲，问道："你记得诺索兰公司？怎么可能？告诉我，你是谁！"

接下来，双方都说了自己目前的情况。

"你是说……时空诅咒？诺索兰公司果然是鬼楼？"玲虽然已经有了心理准备，还是被吓得不轻。

路深槐思索一番后，对玲说："我会带一些朋友去你家，他们都是对灵异现象很了解的人。如果闻紫魅那么说的话，那你的家里确实有一个入侵者！"

不一会儿，润暗和阿静就赶到了玲的家，阿静仔细察看每个房间。

"你是说，一到晚上八点，就会有什么东西入侵了你家的感觉？"

"是的……"玲有些胆怯地看着这群陌生人。她也不知道是怎么了，居然会让这些素未谋面的人来到她的家里。

阿静看向润暗，他们交换了一下眼神。

"玲小姐，你最好尽快搬出去。"润暗给出了建议，"你和你丈夫商量一下，到时候我们可以来和他谈。你也许会感觉不可思议，但是，我认为你的感觉不是空穴来风。"

玲还是有些难以置信，她希望这几个晚上的那种不安只是自己的敏感多虑，但是润暗这么郑重地一说，让她也犹豫起来了。

难道要用这么荒谬的理由，就劝丈夫搬家？

"如果你不完全相信我们的话，你又如何解释，你曾经工作过的诺索兰公司的消失？"阿静刻意拖长了语调说，"前一段时间，本市一所大学里几十个大学生异常死亡的案件，你还记得吧？"

玲听说过那个案子，四十多名大学生，莫名其妙地在没受到任何外力袭击的情况下，都说自己遗忘了什么事情，然后死状恐怖地丧命了。那个案件现在都没有侦破，在全市引起了巨大恐慌。

"我可以告诉你，他们真正的死因……"

阿静带着文妙雨拍摄的 DV 刻录出来的光盘，她打算用这张光盘作为鬼魂真实存在的证据，在今后接触被诅咒者的时候，让他们尽快相信诅咒一说。

看过这些视频后，玲的脸色变得煞白。那些血腥恐怖的杀戮画面，那个黑衣人拼接尸体的诡异场面，如果说是电脑特技的话，得耗费多少资金实在是难以想象。而且，那些被杀的人的面孔也确实和报纸上登出的一部分死亡大学生的照片一致。

玲终于相信了。这些人没理由为了愚弄自己，花费那么大的财力物力去拍摄这么恐怖的画面。

"你明白了吧？所以，你要尽快考虑搬家的事情，否则……"阿静指了指电视机屏幕。

"我知道了，我会和我丈夫商量搬家的事情。"

"你丈夫很晚才回来吧？"阿静问道。

"嗯……"玲有气无力地答道。

"那么，今晚我们会陪你到八点以后。"

阿静来到卧室的窗口，打开窗仔细向外面看了看，她什么感觉也没有。看来自己果然是一点儿灵异能力都没有了。

润暗站在她的身后，在心里默默地说："你不会死的，阿静。这个诅咒，我一定会为你打破！"

润暗的内心，开始变得很像任森博了。他感觉，要是自己也和任森博一样，有那双全知全能的鬼眼，也许也会做同样的事情。就算牺牲再多无辜的人，他也想换回阿静幸福的笑容。

阿静环顾着卧室，感觉这里有些不对劲，但是一下又说不出到底是哪里不对劲。明明是呼之欲出的结论，却怎么也说不出来。就好像是，大脑里有某个东西，在阻止她发现那个不对劲的地方。

路深槐和玲又交流了一些她离开诺索兰公司后的事情，他把公司的内幕告诉她的时候，玲越听越觉得，过去她在诺索兰公司的工作经历，仿佛不是现实。

虽然天色还很亮，恐惧的阴霾却笼罩在每个人的心头。

与此同时，在高宁市的一个宾馆里。

"这不是少卿大人的错……"

"我们，都是同罪的……"

许多畸形婴儿开始从那个洞穴的底部爬上来了……

琉璃从噩梦中惊醒了。

她最近常常会做一些古怪的梦。她现在正躺在沙发上，手里还拿着一本书。刚才她在看书，看着看着，眼皮就变沉了，不知不觉地睡着了，做了那个噩梦。

刚刚醒来，她就感到有一股寒意袭来。她还来不及喘一口气，敲门声就响起了。

她立刻警觉起来，现在不是打扫房间的时段，她也没有叫客房服务，住在这个宾馆的事情，她没有和任何人说过，那么，会是谁来敲门？

琉璃小心翼翼地走到门前，问道："是谁？"

"琉璃·菲迪雅小姐吗？我们是约翰的朋友。"一个年轻男人的声音说。

听到约翰的名字，琉璃一惊，问道："约翰？你们知道约翰在哪里吗？"

"琉璃小姐，还记得我的声音吗？我是那天和你见过面的简唯晶。"

听到这个声音，琉璃立刻把门打开了。

门外站着一男二女，其中一个是简唯晶。

"我们想告诉你关于约翰的事情。"唯晶开门见山地说，"能不能先让我们进去？"

"好，你们进来吧。"

琉璃还被刚才的那个噩梦折磨着，满脑子都是那些挥之不去的畸形婴儿。那些婴儿除了长得异常骇人之外，还有一个共同点……那就是，都有着紫色眼睛！

"你们怎么找到这儿来的？"

"我父亲已经查出你和约翰都是在同一家孤儿院长大的，又查了全市的旅馆入住名单。虽然花了一些时间，不过，还是找到你了。"唯晶答道。

唯晶先向琉璃介绍了另外两个人，也就是慕镜和润丽。

"我们想问你的是……"慕镜说起那天晚上约翰和琉璃见面后，他眼睛的变化："关于约翰的眼睛。"

"我知道，他的体内有一只厉鬼。"

用那么平淡的口吻说出如此恐怖的话，实在让慕镜吃惊不小。琉璃又说道："我也不知道是什么原因，我第一次见到约翰时，就对他的眼睛感觉很熟悉。那个时候，我感觉他的身体里，存在着一个异类。"

慕镜看着琉璃恍惚的神情，非常确定，这个女人绝对不是寻常人物，她和鬼眼的联系绝对很深！

夕阳西沉，玲越来越紧张了。还好现在有三个人在她家里，还都是对灵异现象有很深了解的人，所以她的恐惧感减弱了很多。但是，那张光盘里的血腥内容，让她到现在都无法停止双手的颤抖。

"你别太紧张，玲小姐。"润暗只能够再次安慰她，尽管他知道，这是毫无意义的话，但他还是说了："你不会有事的。"

每当自己必须要这么说来安抚被诅咒者时，润暗就感觉很难过。无论是过去拥有鬼眼的自己，还是现在已经完全是普通人的自己，面对这个连锁诅咒，都是无计可施的。

像任森博那样，不择手段地想要切断连锁诅咒的人，在历史上一定有过。但是，没有任何成功的先例。将来的自己，会变为第二个任森博吗？

看到那么多被诅咒者死亡，无论是多么坚强的人，也要到崩溃的边缘了。如果只有他一个人的话，他现在宁可自杀，也不要忍受等待死亡的痛苦。但是，他现在有想要守护的人，而且是两个。为了润丽和阿静，他也不能表现出绝望。好在还有路深槐他们陪伴自己一起承担诅咒，还能够互相慰藉。

"真是抱歉，我实在没心情做饭招待你们。"玲感觉手足无措，她在短短一天时间里，突然要接受自己被诅咒的这个恐怖现实，很难释怀。

"没关系，晚饭等过了八点再吃吧。"阿静现在满脑子考虑的，都是那扇黑色的门和那些畸形婴儿。

玲在七点过一刻的时候，实在是紧张到了极点，产生了一个想法，对三个人说："不如……我离开这里吧？如果被诅咒的人是我……"

"没用的。"阿静摇了摇头说，"这个诅咒和地点无关。即使你待在月球上，也会被拉回到这个房间来。"

玲听阿静这么一说，更加惊惶。路深槐连忙对她说："我们都是很有经验的人，我在公司工作期间，对灵异现象进行过很多研究，你就放心吧。"

卧室里的气氛实在很沉重。虽然大家都想找些话题来转移紧张的感觉，可是，即使有人说话，屋里很快又会恢复沉默。每个人都无法说服自己放松。

到了七点五十五分的时候，就连阿静也紧张起来。润暗发现她的嘴唇有些哆嗦，双手也不自然地摆动着，立刻握住了她的手。他要让阿静知道，不是她一个人在面对诅咒。

润暗不敢想象，如果阿静死了，他会变成什么样子。这个想法，哪怕只是在脑海里闪过一下，他都会有强烈的窒息感。

八点终于到了。什么事情也没有发生。

"没事呀……"路深槐大大地松了一口气，他本来还以为会看到什么很可怕的东西。

可是玲的表情却让所有人都吓了一大跳。她的脸上几乎全都是汗，大张着嘴巴拼命喘气，眼睛瞪得很大。

"那个东西进来了……完全进来了！"

润暗不明白她在说什么，但是她的眼睛直勾勾地看向窗台，用手指着地板说："那里！那个东西进来了……从这个窗口进来的，我能感觉得到！那个东西真的已经进到这个房间里了！"

墙上的钟很正常地走动着。

润暗看向玲所指的窗台，一股寒意涌上头顶。阿静和路深槐的脸色也好不到哪里，尽管他们目光所及之处并没有看到任何人，但是这个情况比出现有形的鬼魂更骇人。

"我知道……它进来了……"玲捂住脸大哭起来。

"我……我得离开这里……"路深槐已经隐约意识到，这个房子，已经被那个异度空间彻底入侵了，他深知那个空间的恐怖，哪里还敢在这里停留，飞也似的跑了出去。

润暗和阿静其实也在拼命压抑心里想逃走的冲动。但如果现在离开的话，就是置玲于死地。

润暗强忍住恐惧的折磨，扶起玲说："别害怕，如果你是被诺索兰公司的时间诅咒盯上的话，你只会死在那个空间的死亡日期里。你先跟我们离开这里吧。"

"不，不能走。"

玲的回答让润暗愣住了："你说什么？"她居然不肯离开？

"那个东西……不让我走……我走不了……"

玲直勾勾地看着窗台，仿佛那里真的有什么人，正在恶毒地威胁她不能离开。而她，居然无法反抗！

"玲，这是怎么回事？你们是谁！"

卧室的门口忽然出现了一个年轻男子，他目瞪口呆地看着卧室里的情形。

"峰……"玲如同看到了救星，立刻飞扑到他的怀里，哭喊道："救命……救救我……"

峰怒视着润暗和阿静，呵斥道："这是怎么回事？我刚回来就发现门开着，又听到玲的喊声，你们到底是什么人？"

润暗知道，这个男人是玲的丈夫。现在向他解释灵异现象，根本就不可能让他相信。夫妻俩生活在这个已经被鬼魂入侵的房子里，真是凶多吉少了。

该如何警告他呢？润暗还在考虑的时候，阿静却冷静地说："我们是玲小姐的朋友，她现在情绪不太稳定，你安慰一下她吧。润暗，我们走。"

阿静拉着润暗的手就要离开。峰却拦住她说："你们到底是谁？"

"具体情况你问玲小姐吧，我们没有什么好说的。"阿静用一种不容反驳的口气说道，不顾峰的阻拦，径直向外走去。

"阿静。"润暗皱着眉头问，"你是怎么考虑的？就这么走了？"

"难道你想继续留在那里？"

刚离开公寓，阿静就整个人伏在润暗身上，她的表情比之刚才更惊恐："带我走……润暗，离开这里，离得越远越好……"

这是润暗第一次看到阿静如此惊恐。以前的她，是可以抓着女鬼的头发而毫无惧色的，而现在，她却被一个看不见的鬼魂吓得面无血色。

"阿静……"

"求你，润暗，带我走吧……"

峰追问玲，家里到底发生了什么事。玲现在稍微冷静了一些，就把今天的遭遇原原本本地告诉了丈夫。

"荒唐！太荒唐了！玲，你怎么这么轻信别人啊？"峰哭笑不得地说，"那两个人肯定是神棍，捏造什么鬼神的说法，你怎么就相信了呢？我不明白，你到底为什么那么害怕？哪里有什么鬼啊？"

玲冷静下来之后，也感觉今天的遭遇太不真实了，仿佛是做了一场梦。刚才的心悸感，现在消散了不少。

是自己的错觉吧？鬼魂、诅咒，都是恐怖小说里虚构出来的，她怎么能够把这些当成现实呢？

"下次要是他们再敢来，你就报警。真对不起，我让你一个人待在家里，才让你这样胡思乱想。"峰一脸歉意地说，"不过，以后不会了，等我忙完公司的事情，我一定不会再让你孤单了。"

这时，玲看着墙上的钟，那种心悸感忽然又开始涌动起来。

"峰，那个钟，那个钟……"

峰回头看了看钟，疑惑地问："怎么了？钟有什么不对吗？"

"把钟……把家里所有的钟都扔掉，好不好？"

琉璃看着手表。八点三十分。

"我能告诉你们的就这么多了。快九点了，我也该休息了。"琉璃
要送客了。

"可是……"慕镜还打算多问一些事情，但是他看琉璃的眼神中已
经有些嫌恶，知道再问下去也没有用了。

他们并没有得到什么有用的情报。目前只知道，琉璃·菲迪雅是
关键人物，她导致约翰的鬼眼黑化，同时也让所有灵异体质者恢复成
了物理体质。

第二天，玲醒来时已经是中午了。明媚的阳光再一次冲淡了她的
恐惧，昨天的事情，现在感觉有些好笑。

玲忽然感觉到，似乎只有每天晚上的八点钟，她才会那么恐惧。
在其他时段里，她并不会特别紧张。就好像是，每到那个时刻，自己
就被什么东西控制住了。

吃完饭后，她又下楼去，打算散散步，放松一下。她和管理员王
伯打了招呼。

"玲小姐，你好！昨天和你在一起的那几个人是你的朋友啊？"

"嗯，也不算是朋友吧。"玲回忆起昨天的事情，那段血腥的影像
让她印象深刻，无论如何，几十个大学生的异常死亡事件，是难以用
科学解释的。如果接受这是灵异现象，反而说得通。只是……怎么可
能会有鬼呢？

阿静病了。

昨晚回到家后，她就开始发高烧。润暗带她去医院打了针，回来后她就一直沉睡着。

润暗知道，不能再让阿静接近玲的家了。他打算用自己的能力来救阿静。

"那个琉璃·菲迪雅怎么说？她对约翰的事情完全不了解吗？"

润暗仔细询问润丽昨天她去见琉璃的情况，昨晚因为急着送阿静去医院，他都没有顾得上和润丽说话。

"她只是说，她对紫色眼睛有一种莫名的感觉。第一次见约翰的时候，她就感觉那双紫色眼睛很熟悉。"

果然如此！润暗立刻追问道："她和鬼眼的关系究竟是……"

"她说，她并不了解起源于古代传说的七种鬼眼。后来的谈话，她都说不知道，我也不知道该怎么问了。"

润暗陷入了沉思。任森博真的没有再保留什么王牌吗？

任森博在太太死后的三年里，没有再继续创造出其他可以解除诅咒的工具吗？阿静说任森博留给她一本笔记，里面或许有线索，但是阿静并没有把笔记给润暗看过，而且里面多数是各种药剂的配方。

药剂……对了！阿静说过，违背化学规律而研制出的那些药水，有一部分是以她的血液为原料的。路深槐说过，阿静的灵魂深处有一扇通往异世界的门，而随着鬼眼的消失，那扇门也不复存在了吗？任森博早就知道阿静有这样的体质，可能会完全不加以利用吗？

这时，"冥府之门"四个字浮现在润暗的脑子里。那个办得很成功的灵异网站，莫非就是任森博为了搜集信息而建立的一个情报站？他虽然全知全能，却无法了解过去的事情。鬼眼的起源如果是五代十国时期的话，他也无法了解到那么久远的事情。那个网站或许还保留有一些资料，也许那里隐藏着任森博的最后王牌！

润暗与仇舜轩接触的时候，得知"冥府之门"的服务器就在高宁市！而仇舜轩死后，那家网站还在照常运营，丝毫没有受到影响。要了解那家网站的具体信息并不困难。在那之前，只希望玲的死亡日期能来得迟一些。

玲把电视机的音量开到最大。现在是晚上七点半，她又感到恐慌了。

玲打开家里所有的灯。现在她在看一档科普节目，她想把对虚无鬼魅的恐惧减到最低。

"没事的……没事的……"

再过三天，就是元旦了，到了那个时候，峰就不用加班到那么晚，她也不用如此提心吊胆了。

玻璃碎裂的声音，又在八点准时响起！玲惊恐地看向卧室……

润暗按照玲说过的地址，来到了峰所在的公司。润暗打算和峰见一面，无论如何也要劝他们搬家。

润暗拿着一个厚厚的档案袋，是各种灵异新闻的剪报。他相信，这些资料可以让峰信服，鬼魂的确存在于人间。

润暗来到前台询问。

一个在地板上蠕动的身体正在向玲爬来。玲的身体完全僵住了。

不……不可能！那个如此熟悉的身体……那个在地上蠕动的身体抬起了头。

"你说什么？"润暗一脸讶异地看着前台职员。

"峰？我们公司的经理没有一个人的名字里有这字啊。"

阿静在那个房间里感觉到的不对劲的地方是……

"亲爱的，你，你这是在做什么？"

峰披着一头蓬乱的长发，穿着一件长长的白衣，表情极其古怪地在地上爬动着。他的身体周围是散落的玻璃碎片。

那个不对劲的感觉就是没有照片！一对新婚夫妇的房间里，居然没有结婚照片，连"囍"字都没有。

润暗拨通了那个公寓的管理办公室的电话，昨天他临走前向王老伯要了电话号码。

"啊，玲小姐啊？她一个人从外地来，她说她是写网络小说的，平时都是独来独往的。"

"你的意思是说，她……没有结婚吗？"

"结婚？我问她的时候，她说自己还没有男朋友啊……"

那天晚上，当玲第一次在卧室里见到那个鬼的时候，她就已经被下了诅咒。而那个鬼，就是从那一天开始侵入了她的家。

那个侵入了她家的鬼，就是那个根本不存在的"峰"!

她在看到那个鬼的一瞬间，就被迷惑了，认为自己已经结婚了，而那个鬼就是她新婚的丈夫！

"亲爱的……不，不对……"

玲忽然明白过来了，她注意到了……自己的左手无名指上根本没有戴结婚戒指！

这时，她惊恐地看到"峰"慢慢站起身来。

他惨笑着，眼睛里不断涌出血来。

"我说过……我会一直陪着你的……"